KB041056

터무니없는
스킬로
이세계 방랑 밥
4 바비큐
×신들의 축복
에구치 렌 지음
author • Ren Eguchi
마사 일러스트
illustration • Masa
이신 옮김

페르
『음, 크구나.』
『우와아, 커다란 케이크다.』
『우오, 엄청 많잖아.』
스이
드라 짱

무코다
“오늘은 다들 열심히 해줬으니까.
자, 여기.”

루사루카
“다음….
『루카. 나도 닌릴과 같은
으아, 어쩐지 루카 님이
평소보다 적극적인 것
같은데.
?

터무니없는 스킬로 이세계 방랑 밥

바비큐

신들의 축복

에구치 렌 지음
author • Ren Eguchi
마사 일러스트
illustration • Masa
이신 옮김

인물 소개

무코다 일행

무코다
인 간

현대 일본에서 소환된 샐러리맨. 고유 스킬 '인터넷 슈퍼'를 지녔다. 특기는 요리. 겁쟁이.

페르
사역마

전설의 마수 펜리르. 무코다가 만든 이세계 요리를 노리고 계약을 요구하여 사역마가 되었다. 채소를 싫어한다.

스이
사역마

갓 태어난 슬라임. 밥을 준 무코다를 따르며 사역마가 된다. 귀엽다.

드라 짱
사역마

보기 드문 픽시 드래곤. 작지만 성체. 역시 무코다의 요리를 노리고 사역마가 되었다.

신 계

닌릴
신

바람의 여신. 공물을 노리고 무코다에게 가호를 내린다. 이세계의 단것, 특히 도라야키에는 정신을 못 차린다.

아그니
신

불의 여신. 공물을 노리고 무코다에게 가호를 내린다. 이세계의 술, 특히 맥주를 좋아한다.

키샤르
신

대지의 여신. 공물을 노리고 무코다에게 가호를 내린다.
이세계 미용 제품의 효과에 매료되었다.

루사루카
신

물의 여신. 공물을 노리고 무코다의 사역마인 스이에게 가호를 내린다. 이세계의 음식을 정말 좋아한다.

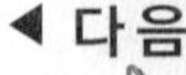

◀ 다음

지금까지의 줄거리

수상쩍어 보이는 왕국의 '용사 소환'에 휩쓸려 검과 마법의 이세계로 오게 된
현대 일본의 샐러리맨 무코다 츠요시.
무코다는 어찌어찌 왕성을 나와 여행을 떠나게 되었으나,
고유 스킬 '인터넷 슈퍼'로 가져온 상품과
무코다의 요리를 노리고
'전설의 마수'부터 '여신'에 이르기까지
터무니없는 녀석들이 모여들더니
사역마가 되거나 가호를 내려주는 것이었다.
그런 여행 중에 사역마들에게 등을 떠밀리는 형태로
무코다는 던전에 도전하게 되는데.
강력한 몬스터들은 더욱 강력한 사역마들에게 퇴치당하고,
일행은 던전 공략을 달성한다.
그러나 공략을 달성한 후에도 해야만 하는 일이
있는 모양인데……?

고유 스킬
『인터넷 슈퍼』

언제 어디서든 현대 일본의 상품을 구입할 수 있는 무코다의 고유 스킬. 구입한 식재료에는 스테이터스를 높이는 효과가 있다.

목 차

6 × 장

3 × 한 담

1 × 번 외

다음 ▶

드랭의 던전에서 지상으로 돌아오자마자 모험가 길드로 연행되어버린 우리들.

그리고 엘랑드 씨의 이야기가 길어지는 바람에 우리는 점심 식사를 거르고 말았다.

그런 이유로 난리를 피우는 것이 바로 우리 애들이다.

페르도 드라 짱도 스이도 배가 고프다며 법석을 떨었고, 숙소로 돌아오자마자 식사 준비를 시작했다.

간단하면서도 든든한 메뉴를 생각한 끝에 불고기 덮밥을 만들기로 했다.

지어두었던 밥도 다 함께 한 끼를 먹을 만큼의 양은 아직 남아있으니까.

우선은 인터넷 슈퍼에서 시판 불고기 양념과 음식의 색감을 위해 무순을 샀다.

요즘은 다양한 불고기 양념이 판매되고 있으니 취향에 맞는 것을 고르면 된다.

나도 이것저것 써본 다음 역시 이게 제일이라고 생각했던 양념을 골랐다.

오래전부터 판매되어온 친숙한 불고기 양념이다.

그중에서도 약간 매운맛이 베스트다.

물리지 않는 맛이라고 할까, 단맛과 감칠맛이 있어서 불고기 덮밥을 만들면 정말이지 맛있다는 말씀.

이 불고기 양념을 써서 빠르게 만들기로 하자.

우선은 블러디 혼 불 고기를 조금 두툼하게 썬다.

달군 프라이팬에 기름을 두르고, 블러디 혼 불 고기를 굽는다.

고기 색깔이 살짝 바뀌면 불고기 양념을 넣고 고기와 양념이 잘 섞이도록 굽는다.

바닥이 깊은 접시에 밥을 담고 그 위에 불고기를 올린 다음 한가운데에 색감을 살려주는 무순을 더하면 완성이다.

엄청나게 간단하지만, 맛있어 보이는걸.

"자, 여기."

페르와 드라 짱과 스이 앞에 놓아주자 기다렸다는 듯이 달려들어 우걱우걱 먹기 시작했다.

무척이나 배가 고팠는지 정신없이 먹고 있다.

이거 금방 더 달라고 하겠는걸.

이번에는 와이번 고기를 쓴 불고기 덮밥을 만들었다.

『『『한 그릇 더.』』』

예상대로군.

나는 와이번 고기로 만든 불고기 덮밥을 내주었다.

『음, 이건 고기가 다르구나.』

"맞아. 먼저 먹은 건 블러디 혼 불이고, 이번에는 와이번을 써봤어."

『이 양념은 고기와 아주 잘 어울린다. 어떤 고기든 이 양념과 섞으면 최고로 맛있구나.』

역시 고기를 사랑하는 페르. 뭘 좀 아네.

불고기 양념이 고기랑 어울리지 않을 리가 없지.

고기가 좋고 나쁘고에 상관없이, 불고기 양념을 해서 먹으면 맛있어진다니까.

『음, 이건 그것도 먹을 수밖에 없겠구나. 다음은 어스 드래곤(지룡) 고기다.』

페르가 어스 드래곤 고기로 만든 불고기 덮밥을 만들라는 말을 꺼냈다.

『뭐? 어스 드래곤 먹을 거야? 그렇다면 나도 먹겠어.』

『스이도 먹을래.』

어스 드래곤이 얼마나 맛있는지 다들 알고 있으니, 그야 먹고 싶을 만도 하지.

이렇게 말하는 나도 어스 드래곤 고기와 불고기 양념이 만나면 얼마나 더 맛있어질지 흥미가 생겼다.

그런고로 어스 드래곤 불고기 덮밥을 만들기로 했다.

"다 됐어."

모두에게 어스 드래곤 불고기 덮밥을 주자 우걱우걱 먹기 시작했다.

페르와 스이에 비하면 소식을 하는 드라 짱도 이때만은 허겁지겁 먹었다.

이미 블러디 혼 불과 와이번 불고기 덮밥을 먹었으면서도 말이다.

하지만 이 모습을 보고 있었더니 나도 먹고 싶어지는걸.

윤기 자르르한 쌀밥 위에 불고기 양념과 잘 섞인 어스 드래곤 고기를 듬뿍 담았다.

어서 먹어달라는 듯이 무시무시할 정도로 좋은 냄새를 풍기고 있잖아.

아, 이런. 침이 잔뜩 고였어. 못 참겠다. 나도 먹을래.

어스 드래곤 불고기로 밥을 감싸서, 덥석.

…………마, 맛나다아아아.

이거 뭐야? 너무 맛있어. 어스 드래곤 불고기랑 쌀밥이 지나치게 잘 어울리잖아.

틀렸어, 멈출 수 없다고. 나는 빠르게 어스 드래곤 불고기 덮밥을 먹었다.

"하아~ 잘 먹었다. 정말 맛있었어……."

솔직하게 말해서 지금까지 먹었던 고기 요리 중에서 제일일지도.

어스 드래곤 고기와 불고기 양념의 콜라보는 너무 맛있어서 위험할 정도다.

페르와 스이도 이 맛에 넘어갔는지, 몇 번이고 한 그릇 더를 외쳤다.

어스 드래곤 고기는 아직 3분의 2 정도 남아 있지만, 아껴가며 먹어야겠다.

귀한 어스 드래곤 고기인데, 지나치게 맛있어서 금방 없어질 것만 같다.

다들 배불리 먹고 만족했는지, 쿨쿨 잠들어버렸다.

페르와 드라 짱을 축사에 남겨두고, 나는 스이를 안고서 방으로 향했다.

침대 위에 깔아둔 내 전용 이불 위에 스이를 살며시 내려놓았다.

그러나 나에게는 아직 해야만 하는 일이 있다.

귀찮지만, 늦어지면 이러쿵저러쿵하며 시끄러울 테니까. 그 사람(신)들…….

"저기, 여러분. 들리십니까?"

그렇게 부르자 곧장 대답이 들렸다.

『오오, 기다렸느니라.』

『드디어 돌아왔구나~.』

『여어, 기다렸다고.』

『……얼른 밥.』

『오오, 기다렸다네.』

『겨우 왔군. 어서 술이다, 술.』

……어, 어쩐지 다들 만반의 준비를 하고 기다렸나 본데.

『바로 이 몸부터니라. 네가 그 던전 안에서 먹었던 '아이스크림'이란 건 대체 무엇이냐?! 그렇게 맛있어 보이는 단맛을 감춰두었다니, 어찌 된 것이냐! 이 몸도 먹고 싶으니라!!』

아, 닌릴 님(유감 여신) 놓치지 않고 봤구나. 아니, 이 사람이 놓칠 리가 없지.

"아, 네네. 알겠습니다. 그러면 닌릴 님은 평소와 같은 단 음식으로 하고, 아이스크림을 넣어달라는 말씀이시죠?"

『그리하니라. 그리고 평소처럼 도라야키도 넣거라.』

예이예이, 알았습니다.

인터넷 슈퍼를 열고 우선은 아이스크림을 사기로 했다. 어디 보자, 이거랑 이거면 되려나.

고른 것은 컵 형태의 아이스크림 여섯 개가 들어 있는(세 가지 맛) 패밀리 팩. 그리고 또 하나는 초콜릿으로 코팅된 아이스바 여섯 개가 들어 있는 패밀리 팩이다.

다음은 도라야키와 적당한 과자 종류를 카트에 넣었다.

"다음 분이요."

『다음은 나야~.』

이 목소리는 키샤르 님이로군.

『지난번 크림은 비싼 만큼 효과가 매우 좋았어! 그래서 있지, 그때 네가 비싼 만큼 미용 성분이 풍부하게 들어 있다고 했었잖아? 그래서 비싸도 좋으니까, 이번에는 스킨을 부탁하고 싶어.』

으하하, 누나랑 똑같잖아. 화장품에 빠지면 어째선지 점점 비싼 걸 고르게 되더라니까. 미용 성분이 이러니저러니 얘기하지만, 나로서는 전혀 모르겠더라고. 뭐, 비싸다는 건 그만큼 좋은 게 들어 있다는 뜻이겠지만.

나는 인터넷 슈퍼에서 지난번 키샤르 님에게 사드렸던 크림과 같은 시리즈의 스킨을 골랐다. 이거 하나로 은화 세 닢이다. 이 정도는 누나랑 비교하면 아직 귀여운 수준인가. 조만간 한 세 번 정도 참았다가 비싼 걸 턱 구입할 것만 같은걸……. 인터넷 슈퍼인 만큼 물건 종류에는 한계가 있을 테지만.

"다음은……."

『그래, 나다. 나는 물론 술이야. 지난번과 마찬가지로 다양한 종류로 부탁해.』

아그니 님은 술이로군.

지난번과 비슷하게 여러 종류를 메이커별로 골랐다.

이번에는 수입 주류 쪽을 주로 선택해 담았다.

"다음은……."

『밥이랑 과자. 나도 아이스크림 먹고 싶어.』

아, 루카 님이구나.

지금은 만들어둔 게 없으니, 인터넷 슈퍼의 부식을 중심으로 해야겠다. 쇠고기 크로켓이랑 햄가스, 그리고 닭튀김과 닭 꼬치와 칠리 새우, 마카로니 그라탱에 그리고 늘 구입하는 식빵.

다음은 루카 님이 원하신 아이스크림인데, 이건 닌릴 님과 같은 것을 골랐다. 그리고 남은 액수에 맞춰 과자류를 샀다.

다음은 애주가 콤비인가.

"다음은 헤파이스토스 님과 바하근 님이시죠?"

『그래, 우리들이다.』

이 둘은 협력하여 술을 확보하겠지.

『지난번과 마찬가지로 내 몫은 위스키니라. 그리고 전쟁의 신은 보드카다, 보드카.』

『맞아, 그 보드카라는 술은 좋은 술이야. 마음에 들었어, 최고야.』

아, 이 둘은 정말로 술을 좋아하는구나.

위스키나 보드카 같은 알코올 도수가 높은 술을 벌컥벌컥 들이켜는 모습이 눈에 선했다.

나는 술은 적당히 즐기는 정도라 언제나 맥주나 그 비슷한 것들을 주로 마신다. 보드카 같은 알코올 도수가 높은 술은 마실 마음도 들지 않는다. 전에 한 번 살짝 맛을 본 적이 있었는데, 토할 뻔했다. 하지만 술을 좋아하는 사람들에게는 참을 수 없는 맛이리라.

나는 두 사람이 원한 위스키와 보드카를 카트에 넣었다. 이번에도 산지가 다른 위스키를 세 병 골랐다. 그리고 보드카 쪽은 종류가 그다지 많지 않기 때문에 일단 눈에 띈 스웨덴산과 러시아산을 골라보았다.

좋아, 이거면 됐겠지.

인터넷 슈퍼의 카트에 담은 물건들을 계산했다.

전달할 것을 각각 나누고, 상자 제단 위에 얹었다.

"아, 닌릴 님, 루카 님. 아이스크림은 얼음이랑 똑같아서 차게 두지 않으면 녹아버립니다."

『알았느니라.』

『……(끄덕끄덕).』

"그럼 여러분, 부디 받아주십시오."

상자 제단 위의 물건들이 사라졌다.

여신들과 남신들의 환성이 들려왔다.

그중에서도 특기 크고 굵직한 목소리가 들렸다.

『야호! 술이다 술. 전쟁의 신이여, 오늘은 오랜만의 연회라고.』

『알고 있네. 오늘은 밤새 실컷 마셔보세.』

당신들은 술을 받자마자 바로 연회입니까……. 대체 얼마나 술을 기다린 거야?

하아~, 어쩐지 지쳤어. 이제 그만 내버려 두고 어서 자자.

그렇지 않아도 내일은 던전 드롭 아이템 분류라고 하는, 참으로 성가신 일을 해야만 하니까.

아침 식사를 마친 다음, 모두의 스테이터스를 확인해두어야겠다 싶어 하나하나 감정해보았다.

각층의 계층주(보스)를 격파하고, 던전 보스인 베헤모스까지 쓰러뜨렸으니 수치가 꽤 올라갔을지도 모른다.

우선은 페르부터 볼까?

【이름】페르
【나이】1014
【종족】펜리르
【레벨】921
【체력】10003
【마력】9637
【공격력】9275
【방어력】10001
【민첩성】9839
【스킬】바람 마법, 불 마법, 물 마법, 흙 마법, 얼음 마법, 번개

마법, 신성 마법, 결계 마법, 발톱 베기, 신체 강화, 물리 공격 내성, 마법 공격 내성, 마력 소비 경감, 감정, 전투 강화
【가호】바람의 여신 닌릴의 가호, 전쟁의 신 바하근의 가호

어, 어라?

26계층의 계층주와 싸우기 전에 감정했을 때보다 10 정도 레벨이 오른 것 같은데…….

레벨이 높아지면 높아질수록 레벨을 올리기 어려워진다는 이야기를 페르에게 언뜻 들었었는데, 뭐, 아무튼 던전 보스가 베헤모스였으니까. 그걸 생각하면 10 정도는 올랐어도 이상하지 않으려나.

체력과 방어력이 1만을 넘기도 했고.

페르를 상대할 수 있을 만한 녀석은 이제 없는 게 아닐까?

뭐, 아무튼 강해지는 건 나쁜 일이 아니니까. 나로서는 말이지.

다음은 드라 짱을 볼까?

【이름】드라 짱
【나이】116
【종족】픽시 드래곤
【레벨】160
【체력】1092
【마력】3223
【공격력】3115

【방어력】1057

【민첩성】3893

【스킬】불 마법, 물 마법, 바람 마법, 흙 마법, 얼음 마법, 번개 마법, 회복 마법, 포격, 전투 강화

【가호】전쟁의 신 바하근의 가호

어? 드라 짱도 레벨이 크게 올랐잖아.

거의 30 정도는 오른 것 같은데?

여, 역시 계층주와 베헤모스와 싸운 효과인가?

다음은 스이다. 아무래도 스이가 성장 가능성이 제일 높을 것 같은데…….

【이름】스이

【나이】2개월

【종족】빅 슬라임

【레벨】88

【체력】1489

【마력】1467

【공격력】1460

【방어력】1464

【민첩성】1491

【스킬】산탄(酸彈), 회복약 생성, 증식, 물 마법, 대장장이

【가호】물의 여신 루사루카의 가호, 대장장이 신 헤파이스토스

의 가호

오옷? 어, 어쩐지 레벨이 대폭으로 올라갔는데요?

이건 역시 계층주와 베헤모스와 싸운 효과겠지? 전부 S랭크뿐이었으니까.

특히 던전 보스인 베헤모스 같은 경우는 드라 짱이나 스이와는 격이 다르기도 했고.

그런 걸 쓰러뜨렸으니, 레벨이 대폭 오를 만도 하다 해야 할지도 모르겠다.

다들 대단하네.

……어흠, 일단 내 것도 확인해보도록 할까?

인터넷 슈퍼를 이용할 때도 스테이터스를 열기는 하지만, 그다지 자세히 살펴보지는 않았으니까.

특히 어제는 모두 배고파하는 바람에 서두르기도 했고.

나는 자신의 스테이터스를 확인해보았다.

【이름】무코다(**츠요시 무코다**)

【나이】27

【직업】휩쓸린 이세계인

【레벨】20

【체력】280

【마력】273

【공격력】254

【방어력】252
【민첩성】232
【스킬】감정, 아이템 박스, 불 마법, 흙 마법, 완전 방어
사역마(계약 마수) 펜리르, 빅 슬라임, 픽시 드래곤
【고유 스킬】인터넷 슈퍼(+1)
【가호】바람의 여신 닌릴의 가호(소), 불의 여신 아그니의 가호(소), 대지의 여신 키샤르의 가호(소)

레벨이 오르기는 했지만, 역시 모두들 만큼은 아니구나.

뭐, 계층주나 베헤모스와 싸울 때 나는 물러난 채 거의 관여하지 않았으니까.

어쩔 수 없다고 한다면 어쩔 수 없는 일이기는 하지. 기, 기대 같은 건 안 했거든.

…………크윽, 거짓말입니다. 꽤 기대했습니다, 하하하.

어쨌거나 나도 함께 던전 최종 계층까지 갔었으니까, 조금쯤은 기대해도 괜찮잖아. 슬플 만큼 모두와 차이가 벌어졌네. 역시 전투는 모두에게 맡기는 편이 무난하단 거겠지, 그래.

응? 어라?

이게 뭐지? 어제는 눈치채지 못했었는데……. 스테이터스를 확인하다가 고유 스킬인 인터넷 슈퍼 옆에 (+1)이라고 되어 있는 것을 발견했다. (+1) 부분에 손을 대자…….

【고유 스킬 '인터넷 슈퍼'의 외부 브랜드가 개방되었습니다.】

【다음 중에서 골라주세요.】
【왁도날드, 후미야*.】

으응?
뭐, 뭔가 나왔어.
뭐, 뭐, 이게 뭐여?
외, 외, 외부 브랜드라는 건 슈퍼 안에 입점해 있는 가게를 말하는 거지?
부, 분명 왁도날드라든가 후미야가 들어가 있는 곳도 있었는데…….
꿀꺽.
이거, 둘 중 하나를 고를 수 있다는 뜻인가?
왁도날드라, 오랜만에 정크푸드를 먹고 싶기도 하네.
하지만 후미야의 케이크도 말이지…….
나는 내 주변을 퐁퐁 뛰어다니는 스이를 보았다.
스이는 단 음식을 무척 좋아하지.
"저기 스이. 스이는 단 음식이 좋으니?"
『단 음식은 푸딩이나 케이크지? 우음, 스이 단 음식 정~말 좋아.』
그래, 후미야로 하자.
나의 치유제인 스이가 이렇게 말하니, 선택지는 후미야 하나뿐이야.
후미야라는 글자에 손을 댔다.

* 不二家(후지야, 일본 과자 회사)를 패러디 함.

【외부 브랜드는 후미야와 계약하시겠습니까?】
【YES/NO】

이거 계약인 거냐?
좋아, YES다.

【후미야와 계약되었습니다.】
【다음 외부 브랜드가 개방되는 것은 레벨 40입니다.】
【또 이용해주시기를 기다리겠습니다.】

그렇게 표시된 다음, 평소의 스테이터스 화면으로 돌아왔다.

다음 외부 브랜드가 개방되는 것은 레벨 40이라고 되어 있었는데, 이렇게 외부 브랜드 계약을 할 수 있었다는 건, 인터넷 슈퍼가 레벨 업 했다는 건가?

인터넷 슈퍼라는 건 딱히 바뀔 만한 부분이 없을 테니까, 쭉 그대로일 거라고 생각했었는데…….

외부 브랜드 계약이라니. 레벨 40이 되면 고를 수 있는 가게가 늘어난다거나? 하하.

뭐, 어쨌든 지금은 확인이다. 인터넷 슈퍼를 열고서, 후미야, 후미야가…… 아, 있다. 메뉴란에 그대로 후미야라는 게 있잖아. 그걸 선택하면, 오오.

케이크니 구운 과자니 하는, 후미야에서 볼 수 있는 것들이 쫙 나왔어. 그렇지 않아도 스이에게 좀 부탁하고 싶은 일이 좀 있으니까, 대신에 후미야의 케이크를 바로 사주도록 하자.

"페르, 드라 짱, 그럼 나는 방으로 가서 드롭 아이템을 정리할게."

『알았다. 점심밥은 잊지 말도록.』

『맞아, 점심밥 잊지 말아줘.』

"알고 있어. 스이한테는 좀 부탁하고 싶은 게 있으니까, 같이 가줄래?"

『알았어.』

내가 드롭 아이템을 정리하는 사이에 스이에게는 그걸 만들어 줬으면 하거든.

너무 써서 이제 슬슬 망가질 것 같단 말이지. 인터넷 슈퍼에서 구하지 못할 건 없겠지만, 미스릴로 만들면 튼튼할 테니까. 크기도 조금 더 크게 만들면 이것저것 빠르게 진행할 수 있을 테고.

우선은 방으로 돌아가 스이에게 보여주고 만들 수 있을 것 같은지 물어봐야겠지?

스이라면 할 수 있을 것 같은 느낌은 들지만.

『저기 있지, 주인, 스이한테 할 부탁이 뭐야?』

"아, 그건 말이지……."

나는 아이템 박스 안에서 분쇄기를 꺼냈다.

대량의 간 고기를 만드느라 혹사한 탓에 벌써 이상이 생겼다.

산 지 얼마 안 됐지만, 꽤 무리하게 썼지.

“이걸 만들어줬으면 해.”

그렇게 말하며 스이에게 분쇄기를 건넸다.

『우응, 잠깐 기다려줘.』

스이는 분쇄기를 몸 안에 집어넣어 살폈다.

“그리고, 가능하면 그것보다 크게 만들어줬으면 좋겠는데.”

이 정도라며 1.5배 더 큰 크기를 손으로 만들어 스이에게 보여주었다.

『이걸 크게 만들라는 거지? 어렵지만 스이, 열심히 해볼게.』

이것저것 부품이 들어가기도 해서 어려운 모양이었지만, 해주려는가 보다.

“그럼, 이걸로 부탁해.”

미스릴 광석을 건네자, 스이는 그것을 몸속으로 집어넣었다.

조리 기구 중에서 가장 만들어줬으면 했던 게 바로 이 분쇄기였단 말씀. 잘되면 좋겠는데.

미스릴제라면 분명 튼튼할 테고, 무엇보다 스이가 만들어주면 날이 아주 예리해서 간 고기를 만드는 것도 편해질 거라고 본다.

미스릴 식칼은 날이 지나치게 예리해서(자칫하면 손가락이 싹둑 하고 없어질 것만 같다는 점도 있지만, 아마도 도마가 버티지 못할 것만 같다) 포기했지만, 이거라면 날이 아무리 예리해도 나쁠 게 없다.

그리고 조리 기구 중에서는 프라이팬을 지금 것보다 크게 만들어달라고 할 셈이다.

지금 것도 불편하지는 않지만, 조금 더 큰 게 있으면 좋겠다 싶었기 때문이다.

냄비도 좀 생각해봤는데, 그 이상 커지면 버너 위치가 조금 더 낮아져야만 한다. 그렇지 않으면 냄비를 저을 때 지장이 생길 터다.

그런 점을 생각하면 지금 쓰는 냄비 크기가 딱 적당하고, 개수도 갖춰두었으니 특별히 새로 만들어달라고 할 필요는 없을 것 같다.

일단 분쇄기 다음은 프라이팬이고, 그다음은 그때그때 필요한 걸 스이에게 만들어달라고 할 셈이다.

그나저나, 스이는 귀여운 데다 우수하기까지 하구나.

상으로 후미야의 케이크를 실컷 먹게 해줘야지.

그럼 나는 드롭 물품 정리를 시작해볼까나.

흐음, 다시 봐도 정말 많구나.

우선은 제일 많은 가죽부터 정리하기로 하자.

오크 가죽이 1, 2, 3, 4, 5………………123, 124, 125장이라.

오크는 잔뜩 있었으니까.

그리고 리저드맨 가죽이 63장.

오거 가죽은 100장을 조금 넘긴 102장.

트롤도 113장이나 된다.

그런 식으로 나는 드롭 물품 정리를 계속했다.

『주인, 배고파.』

"아, 미안 미안. 벌써 점심때가 됐나? 페르랑 드라 짱한테 갈까?"

『저기, 아직 안 끝났는데.』

"아, 괜찮아 괜찮아. 밥 먹고 나서 해도 돼."

『알았어. 그럼, 밥 먹고 또 할게.』
스이와 함께 페르와 드라 짱이 있는 축사로 향했다.
『늦다.』
『늦었잖아.』
페르도 드라 짱도 기다리고 있었는지, 살짝 기분이 안 좋아 보였다.
"미안, 미안. 사죄의 뜻으로 먹고 싶은 걸 만들어줄 테니까 용서해줘."
『오오, 그렇다면 어제 먹은 어스 드래곤 밥이 좋겠다.』
『그거 좋네. 그거 엄청 맛있었으니까.』
어제저녁에 먹은 어스 드래곤 불고기 덮밥인가. 다들 꽤나 마음에 들어 했었지. 확실히 엄청나게 맛있었으니까.
먹고 싶은 걸 만들어주겠다고 했으니, 어쩔 수 없네. 오늘 점심은 어스 드래곤 불고기 덮밥으로 하자.

◇ ◇ ◇ ◇ ◇

페르와 드라 짱은 어스 드래곤 불고기 덮밥을 점심으로 먹고 만족했는지 낮잠을 자고 있다.
나와 스이는 점심을 먹고 다시 작업을 개시했다.
나는 드롭 물품 정리를, 스이는 분쇄기 만들기를 시작했다.
"그나저나, 이렇게 정리해보니 정말 많긴 많구나……."
질릴 만큼 많은 드롭 물품이 있었다. 뭐, 다들 엄청난 수의 마물을 쓰러뜨렸으니까.

오늘 중으로 정리를 끝내고 싶으니, 힘내자.

"후우~, 겨우 끝났네……."

드디어 정리를 끝마친 드롭 물품의 목록은 이러했다.

【몬스터 소재】

베놈 타란툴라의 독주머니×3, 오크 고기×56, 오크의 고환×31, 오크 가죽×125, 리저드맨 가죽×63, 오거 가죽×102, 오거 마석(극소)×21, 트롤 가죽×113, 트롤의 독 손톱×48, 트롤의 마석(소)×23, 미노타우로스 고기×42, 미노타우로스의 뿔×49, 미노타우로스 가죽×88, 미노타우로스의 쇠도끼×15, 미노타우로스의 마석(소)×20, 오크 킹의 고환×1, 레드 오거의 마석(중)×1, 스프리간의 마석(대)×5, 자이언트 킬러 맨티스의 마석(소)×7, 머더 그리즐리의 모피×21, 머더 그리즐리의 마석(대)×3, 코카트리스 고기×10, 코카트리스 날개×7, 록 버드 고기×6, 록 버드 부리×10, 록 버드 날개×13, 패럴라이즈 버터플라이의 마비독 가루×42, 자이언트 도도 고기×3, 자이언트 도도 날개×9, 자이언트 센티피드의 외각×3, 자이언트 센티피드의 마석(대)×2, 와일드 에이프 모피×61, 킬러 호네트의 독침×286, 킬러 호네트의 로열젤리×1, 바스키의 송곳니×1, 바스키 가죽×1, 바스키의 마석(특대)×1, 만티코어의 독침×1, 만티코어의 마석(특대)×1, 구스타브 가죽×1, 구스타브의 송곳니×1, 구스타브의 등뼈×1, 구스타브의 마석(특대)×1, 자이언트 샌드 스코피온의 독침×6,

자이언트 샌드 스코피온의 마석(중)×3, 샌드 웜의 이빨×8, 샌드 웜의 마석(대)×4, 데스 사이드와인더의 독주머니×5, 데스 사이드와인더의 마석(대)×3, 자이언트 샌드 골렘의 마석(특대)×1, 베헤모스 가죽×1, 베헤모스의 마석(초특대)×1, 베헤모스(던전 보스)의 보물 상자×1, 미믹의 보물 상자(소)×1, 미믹의 보물 상자(대)×2

【보석류】
루비(작은 사이즈)×1, 에메랄드(작은 사이즈)×1, 아쿠아마린(작은 사이즈)×1, 가넷(작은 사이즈)×1, 아메시스트(작은 사이즈)×2, 페리도트(작은 사이즈)×1, 금괴×2, 임페리얼 토파즈(중간 사이즈)×1, 사파이어(중간 사이즈)×1, 알렉산드라이트(중간 사이즈)×1, 다이아몬드(큰 사이즈)×1, 다이아몬드(중간 사이즈)×2, 다이아몬드(작은 사이즈)×2, 옐로 다이아몬드(큰 사이즈)×1, 다이아몬드 반지×1, 탄자나이트 목걸이×1

【매직 아이템】
매직 백(소)×1, 매직 백(중)×1, 마력 회복 반지×1, 해독 목걸이×1, 마검 칼라드볼그×1

정리를 마치고 나도 깜짝 놀랐다. 이렇게나 많았다니.

하긴, 페르와 드라 짱과 스이가 마물을 거침없이 쓰러뜨리긴 했지. 나는 거의 드롭 아이템을 줍는 담당이나 다름없었고. 아니,

정말로 이거 어째야 하나 싶은데.

엘랑드 씨가 가죽은 사주겠다는 식으로 말하긴 했지만, 아무리 그래도 이걸 전부는 좀……. 보석류도 생각보다 많고. 일단 그 부분은 엘랑드 씨에게 살짝 상담해봐야겠다.

아무튼 드롭 아이템 정리는 끝났다.

『주인, 다 됐어.』

"오, 완성된 거야?"

스이에게 분쇄기를 건네받았다.

우와, 꽤 괜찮게 완성된 것 같은데? 바로 시험 삼아 써보기로 하자.

우선은 오크 고기를 갈아볼까…… 오오, 오오옷, 이거 대단하잖아.

고기를 넣고 핸들을 돌려서 고기를 가는데, 그 핸들이 어찌나 가벼운지.

전보다 크기도 커서 금세 간 고기가 완성되어가잖아.

다음은 블러디 혼 불도 갈아봐야지. 이번에도 금세 간 고기가 되어가는데.

휙휙 휙휙 핸들을 돌리고……. 깨달았을 때는 대량의 간 고기가 완성되어 있었다.

『주인, 어때?』

"아, 미안. 푹 빠져버렸네. 스이가 만들어준 이거, 엄청 좋아! 역시 스이야. 고마워."

『우후후~ 칭찬받았다. 기뻐라.』

스이가 기쁜 듯 퐁퐁 뛰어올랐다.

"아, 이제 슬슬 저녁밥을 만들지 않으면 페르랑 드라 짱이 화내겠는걸. 가자, 스이."

『응.』

"아, 스이. 밥 먹은 다음에 이걸 만들어준 답례로 좋은 걸 줄 테니까 기대해."

『좋은 거? 뭔데?』

"식사가 끝날 때까지는 비밀이야."

『알았어.』

"기다렸지?"

『늦다.』

『또 늦고 말이야.』

"미안 미안. 금방 만들 테니까 화내지 마."

오크 제너럴과 블러디 혼 불 고기를 잔뜩 갈아두었으니, 간 고기를 이용한 요리를 만들기로 하자.

뭐가 좋으려나. 간단히 만들 수 있는 간 고기 요리라고 하면…… 아, 간 고기를 듬뿍 넣은 오믈렛이랑 가지와 간 고기 치즈구이로 하자.

인터넷 슈퍼에서 사야 할 것은 양파와 가지, 그리고 달걀과 치즈와 미트 소스 통조림에 케첩, 그리고 커다란 내열 접시 몇 개.

우선 오믈렛을 만들어서 내주도록 할까.

양파를 잘게 다지고, 기름을 뿌려 달군 프라이팬에 넣어 반투명해질 때까지 볶은 다음, 갈아서 섞어둔 오크 제너럴과 블러디 혼 불 고기를 넣고 잠시 볶아주다가 가볍게 소금 후추를 뿌리고 간장과 설탕으로 간을 한다. 그리고서 물기가 없어질 때까지 볶다가 접시에 담고 살짝 식힌다.

달궈진 프라이팬에 버터를 녹이고, 거기에 풀어둔 달걀을 흘려 넣어가며 여러 번 저어주다가 반숙 상태가 되면 그 위에 볶은 간 고기를 듬뿍 얹는다. 그리고 뚜껑을 덮듯이 프라이팬 위에 접시를 올리고 프라이팬을 뒤집으면, 특대 오믈렛 완성이다.

"뭐, 이 정도면 되겠지."

달걀 부분이 살짝 찢어진 건 애교인 걸로.

그걸 세 개 만들어서 각각에 케첩을 뿌렸다. 그렇게 완성된 간 고기가 듬뿍 들어간 특대 오믈렛을 모두에게 내주었다.

"일단 이거 먹고 있어."

마도 버너가 4구인 데다가 화력도 강해서 이럴 때 참 편리하다.

아무래도 볶음 요리다 보니 2구밖에 쓸 수 없기는 하지만.

어찌 됐든 간 고기도 대량으로 볶을 수 있었다.

『달걀과 고기인가. 이건 이것대로 꽤 맛있구나.』

『맞아, 달걀이 촉촉한 것도 좋은데.』

『달걀이랑 고기 맛있어.』

오믈렛이 마음에 든 모양이다. 다행이야.

모두가 오믈렛을 먹고 있는 사이에 다음으로 가지와 간 고기 치즈구이를 만들어야지.

우선 가지를 껍질째 반달 모양이 되도록 반으로 가른다. 그런 다음 달군 프라이팬에 기름을 두르고 소금 후추를 살짝 뿌린 오크 제너럴과 블러디 혼 불 간 고기를 함께 볶아준다.

간 고기 색이 달라지면 가지를 넣고, 가지가 부드러워졌을 때 미트 소스를 투입. 미트 소스는 맛이 진하므로 간을 봐가면서 양을 조절한다. 미트 소스가 전체적으로 잘 어우러지도록 섞어가며 볶아주고, 가지가 충분히 익으면 내열 접시에 담는다.

그 위에 모차렐라 치즈를 듬뿍 얹은 다음 오븐에 넣어 치즈가 녹으면서 연한 갈색 색을 띨 때까지 구우면, 가지와 간 고기 치즈구이 완성이다.

"자, 뜨거우니까 조심해서 먹어."

『아뜨, 아뜨뜨…… 후하, 꿀꺽, 이거 맛있는데.』

드라 짱이 후하후하 해가며 먹고 있다.

어디선가 바람이 분다 했더니, 페르가 바람 마법으로 치즈구이를 식히고 있었다.

『음, 이 정도라면 괜찮겠지. 어디…… 뜨뜨뜨, 아직 살짝 뜨겁지만 꽤 맛있구나.』

스이는 뜨거워도 괜찮은지 내열 접시째 삼키고 있었다.

『쭈욱 늘어나는 게 뿌려져 있어서 맛있어. 그리고 고기도 많이 들어 있어서 맛있어.』

스이는 치즈를 좋아하니까.

아, 느긋하게 있을 때가 아니지. 다음은 특대 오믈렛을 만들어야 해.

간 고기를 듬뿍 넣은 오믈렛과 가지와 간 고기 치즈구이를 몇 번이나 만들고 나서야 겨우 모두의 저녁 식사가 끝났다.

내가 혼자서 느긋하게 저녁을 먹고 있으려니…….

『저기, 저기, 주인. 스이 답례는 아직이야?』

"아, 조금만 기다려줘."

『음? 답례라니, 그게 무슨 말이냐?』

『그래, 답례 뭔데?』

페르와 드라 짱은 귀도 밝다. 어느샌가 나와 스이의 이야기를 듣고 있었던 모양이다.

"아, 그게 말이지……."

페르와 드라 짱이 나를 향해 고개를 쑥 들이밀었다.

『답례란 게 뭐냐?』

『맞아, 뭔데?』

"아니, 저기, 그보다 얼굴 너무 가깝잖아. 진정해봐. 그게, 아까 스이한테 조리 도구를 만들어달라고 했거든. 그 답례야. 페르랑 드라 짱한테도 똑같은 걸 줄 테니까."

『그래서 그 답례란?』

『답례란?』

"케이크야."

『케이크란 건 닌릴 님에게 바치는 그 하얗고 폭신폭신하고 단 것 말이냐?』

그러고 보니 페르한테는 케이크를 먹게 해준 적이 있었지.

게다가 페르는 의외로 단 음식도 잘 먹었다.

단팥빵 같은 것도 가리지 않고 먹고.

"맞아. 그러니까, 내가 이세계 물건을 가져올 수 있는 스킬을 갖고 있다는 건 알지? 실은 그 스킬 레벨이 올라서 전에 먹었던 것보다 맛있는 케이크를 가져올 수 있게 됐거든."

일단 모두에게도 말해두기로 했다.

『뭐라? 그런 것이냐?』

"응. 스이는 단 걸 좋아하니까, 조리 도구를 만들어준 답례로 주려고 했지. 물론 페르랑 드라 짱 몫도 있으니까 걱정하지 마."

『흥, 걱정 같은 거 한 적 없다.』

못 받을지도 모른다고 걱정했으면서 센 척하기는. 하하.

이거 맛있는 케이크를 준비해줘야겠네.

슈퍼에서 파는 것보다 종류도 많은 것 같던데, 뭐가 좋으려나…….

인터넷 슈퍼의 후미야 메뉴를 열어서, 어디 보자, 어디 어디…….

역시 가장 일반적인 딸기 쇼트케이크는 빼놓을 수 없겠지.

그리고, 오오, 말차 페어라는 것도 하고 있잖아.

하지만 스이가 쌉쌀한 맛을 싫어하니 말차는 빼자.

호오, 이 화이트 초콜릿 케이크란 거랑 블루베리 타르트가 맛있어 보이는걸.

그리고 후미야의 커스터드 푸딩은 빼놓을 수 없지.

케이크를 보고 있었더니 어쩐지 먹고 싶어져서 내 몫으로 말차 쇼트케이크를 카트에 넣었다.
좋아, 이거면 됐겠지.
계산하고 나니 평소처럼 종이 상자가 나타났다.
상자 안에는 손잡이가 달린 케이크 상자가 들어 있었다.
케이크 상자를 열자 케이크와 푸딩이 담겨 있었고, 꼼꼼하게 보냉팩까지 넣어둔 것이 보였다.
케이크 포장을 벗기고 접시에 담았다.
푸딩은 용기 주변에 공기를 넣어 퐁 하고 꺼내서 접시에 담았다.
살짝 뭉그러졌지만 맛은 달라지지 않으니까.
"여기."
『음.』
『우오옷, 이게 케이크라는 거야? 어디 어디…….』
『와아.』
모두 냉큼 먹기 시작했다.
『음, 역시 이 빨간 과실이 올라간 하얀 게 제일 맛있구나.』
페르 입맛에는 딸기 쇼트케이크가 맞는 건가?
『뭐, 뭐, 뭐야 이거어?! 이 탱글탱글한 거 엄청 맛나. 어이, 이거 더 줘!』
아, 드라 짱은 푸딩이 엄청나게 마음에 들었나 보네. 하지만 더 주지 않는 편이 좋겠지. 드라 짱한테 케이크 세 개에 푸딩은 과식일 테니까.
『케이크, 달콤하고 맛있어! 스이, 더 많이 먹을 수 있어!』
응, 스이는 단 걸 좋아하니까. 더 먹을 수 있을지는 몰라도 이 이상은 안 돼.

자, 내가 선택한 말차 케이크랑 어울리는 건 역시 블랙커피겠지.

하지만 블랙은 인스턴트가 아닌 편이…… 아! 나는 인터넷 슈퍼를 열고서 목적했던 것을 찾아 구매했다. 지금은 이런 편리한 게 있어서 좋다니까. 내가 산 것은 드립 백 커피다. 뜨거운 물을 붓기만 하면 제대로 된 커피를 즐길 수 있다. 이걸 컵에 세팅하고.

아, 그러고 보니 전에 가끔은 맛있는 커피를 마시고 싶다고 생각해서 인터넷으로 드립 백 커피를 이것저것 샀을 때, 드립 백 커피를 맛있게 끓이는 법이 쓰여 있었던 것 같은데……. 분명 처음에는 커피 전체에 배어들도록 뜨거운 물을 살짝살짝 뿌려서 뜸을 들이고, 그리고 천천히 물을 따라주는 게 좋다고 했던 것 같은데.

아이템 박스에 보관해두었던 뜨거운 물을 그 방식대로 따랐다.

커피 향기가 부드럽게 주위로 퍼졌다.

음~ 냄새 좋다.

한 모금.

아, 역시 인스턴트랑은 다르네.

말차 케이크를 한 입.

이 약간 쌉싸름한 어른의 맛이란 느낌이 좋다.

여기서 다시 커피를.

아, 맛있어. 역시 케이크에는 커피인가 봐.

『어이, 이봐. 이 탱글탱글한 거 더 달라니까!』

『주인, 스이 있지, 케이크 더 먹을 수 있어!』

응, 드라 짱도 스이도 적당히 해.

어쩐지 드라 짱은 푸딩에 푹 빠진 모양이고, 스이도 단 음식을 먹고 흥분한 모양이네.

흥분했다고 말하고 보니, 뭔가 잊은 듯한…………

………………아, 유감 여신.

아, 그 사람(신) 분명히 전부 내놓으라고 할 것 같아.

후미야에 관한 건 비밀로, 틀렸어. 지금도 보고 있을 것 같아. 하아, 귀찮아.

『내 말 안 들려? 이 탱글탱글 한 거!』

『케이크, 많이 많이 먹을 수 있어!』

……하아.

아침 식사를 마치자 드라 짱이 푸딩을 먹고 싶다는 말을 꺼냈다.
『저기, 어제 탱글탱글했던 거 줘. 그거 먹고 싶어.』
푸딩이 무척이나 마음에 들었나 보다.
『스이도 케이크 먹고 싶은데.』
스이도 먹고 싶구나. 단 걸 좋아하니까.
주는 건 간단하지만, 제대로 제한을 두지 않으면 더 줘 더 줘 하고 조를 것 같다.
너무 많이 먹는 건 건강에 안 좋기도 할 테고.
"음, 그럼 줄게. 하지만 푸딩이나 케이크 같은 단 음식은 하루에 두 개씩만 줄 거야. 이건 페르도 드라 짱도 스이도 다 마찬가지야."
『에엑, 겨우 두 개? 좀 더 줘.』
『두 개뿐이야?』
드라 짱도 스이도 약간 불만스러워 보인다. 하지만 지금은 마음을 단단히 먹어야 한다.
"두 개가 싫으면 하나만 줄 수도 있어."
『아니 아니, 두 개면 돼. 응, 두 개야.』
『스이도 두 개면 돼.』
좋아, 이걸로 해결.
『나, 탱글탱글한 거 지금 하나 먹고 싶어.』

『스이는 어떻게 할까~. 우응, 스이도 하나 줘. 어제랑은 다른 케이크가 좋아.』

『나는 붉은 과실이 올려진 하얀 걸 다오.』

아, 다들 바로 하나씩 먹는 거구나. 그보다, 페르. 은근슬쩍 끼어들었잖아. 뭐, 상관없지만.

나는 인터넷 슈퍼의 후미야에서 커스터드 푸딩과 딸기 쇼트케이크와 스이에게 줄 딸기 무스 케이크를 샀다.

"자, 여기."

『우오옷, 탱글탱글한 거다.』

드라 짱은 입 주변에 잔뜩 묻혀가며 고대하던 푸딩을 먹고 있다.

『음.』

우와, 페르는 한입에 쇼트케이크를 다 먹어버렸어.

『와아, 먹어본 적 없는 거야. 아, 이거 새콤달콤해서 맛있어!』

딸기 무스 케이크가 스이의 입에 맞는 것 같아 다행이었다.

자 그럼, 모두의 디저트 타임이 끝나는 대로 모험가 길드에 가보도록 할까?

우리는 지금 모험가 길드에 있다.

모험가 길드에 들어가자 직원이 연락했는지 엘랑드 씨가 쏜살같이 달려 나왔다.

"자지, 제 방으로 가시죠."

엘랑드 씨에게 안내를 받으며 늘 가던 길드 마스터 방으로 향했다.

"그러면 오늘은 이번 던전의 드롭 아이템 등의 거래를 위해 오신 거로 생각해도 될까요?"

"네. 그런데 말이죠, 생각보다 양이 너무 많아서……."

"호오, 그렇게나 많습니까? 참고로 어떤 것들이 있는지요? 저희로서도 아이템에 따라 매입할지 말지를 정해야 하는지라."

분명 엘랑드 씨의 말대로다.

전부는 물론이고, 엘랑드 씨가 원한다고 했던 가죽도 다 사는 건 무리이리라.

오히려 보석이라든가 매직 아이템은 사줄지도 모르겠다.

어제 확인한 드롭 물품 등을 적어둔 목록이 있었는데…….

아, 여기 있다.

메모를 보면서 드롭 물품 목록을 읽어나갔다.

"어디 보자, 베놈 타란튤라의 독주머니×3, 오크 고기×56, 오크의 고환×31, 오크 가죽×125, 리저드맨 가죽×63, 오거 가죽×102, 오거 마석(극소)×21, 트롤 가죽×113…………(중략)…………해독 목걸이×1입니다."

마력 회복 반지는 내가 끼고 있어서 제외했다.

그리고 마검 칼라드볼그는 물건이 물건이다 보니 살짝 숨겨두었다가 나중에 물어볼 수 있을 것 같으면 그때 물어보기로 했다.

너무나도 긴 목록에, 엘랑드 씨는 도중부터 입을 떡 벌린 채 놀라고 있었다.

잘생긴 엘프의 넋 나간 얼굴은 좀 우스웠다.

"대, 대단한 양이로군요……."

아니 그게, 우리 애들이 모두 강해서요.

모두가 희희낙락하며 마물을 쓰러뜨리다 보니, 드롭 물품이 무더기로 들어왔지 뭡니까.

나는 던전에서의 일을 다시 떠올렸다.

"제가 있던 파티도 그 던전의 29계층까지는 클리어했고, 꽤 많은 양의 드롭 아이템과 매직 아이템을 손에 넣었습니다만, 무코다 씨의 발밑에도 못 미쳤습니다."

"아뇨, 저라기보다 페르와 드라 짱과 스이가 대단했죠. 저는 거의 드롭 아이템 회수 담당이나 다름없었습니다."

슬프지만, 실제로 그랬으니까.

응, 그래도 조금은 싸웠어. 조금은.

"드라 짱의 그 멋진 모습을………… 보고 싶었는데 말이죠. 쯧, 그 부길드 마스터만 아니었다면 바로 뒤쫓아갔을 텐데……분하다."

쯧, 이라니. 엘랑드 씨…….

드랭의 부길드 마스터는 정말로 고생이겠어.

"뭐, 그 이야기는 제쳐두고 매입에 관한 이야기를 하지요. 아무래도 전부 사들이는 건 무리일 것 같습니다."

그렇겠지. 양이 이렇게나 많으니까.

"하지만 던전산 가죽은 수요가 높으니, 가능한 한 많이 사려고 합니다. 오크 가죽과 리서드맨 가죽과 오거 가죽은 전부 사도록 하겠습니다. 그리고 트롤 가죽도 샀으면 하는데………… 음, 아무래도 부길드 마스터와 상담해서 무엇을 구입할지 정해야 할 것 같군요. 예산을 너무 많이 썼다고 혼나기도 했고(중얼).”

아, 역시 혼났구나.

돈을 받아놓고 이런 말을 하기는 뭐하지만, 이 사람은 자신의 욕망대로 돈을 마구 쓰는 느낌이었어.

주로 어스 드래곤과 관련해서.

“그건 상관없습니다. 아, 아까 그 목록에 있던 고기들은 전부 저희가 소비할 예정이라 팔지 않을 겁니다. 그리고…….”

나는 아이템 박스에서 매직 백(소)와 (중)을 꺼냈다.

“저기, 페르. 이 매직 백은 시간 경과라든가 그런 건 어떻게 돼? 페르의 감정으로 알 수 있을까?”

이것저것 생각해본 결과, 이 매직 백 안에 넣은 물건에 시간 경과가 평범하게 적용된다면 요리에 쓸 수 있을 것 같았다.

내 아이템 박스는 시간 경과가 없는데, 그건 그것대로 물건을 보존할 때 무척 편리하지만, 요리할 때는 곤란한 부분도 있었다.

요리할 때 맛을 배게 해야 하거나, 하룻밤 재워두면 더 맛있어지는 경우라든가.

평소 맛을 배게 할 때는 고기에 포크로 구멍을 내거나 해서 짧은 시간 안에 맛이 밸 수 있게 하고, 하룻밤 재워두는 편이 맛있어지는 경우에는 숙소에서 묵을 때 자기 전에 책상 위에 꺼내두거나 했었다. 그러니 매직 백의 시간 경과가 어떠한가에 따라서 매직 백은 요리하는 데 꽤 유용하게 쓰일 수 있을 것이다.

된장 절임 같은 것도 대량으로 만들어서 매직 백에 보관해두고, 알맞게 절여졌을 때 내 아이템 박스에 옮겨둔다든가 하는 식으로, 다양하게 활용할 수 있을 터다.

내 아이템 박스는 이세계인 특전 같은 것이나 다름없어 성능이 무척이나 좋다.

그런 점을 생각하면, 매직 백에는 시간 경과가 있을 것 같다.

내 감정 스킬로는 거기까지 파악할 수 없는지라, 페르에게 부탁을 했다.

『어디 한번 봐주마. 흐음…… 양쪽 모두 시간 경과는 특별하지 않다. 그저 많은 물건이 들어가는 자루다.』

과연, 양쪽 모두 시간 경과는 평범하다는 말이지?

그렇다면 (중) 쪽을 그냥 두고 (소) 쪽을 팔기로 하자.

"엘랑드 씨, 아니, 왜 그러시나요?"

내가 말을 걸었지만, 엘랑드 씨는 눈을 휘둥그레 뜨고서 페르를 응시하고 있었다.

"저, 저기, 설마, 그, 펜리르는 가, 감정을 할 수 있는 겁니까?"

아~ 그건가.

분명 감정 스킬이 있는 건 옛날이야기에 나오는 이세계에서 소환된 용사 정도라고 했던가?

하지만 페르도…….

"아, 그게, 이래 봬도 일단은 전설의 마수니까요."

『음, 일단이라니 뭐냐, 일단이라니.』

이니 그게, 나로서는 너의 이런저런 모습을 보고 들었으니까.

페르가 먹을 거에 낚여서 사역마 계약을 맺었다든가, 먹보 캐릭터라든가, 그런 걸 알고 있다 보니 아무래도.

"아, 그렇군요. 그 이야기를 듣고 보니 그러네요. 보통은 좀처럼 볼 수 없는 전설의 마수 펜리르인걸요."

맞아, 맞아.

엘랑드 씨도 이 광경에 익숙해진 나머지 살짝 둔감해진 모양이다.

펜리르와 픽시 드래곤과 특수 개체인 슬라임이 있는 풍경에 말이다.

"그래서 말이죠, 아까 리스트에 있었던 매직 백(중)도 제외해주셨으면 합니다."

"고기와 매직 백(중) 말이지요. 그 이외는 매입 대상으로 생각해도 괜찮겠습니까?"

"네, 괜찮습니다."

어디, 이런 흐름이라면 그것에 관한 이야기를 꺼내 봐도 괜찮으려나?

"저기, 그리고 말이죠…… 방금 전달한 목록 안에는 넣지 않았는데요. 물건이 물건인 만큼 어찌 취급하면 좋을지 좀 곤란한 게 있습니다."

예의 그것에 관해 물어보기로 마음먹었다.

"실은…… 영차."

아이템 박스에서 무거운 검을 꺼냈다.

"던전 보스인 베헤모스를 쓰러뜨렸더니, 이런 게 나왔습니다.

마검 칼라드볼그.”

“푸우웁.”

잘생긴 엘프 엘랑드 씨가 뿜었다.

푸우웁이래, 푸우웁이랬어.

“마, 마, 마검이라고욧?!”

엘랑드 씨가 이렇게나 놀라는 것을 보면 역시 위험한 물건인 모양입니다.

“세상에, 마검이라니…… 이곳의 던전은 난도도 높은 편이니 공략된다면 혹시, 하는 생각은 했었습니다만…………”

이야기를 들어보니 실물이 확인된 마검은 고작 네 자루뿐이라고 한다.

우선 첫 번째가 700년 전에 신에게 선택받았던 용사가 던전에서 가져왔다고 하는 '마검 주와외즈'로, 그 마검은 르바노프 신성 왕궁의 르바노프교 본산인 교회에 엄중하게 보관되어 있다고 한다.

두 번째가 가이슬러 제국이 소유한 '마검 부르트강'.

그 검은 400년 정도 전에 가이슬러 제국의 던전에서 나온 것이라고 하는데, 가이슬러 제국은 그 마검을 손에 넣기 위해 3만 명의 병사를 던전에 보냈다고 한다.

세 번째가 마르베일 왕국이 소유한 '마검 바리사다'.

그 마검은 300년 전에 당시의 마르베일 왕국 출신 S랭크 모험가가 어느 던전에서 가지고 왔다고 한다.

그것을 마르베일 왕국이 사들였다고 하는데, 그 가격이 당시의 마르베일 왕국 국가 예산에 상당했다는 소문이 있었다는 모양이다.

네 번째가 여기 레온하르트 왕국이 소유한 '마검 아론다이트'.

그 검은 이 나라의 초대 국왕이 이 나라에 있는 던전(참고로 이곳 드랭의 던전이 아닌 다른 곳이다)에서 가져온 것이라고 한다.

던전에서 마검을 가지고 돌아올 정도의 실력을 가진 초대 국왕은 대체 어떤 사람이었던 걸까 싶었지만, 그건 여유가 있을 때 물어보기로 마음먹었다.

그리고 내가 가져온 '마검 칼라드볼그'가 다섯 자루째의 마검이라고 하는데, 여기서 신경 쓰이는 점이 있었다.

"저기, 지금 들은 마검은 네 자루 모두 국가가 소장하고 있다는 거죠……?"

엘랑드 씨의 설명에 따르면 모두 ㅇㅇ국이 소유하고 있다고 하잖아. 아무래도 신경 쓰인다고.

"그렇지요. 힘의 상징이라고도 하는 마검 정도의 물건은 나라가 엄중하게 보관하게 됩니다."

뭐? 나는 지금 나라에서 소장할 만한 물건을 들고 다니고 있는 거야?

"저, 저기, 매입은?"

너무 무거워서 나로서는 다룰 수도 없는 데다, 나라가 엄중하게 보관할 만한 물건을 가지고 다니고 싶지는 않다고.

이대로라면 아이템 박스 안에서 영원히 잠들어 있게 될 거야.

"말도 안 되는 소리 하지 마십시오. 국가 예산에 필적하는 그런 마검을 살 수 있을 리가 없지 않습니까."

엘랑드 씨가 어이없다는 표정으로 그렇게 말했다.

네, 지당하신 말씀입니다. 터무니없는 소리를 한 점 사과드립니다.

"팔겠다고 하지 마시고, 직접 써보시는 것도 방법일 것 같습니다. 마검을 다루다니, 검사에게 있어서는 꿈에서도 바라 마지않을 일이니까요."

아니, 저는 검사가 아니거든요.

그 전에 이거 들고 있는 것만으로도 힘들다고.

"저기, 이 검은 너무 무거워서 저로서는 도저히 쓸 수가 없습니다."

"네? 그렇습니까? 제가 좀 들어봐도 괜찮을까요?"

그 물음에 나는 "물론이죠"라고 답했고, 엘랑드 씨는 칼라드볼그를 검집에서 뽑아 들었다.

"확실히 묵직한 무게감이 있군요. 휘두르지 못할 것은 없겠지만."

엘랑드 씨가 자리에서 일어나 칼라드볼그를 가볍게 휘둘렀다.

엘랑드 씨, 그거 휘두를 수 있군요. 역시 전 S랭크 모험가.

나는 들고 있는 것만으로도 큰일인데.

"그거 아다만트제인가 보더라고요."

"푸우웁."

이런, 엘랑드 씨가 또 뿜었어.

"아, 아, 아, 아다만트제라고요?!"

"감정에 따르면 그렇다고 하네요."

아다만트제라는 게 놀랄 만한 일인 걸까?
미스릴이 평범하게 사용되니까, 아다만트도 비싸고 유통은 적겠지만 어쨌든 쓰이고 있는 금속일 거라고 생각했는데.
"아다만트로 말하자면, 그 무엇도 상처를 낼 수 없다고 하는 전설의 금속입니다……."
아, 이 세계에서는 그런 설정인 거구나.
이런, 이건 정말로 아이템 박스에 영구 보존해두게 될 것 같네.
"뭐, 저로서는 쓸 수가 없으니 당분간 아이템 박스에 넣어두겠습니다."
"그러는 편이 좋을 것 같습니다."
엘랑드 씨에게서 칼라드볼그를 건네받아 아이템 박스에 넣었다.
응, '마검 칼라드볼그' 아이템 박스에 영구 보존 결정.
뭐, 언젠가 어떻게 처리할지 정해질지도 모르지. 그게 언제일지는 알 수 없지만.
"아, 그렇지. 전해드려야만 할 소식이 있었습니다. 무코다 씨, A랭크로 승격하셨습니다."
…………네?
어, 저기, 나 C랭크였잖아?
어째서 갑자기 A랭크가 된 거지?
"저기, A랭크라고요?"
"예. 이곳의 던전을 답파한 무코다 씨를 C랭크인 채로 둘 수는 없으니까요."
그렇다고 합니다.

그런 연유로, 지금까지 갖고 있던 은색의 C랭크 카드는 엘랑드 씨에게 몰수되었다.

그리고 금색으로 빛나는 A랭크 카드를 막무가내로 떠넘겨 받았다.

답파했다고 해도 나는 그다지 싸우지도 않았다. 모두에게 맡겨 버렸더니 어느샌가 답파해버렸다. 그렇게 된 건데.

"그래서, 매입할 물건은 언제쯤 정해질까요?"

"부길드 마스터와도 상담을 해봐야 하겠지만, 내일모레 무렵까지는 정할 생각입니다. 서둘러 이 나라의 모험가 길드 본부와 왕궁에 설명을 하러 가야만 하니까요. 정말 성가십니다……."

엘랑드 씨, 속마음이 전부 새어 나오고 있어.

아무래도 던전 답파에 관한 자세한 설명을 하러 가야만 하는 모양이다.

"원래대로라면 답파한 모험가와 함께 가는 것이 제일입니다만."

그렇게 말하며 엘랑드 씨가 이쪽을 슬쩍 바라보았다.

"아뇨, 그런 건 좀 안 맞아서요. 가능하면 빠지게 해주셨으면 합니다."

모험가 길드의 높으신 분과 만나거나 왕궁에 가다니, 사양이다.

그런 사람들과 만나는 건 정신적으로 지치기만 할 뿐이니까.

게다가 자칫 잘못해 내가 이세계에서 왔다는 사실을 들키거나 하는 것도 싫다.

"역시 그렇습니까. 무코다 씨 일행은 그다지 간섭받고 싶어 하지 않는다는 이야기는 이미 들었고, 왕궁 쪽에서도 억지로 강요하거나 하는 일이 없도록 하라는 전달이 왔었지요."

감사한 일이야, 감사한 일.

정말로 이 나라의 임금님이 말이 통하는 사람이라 다행이라니까.

"어쩔 수 없군요. 왕도에는 저 혼자 가기로 하지요. 무코다 씨가 함께라면 드라 짱도 함께하게 될 테니 여행길도 즐겁겠구나 싶었는데 말이지요. 사실은 장기 휴가를 받아서 무코다 씨 일행을 따라가고 싶었습니다만…… 휴가 신청서를 써서 냈더니 부길드 마스터가 찢어버리지 뭡니까. 너무하다고 생각하지 않으십니까? 게다가 '이 이상 길드 마스터가 제멋대로 굴면, 저는 업무를 보이콧할 겁니다'라며 위협까지 하고 말이죠."

아니, 너무한 건 일을 하지 않는 당신이라고 생각합니다. 전면적으로.

부길드 마스터. 고생이 많으십니다.

"뭐, 어쨌든 드롭 물품 매매가 끝날 때까지는 아직 시간이 있잖아요. 그리고 앞으로도 드래곤을 입수하게 되면 이곳으로 가져올 테니까요."

내가 그렇게 말하자, 엘랑드 씨가 테이블을 턱 짚으며 몸을 쑥 내밀었다.

"그 말, 정말이십니까?!"

자, 잠깐, 얼굴이 너무 가깝잖아요.

"네, 정말입니다."

아니, 드래곤을 해체해줄 수 있는 곳은 여기뿐인 것 같으니까.

앞으로 입수하는 일이 있을지는 알 수 없지만, 입수하게 되면 아이템 박스에 넣어서 여기로 가져올 겁니다.

"약속입니다!"

내 어깨를 꽉 붙들고서 엘랑드 씨가 그렇게 말했고, 나는 몇 번이나 고개를 끄덕였다.

"그, 그럼 매입하실 물건이 정해지는 내일모레쯤에 다시 오겠습니다."

그렇게 말하고 모험가 길드를 뛰쳐나왔다.

더 있다간 엘랑드 씨의 드래곤 이야기를 한참 동안 들어야 할 것만 같은 분위기였다고.

◇ ◇ ◇ ◇ ◇

모험가 길드를 뒤로한 후, 나는 페르에게 부탁해서 마을 밖의 인적 없는 곳으로 이동했다.

"그럼 빗질한다."

우리는 던전에 들어간 후로 쭉 하지 못했던 목욕을 하러 온 것이다.

참고로 페르도 던전에 들어가는 바람에 꽤 더러워진지라 깨끗하게 씻기로 했다.

페르를 씻길 준비 단계로, 우선은 빗질을 시작했다.

『꼭 해야만 하는 것이냐?』

엉킨 털을 조심스레 빗질하고 있으려니 페르가 내게 그런 질문을 했다.

“꼭 해야만 해. 그게, 던전 안에서 늪지랑 사막 같은 곳들을 지났잖아. 그래서 엄청 더러워졌다고.”

『음, 나는 그다지 지저분하다고 생각하지 않는다만…….』

“아니 아니, 지저분해. 만지면 버석버석하고, 다리 같은 데는, 이것 봐. 진흙이 덩어리져서 이렇게 털에 들러붙어 있잖아.”

다리를 빗질하면서 페르에게 그렇게 말하자, 페르가 싫다는 표정을 지었다.

씻는 게 그렇게나 싫은 걸까? 먼지를 깨끗하게 씻어내면 기분 좋을 거라고 보는데. 특히 털이 엉켜 있는 다리를 중심으로 빗질을 하고…… 좋아, 빗질은 끝났다.

“스이, 온수를 만들어야 하니까 물을 만들어줘.”

『알았어.』

『아니, 온수 같은 건 필요 없다. 냉수여도 괜찮으니 어서 해라.』

따뜻한 물로 씻길 준비를 하려고 했는데, 페르는 찬물이어도 상관없다는 말을 했다.

“하지만, 차가운 물로 씻으면 추워서 감기에 걸리지 않을까?”

여기는 덥지도 춥지도 않은 기후인 곳이지만, 아무리 그래도 찬물은 좀.

『어리석은 놈. 이 몸을 누구라고 생각하는 것이냐. 물을 끼얹은 정도로 어떻게 될 리가 없지 않으냐. 게다가 닌릴 님의 가호도 있다. 병 같은 건 걸리지 않는다. 그보다 할 거면 서둘러 해라.』

아, 물이 싫으니까 할 거면 시간 끌지 말고 얼른 끝내라는 거지?

그렇다면 찬물로 빠르게 진행해볼까요.

『뭐어? 찬물로 씻는 거야? 뜨끈한 물로 씻는 편이 기분 좋은데. 뭐, 페르가 얼른 끝내주면 우리도 얼른 욕조에 몸을 담글 수 있지만.』

그렇게 말한 것은 드라 짱이었다.

드라 짱은 목욕이 아주 마음에 든 모양이다.

『그래. 서둘러 끝내는 편이 너희들에게도 좋을 터. 그러하니 어서 끝내거라.』

"네네. 그럼 찬물로 빠르게 씻긴다?"

『그래.』

"스이, 페르한테 물을 뿌려줄래?"

『괜찮은 거야?』

『괜찮다, 스이. 해라.』

『알았어.』

스이가 페르를 향해서 물을 쏘았다.

심하게 지저분한 부분은 물로 대강 씻어내고, 온몸이 젖었을 때 스이에게 물을 멈춰달라고 했다.

그리고 전에 페르를 씻기기 위해 샀던 수의사 추천 샴푸가 남아 있어서 그것을 몸에 발랐다.

우선은 등을 슥슥.

『어이, 좀 더 세게 해라.』

네네.

나는 힘을 주어 북북 씻겼다.

『거기, 조금 더 힘껏 문질러라.』

예예. 여기가 가려우신가요.
벅벅, 북북, 힘을 주어 씻겼다.
『거기는 조금 더 해라.』
아, 네네. 시간을 들여서 씻기라는 거군요.
벅벅, 북북, 싹싹.
서둘러 끝내라고 말하더니, 막상 씻기기 시작하자 여기는 조금 더 힘껏 문지르라는 둥 여기는 조금 더 오래 문지르라는 둥 이것저것 주문이 많았다.
그렇게 주문대로 온몸을 구석구석 빠짐없이 씻겼다.
"좋아, 됐다. 스이, 페르에게 또 물을 뿌려줘."
『네에.』
스이가 다시 페르를 향해서 물을 뿌렸다.
페르 몸에 묻은 거품을 씻겨나갔다.
"페르, 얼굴도 씻긴다."
『으음, 얼른 해라.』
"스이, 물을 조금 약하게 비처럼 해서 페르의 얼굴에 뿌려줄래?"
『응, 알았어.』
쏴아 하고 약한 물줄기가 페르 얼굴에 뿌려졌다.
페르 얼굴이 깨끗해졌다.
"좋아, 스이. 이제 됐어."
『후우, 겨우 끝난 것이냐.』
"페르, 자, 잠깐 기다려! 우리가 멀리 떨어질 때까지 부르르하고 털면 안 돼."

부르르하고 몸을 털려는 것을 직전에 아슬아슬하게 제지했다.
나와 드라 짱과 스이가 페르에게서 멀어졌다.
"됐어."
내가 그렇게 말하자 동시에 성대하게 몸을 부르르 부르르 떠는 페르.
그렇게 물을 털어낸 다음 스스로 따뜻한 바람을 만들어내서 몸을 말렸다.
"그럼, 우리도 목욕을 해볼까?"
『우오옷.』
『만세.』
목욕할 준비를 하고 있으려니 털 말리기를 끝낸 페르가 말을 걸어왔다.
『너희가 목욕을 하는 사이에 사냥하러 갔다 오겠다.』
"응, 그래. 하지만 이제 막 씻은 참이니까 너무 더러워지지 않게 조심해줘."
『으음, 알고 있다.』
"사냥해 올 거면 새 종류 마물, 록버드나 코카트리스가 좋겠어. 새고기가 얼마 안 남았거든."
『알았다.』
"아, 그리고 이거."
나는 아이템 박스에서 매직 백(중)을 꺼냈다.
이건 어깨에 메는 형태의 가방이라 페르도 가지고 다니기 편할 터였다.

『매직 백인가?』

"맞아. 많이 사냥했을 때는 여기에 넣는 쪽이 편하잖아?"

『음, 그렇구나. 그럼 빌려 가마.』

그렇게 말한 페르는 힘차게 달려갔다.

물론 잊지 않고 결계도 쳐주었다.

"흐어~ 기분 좋다."

『맞아, 최고야.』

『기분 좋아.』

목욕 준비를 재빠르게 마치고, 나와 드라 짱과 스이는 따뜻한 물에 몸을 담갔다.

드라 짱과 스이는 욕조 속에서 둥실둥실 뜬 채로 릴랙스.

나도 물속에서 다리를 쭉 펴고 편하게 늘어졌다.

오랜만에 머리도 감고 몸도 씻으니 개운하다. 역시 목욕은 좋구나.

던전을 답파한 상으로 탄산이 배합된 조금 비싼 입욕제를 넣어 보았는데, 그 때문인지 몸이 뜨끈해지면서 피로가 풀리는 기분이 들었다.

향기도 좋고.

드라 짱과 스이와 한동안 느긋하게 목욕 타임을 즐겼다.

"이제 그만 마무리하도록 할까?"

흐아...

『그러게~.』

『네에.』

욕조에서 나와 옷을 챙겨 입고 뒷정리도 마쳤다. 그리고서 드라 짱과 스이에게는 과일 맛 우유를 주고, 나는 커피 우유를 마시며 한숨을 돌리고 있을 때였다.

"……살려…… 살려줘."

"꺄아악!"

어린아이의 목소리가 들려왔다. 목소리가 점점 가까워졌다.

목소리의 주인이 보이기 시작했다. 열 살 전후의 남자아이와 여자아이였다.

"이리스만이라도 도망쳐!"

"오빠랑 함께가 아니면 싫어!"

다섯 마리의 오크가 남자아이와 여자아이의 뒤를 쫓고 있었다.

"드라 짱, 스이."

『그래, 맡겨둬.』

『스이, 할게.』

드라 짱은 곧장 날아갔고, 스이는 라이플처럼 촉수를 뻗었다.

퍼억, 퍼억, 퍼억—.

퓻, 퓻—.

불 마법을 몸에 두른 드라 짱이 오크 세 마리를 꿰뚫었고, 스이는 두 마리의 오크에게 산탄을 명중시켰다.

"어이, 너희들 괜찮은 거야?"

두 사람을 향해서 달려가 보니, 둘은 쓰러진 오크를 보고 넋을

잃고 있었다.

“하아하아, 오크는 다 쓰러뜨렸으니까 괜찮아. 그보다, 너희는 어디서 왔니?”

마을 근처 숲이라면 또 모를까, 이곳은 마을에서도 좀 먼 곳이다. 아이들끼리 이런 숲속을 어슬렁거리다니 이상한 일이었다. 혹시 어른 일행이 있는 것일까? 그런 생각을 하고 있으려니, 오크에게 쫓긴 것이 상당히 무서웠는지 남자아이와 여자아이가 울음을 터뜨리고 말았다.

“으윽, 흐윽, 으아아아아앙.”

“우으, 으으으, 흐에에에에엥.”

어찌하면 좋을지 몰라 우왕좌왕하고 있는 사이에 페르가 돌아왔다.

『이 꼬맹이들은 뭐냐?』

페르를 보고 남자아이와 여자아이는 엉엉 울기 시작했다.

“아, 저기, 이거는 있지, 내 사역마거든. 얌전히 있을 거니까 괜찮아.”

『어이, 이거라니 무슨 말이냐, 이거라니.』

페르가 큰 목소리로 그렇게 말하자, 깜짝 놀란 두 아이가 더 큰 울음소리를 냈다.

“아, 정말. 큰 소리 내지 마. 페르는 좀 가만히 있어.”

나는 좀처럼 울음을 그치지 않는 아이들을 “이제 괜찮아” 하며 달래고, “이 애들은 사역마니까 아무 짓도 안 할 거야”라며 토닥여주었다.

◇ ◇ ◇ ◇ ◇

겨우 진정되어 울음을 멈춘 아이들에게 말을 걸어보았다.

“너희들 이름을 가르쳐줄래?”

“훌쩍…… 나는 데릴이고, 이쪽은 동생인 이리스.”

갈색 머리카락과 눈을 가진 영리해 보이는 남자아이, 데릴이 코를 훌쩍이면서 그렇게 대답했다.

데릴과 같은 갈색 머리카락을 땋아 내린 소극적인 느낌의 여자아이 이리스는 오빠 데릴의 팔에 매달려 있었다.

“나이는? 몇 살이지?”

“나는 열 살, 이리스는 여덟 살.”

역시 보이는 대로 열 살 전후인가.

어째서 이런 아이들이 이런 곳에 있는 것일까?

“여기에는 어른이랑 같이 온 거니?”

그렇게 묻자, 데릴이 고개를 가로저었다.

“뭐? 너희 단둘이서 온 거야?”

그 물음에는 끄덕 고개를 끄덕였다.

“단둘이서 왔다니, 어디서 온 거야?”

“드랭.”

“뭐어? 드랭에서 온 거야?”

분명 이 근처 마을의 아이들일 거라고 생각했던지라 솔직히 놀랐다.

그도 그럴 것이 드랭에서 이곳까지는 도보라면 세 시간은 걸릴 테니 말이다. 아이들 걸음이라면 그보다 더 걸릴 것이 틀림없다. 뭔가 사연이 있을 것 같은데.

"너희 둘이서, 왜 이런 먼 숲까지 온 거니? 뭔가 이유라도 있는 거야? 괜찮다면 이야기해주지 않을래?"

"저 오크를 한 마리 준다면, 얘기할게."

그 말에 좋다고 답하자, 데릴은 이유를 이야기하기 시작했다.

데릴과 이리스는 어머니와 셋이서 드랭에서 살고 있다. 아버지는 모험가였는데, 데릴이 여섯 살 때 던전에 들어간 후로 돌아오지 않았다고 한다. 어머니는 솜씨 좋은 재봉사였고, 그 덕분에 세 사람은 어찌어찌 먹고살 수 있었다.

하지만 2주 정도 전에 어머니가 쓰러지고 말았다.

신전에 가서 진찰을 받고 신관이 회복 마법도 걸어주었다. 하지만 그 순간에만 잠시 좋아질 뿐, 금세 다시 몸져누웠다. 신관은 "여기서 고칠 수 있는 건 가벼운 병뿐이다. 이런 큰 병은 왕도에 있는 고위 신관의 회복 마법 정도가 아니면 절대 낫지 않을 거야"라는 말을 했다.

왕도에 있는 고위 신관에게 회복 마법을 걸어달라고 하려면 큰 돈이 필요하다는 말을 듣고, 좌우간 돈을 벌어야만 한다는 생각에 둘이서 할 수 있을 법한 약초 채취를 하기 위해 이 숲까지 왔다고 한다.

"훌쩍……."

나는 두 사람에게 보이지 않도록 주의하며 코를 훌쩍였다.

기특해, 데릴도 이리스도 착한 아이들이잖아.

나 이런 이야기에 엄청나게 약하다고.

"두 사람 그동안 밥은 어떻게 했니?"

"……도시에서 잡일을 해가면서, 간신히 해결했어."

잡일 정도로 대단한 돈은 벌지 못했을 테고, 어머니를 생각하는 마음이 깊은 아이들이니 그 얼마 안 되는 돈도 어머니를 위해 썼을 듯했다.

그렇다면 굶기를 밥 먹듯 했으려나.

"배고프지? 우리도 마침 밥 먹을 때가 됐으니까, 같이 먹자."

『밥이냐? 마침 배가 고프던 참이었다.』

『나도 배고파졌어.』

『스이도.』

이런, 너희한테 한 말 아니거든. 뭐, 너희 몫도 빼놓지 않고 만들겠지만.

데릴과 이리스가 먹기 좋은 게 뭐가 있으려나? 낯선 쌀보다는 평소 자주 먹는 빵으로 하는 편이 좋겠지? 그렇다면…… 그걸로 하자.

데리야키 소스를 이용한 데리야키 버거.

그거라면 아이템 박스 안에 재료가 있으니, 데릴과 이리스 앞에서 인터넷 슈퍼를 쓰지 않아도 된다.

그렇다면 우선은 마도 버너를 꺼내야지.

내가 아이템 박스에서 마도 버너를 꺼내자 데릴과 이리스가 눈을 휘둥그레 떴다.

"나도 아이템 박스를 갖고 있지만, 그렇게 큰 건 안 들어가…….”

데릴이 그렇게 중얼거렸다.

오오, 데릴은 아이템 박스 소유자구나.

그럼 조금 더 자라면 데려가겠다는 곳이 많지 않을까?

“이리스는 없는데. 좋겠다.”

그리 말하며 이리스는 살짝 삐쳤다. 역시 이렇게 솔직한 어린 아이는 귀엽다니까.

그럼 만들어볼까요.

우선 던전산 코카트리스 고기를 양면 모두 바싹 굽고, 프라이팬에 묻은 기름은 키친타월로 닦아낸다. 그런 다음 시판 데리야키 소스를 넣고 잠시 끓인 뒤 코카트리스 고기에 묻히면 데리야키 완성이다.

흑빵을 반으로 가르고 채 썬 양배추를 얹은 다음 마요네즈를 뿌린다. 그 위에 코카트리스 데리야키를 얹고 빵을 덮어주면 데리야키 버거 만들기 끝이다.

그리고 오렌지 주스를 나무 컵에 따라 데릴과 이리스에게 건네주었다.

“자, 어서 먹어.”

처음에는 당혹스러워했지만 “안 먹으면 우리 사역마들이 먹어버릴걸” 하고 말하자, 무척이나 배가 고팠는지 우걱우걱 먹기 시작했다.

“맛있어.”

“오빠, 이거 맛있지? 이 음료수도 달콤하고 맛있어.”

그래 그래, 많이 먹으렴, 많이 먹어.

자, 나는 아직 해야 할 일이 남아 있지.

페르와 드라 짱과 스이 몫의 데리야키 버거를 대량으로 만들어서 모두에게 내주었다.

그 모습을 본 데릴과 이리스가 놀랐다.

"와아~ 다들 엄청나게 먹는구나."

"맞아. 우리 애들은 모두 대식가거든. 그보다, 데릴이랑 이리스는 그거면 되겠어? 더 먹어도 돼."

내가 그렇게 말하자 둘 다 배부르다고 했다.

흑빵으로 만든 햄버거라 든든하긴 할 터다.

"그럼 음료수 더 마실래?"

이리스는 오렌지 주스가 마음에 들었는지 더 마시고 싶어 했다.

하지만 더 달라고 해도 되는지 망설이는 듯 보였다.

"자, 둘 다 사양하지 말고 마셔도 돼."

그렇게 말하며 나무 컵에 오렌지 주스를 따라주자, 둘은 기뻐하며 꿀꺽꿀꺽 마셨다.

페르와 스이가 몇 번이나 더 먹은 후에야 겨우 식사가 끝났다.

그러자 데릴과 이리스가 예의를 차리며 인사를 했다.

"아저씨, 고맙습니다."

"고마워, 아저씨."

아, 아, 아저씨라고? 내가…………?

뭐랄까, 감사 인사를 받았건만 어쩐지 기쁜 듯 기쁘지 않은 듯 묘한 기분이다.

지금 상황에서 두 사람에게 정정해달라고 하는 것도 좀 그렇겠지…….

아저씨라……. 지금까지 봐온 느낌상, 이 세계는 스무 살 정도면 아이 한둘은 있는 것 같았다. 그걸 생각하면, 스물일곱 살인 나는 아저씨에 해당하는 연배인 걸지도 모른다.

『풋…… 너도 역시 아저씨가 아니냐, 푸후훗.』

거기, 페르. 웃지 마. 그보다 마음에 두고 있었던 거냐?

『뭐, 적어도 오빠라는 느낌은 아니지.』

드라 짱, 내가 늙었다고 말하고 싶은 거야? 나중에 너랑은 좀 대화를 나누어야 할 것 같구나.

『아저씨? 주인은 주인이야.』

응, 내 위로가 되어주는 건 스이뿐이야.

"아저씨는 모험가 맞지?"

데릴이 물어보았다.

"아, 그래. 일단은 그런데."

아저씨라고 불리니 당연하게도 마음에 상처가 된다.

"오크는, 오크 한 마리는 돈을 얼마나 받을 수 있어? 이걸로 왕도에서 신관을 부를 수 있을까?"

왕도에서 고위 신관을 불러 어머니의 병을 고치려는 건가. 안됐지만, 아무리 생각해도 오크 한 마리로는 절대 그런 돈이 안 된다.

"오크 한 마리로는, 좀 무리려나……."

"그럼, 얼마나 더 필요해? 거기 있는 다섯 마리를 전부 다 하면

부를 수 있어? 그렇다면, 나 뭐든 할 테니까 나한테 넘겨줘."

그렇게 말하며 데릴이 고개를 숙였다. 오빠를 따라 이리스도 고개를 숙였다.

오크 다섯 마리를 넘겨줘서 어떻게 될 일이라면 얼마든지 줄 수 있지만, 왕도에서 고위 신관을 부르는 건 오크 다섯 마리 값으로도 무리이리라 생각한다.

다만, 위선이라는 말을 들을지도 모르지만, 도와줄 수 있다면 도와주고 싶었다. 나도 모든 사람을 다 구할 수 있다고는 생각하지 않지만, 데릴과 이리스를 여기서 이렇게 만난 것도 인연이니까. 도와주고 싶은데 어떻게 하면 좋을까…….

스이 특제 상급 포션을 주면 될까 싶었지만, 잘 생각해보니 지금까지 그 포션이 효과를 보였던 것은 전부 상처였다.

병에 대해 시험해본 일은 없었지만, 포션의 특성을 생각하면 상처에만 효과가 있을 것 같았다.

데릴과 이리스의 어머니가 어떤 상태인지 물어본 바에 따르면, 몸을 일으킬 수 없을 정도로 상태가 나쁜 모양이었다.

그런 위중한 병이라면 일릭서 정도가 아니면 효과가 없을 것만 같다.

으음, 어쩌면 좋을까.

…………아!

"데릴, 이리스. 우리 사역마들을 아직 소개하지 않았지? 이 폭신폭신한 건 페르라고 해. 그리고 이쪽이 픽시 드래곤인 드라 짱, 이 슬라임은 스이야. 모두와 사이좋게 지내줄래?"

"만져도 화 안 내?"

데릴이 무서워하며 그렇게 물었다.

"화 안 내. 그렇지?"

『그런 꼬맹이가 만진 정도로 화낼 리 없지 않느냐.』

"그렇대. 페르는 말을 할 수 있으니까, 뭔가 궁금한 게 있으면 직접 물어보면 돼. 드라 짱도 괜찮지?"

내가 그렇게 말하자, 드라 짱은 대답 대신 두 사람 눈앞에 착지했다.

데릴은 흠칫거리면서 눈앞의 드라 짱을 만져보았다.

아무 일도 일어나지 않는다는 것을 깨달은 데릴은 드라 짱의 머리부터 등을 몇 번이나 쓰다듬었다.

이리스는 페르가 신경 쓰이는지, 페르의 등을 콕콕 찔렀다.

그러더니 괜찮다는 것을 알자마자 그 폭신폭신한 털을 쓰다듬기 시작했다.

"페르 털은 폭신폭신하고 좋은 냄새가 나~."

이리스는 페르의 털 결에 만족한 모양이었다.

그 모습을 보고 나는 냉큼 페르와 드라 짱에게 염화를 보냈다.

『페르, 드라 짱, 나는 스이랑 좀 해야 할 일이 있어. 그러니까 데릴과 이리스를 좀 봐줘. 시간은 얼마 안 걸릴 거라고 생각해. 스이는 부탁하고 싶은 게 있으니까, 나를 따라와 줄래?』

좋아, 여기는 페르와 드라 짱에게 맡기고 가자.

나는 스이와 함께 조금 떨어진 곳으로 이동했다.

"스이, 부탁이 있는데 괜찮을까?"

『뭔데?』

"그러니까……."

나는 아이템 박스 안에서 두 개의 물건을 꺼냈다.

하나는 어스 드래곤의 피다.

그리고 또 하나는 어스 드래곤의 간.

전에 엘랑드 씨에게 들은 이야기에 따르면, 드래곤의 피와 간은 일종의 만병통치약 같은 거라고 했었다.

그 이야기를 떠올리고, 혹시 어쩌면 하는 생각이 들었다. 어스 드래곤의 피와 간을 스이에게 흡수하게 한 다음에 스이 특제 포션을 만들어달라고 하면 뭔가 새로운 약이 만들어지지 않을까 싶었다.

물론 일릭서 같은 대단한 것은 바라지 않는다. 다만 뭐랄까, 이런 병에도 들을 만한 회복약이 완성되면 좋겠다는 마음이다.

"이건 있지, 어스 드래곤의 피와 간인데, 여러 병이나 부상에 효과가 있는 약이 된대. 그러니까 스이의 약을 만드는 능력으로 이 재료를 이용해서 병을 고칠 수 있을 만한 약을 만들어줄 수는 없을까 하는데. 할 수 있을까?"

『우웅, 할 수 있을지 없을지는 몰라. 하지만 스이, 해볼게.』

"그래, 그래. 해주는 거구나. 고마워, 스이. 그럼 이거랑 이걸로 부탁해."

『우웅.』

스이에게 건넨 것은 어스 드래곤의 피 한 병과 어스 드래곤의 간.
간은 길드에 절반을 팔고 남은 것이지만, 꽤 컸기 때문에 그 4분의 1 정도를 잘라냈다.
어스 드래곤의 피와 간을 흡수한 스이가 『우웅, 그러니까』라며 체내에서 무언가 작업을 시작한 듯했다.
나는 스이를 지켜보며 가만히 기다렸다.
5분 정도 기다렸을 때 스이가 외쳤다.
『다 됐어.』
나는 아이템 박스에 남아 있던 병을 꺼내서 스이에게 건넸다.
"그럼, 여기에 넣어줄래?"
『응, 알았어.』
스이의 촉수 끝에서 투명한 적자색 액체가 똑똑 병 안으로 떨어졌다.
"좋아, 병이 가득 찼으니까 그만 됐어."
『주인, 아직 두 개 더 채울 수 있어.』
병 하나가 가득 찼다고 말하자, 스이가 앞으로 두 병 분량이 더 남아 있다고 했다.
"그럼 그것도 여기 넣어줄래?"
나는 병 두 개를 스이에게 건넸다.
그렇게 투명한 적자색 액체가 담긴 병 세 개가 완성되었다.
일단 감정이다.

【스이 특제 일릭서(열화판)】

스이 특제 일릭서(열화판). 열화판이라 수명이 늘어나지는 않는다. 모든 병에 효과가 있다.

"푸우웁, 콜록, 콜록, 콜록."

『응? 주인, 괜찮아?』

너무 놀란 나머지 사레가 들린 나를 걱정하며 스이가 다가왔다.

"쿨럭…… 괘, 괜찮아, 괜찮아."

스이를 쓰다듬으며 자신에게 들려주듯이 그렇게 말했다.

…………일릭서가 만들어졌어.

스이, 진짜 대단하구나.

열화판이라고 해도 일릭서를 만들어버렸어. 모든 병에 효과가 있다고 설명에 나왔다고.

'열화판이라 수명이 늘어나지는 않는다'라고 되어 있는데, 열화판이 아닌 일릭서는 수명까지 늘려주는 거야?

이, 일릭서라는 건 정말이지 대단한 약이구나.

설마 일릭서가 만들어지리라고는 상상도 못 했는데.

뭐, 어쨌든 병을 고치는 약이라는 건 틀림없다. 이, 일단은 성공인 거겠지?

좋아, 이걸로 데릴과 이리스의 어머니도 괜찮아질 수 있을 거야.

아, 그렇지. 병을 앓다 일어나는 거니까 그것도 만들어서 주도록 하자.

그거라는 건, 소화가 잘되는 달걀죽이다.

달걀죽은 인터넷 슈퍼(이세계)의 식재료만으로 만들어야 하는

데, 그것도 병석에서 일어난 데릴과 이리스의 어머니를 기운 차리게 하는 요소가 되어주리라 생각한다.

"스이, 잠깐 기다려줄래? 데릴과 이리스의 어머님이 드실 만한 걸 만들 테니까."

『응, 좋아.』

조미료류는 있고, 쌀은 불려둔 게 조금 남아 있었지…… 좋아, 이 정도면 어머니 몫은 물론이고 데릴과 이리스의 몫도 충분하겠다.

다음은 인터넷 슈퍼를 열어서 달걀을 사면 된다.

냄비에 물을 넉넉하게 채우고 쌀을 넣어 불에 올린다. 보글보글 끓기 시작하면 과립형 조미료와 맛간장을 더한다.

거기에 풀어둔 달걀을 넣고 계속 저어준 다음 불을 끈다.

맛을 보고 간이 약하다 싶으면 여기서 맛간장이나 소금을 넣어 맞추도록 한다.

나는 죽이라기보다 물을 많이 넣어 지은 밥에 가깝게 만들어 먹는 것을 좋아하기 때문에 그런 느낌으로 만들었다.

좋아, 이제 다 됐다.

냄비도 전에 쓰던 것이니까, 이대로 데릴에게 주어도 상관없다.

데릴은 아이템 박스 소유자라고 말했으니 말이다.

만약 시간이 경과되는 아이템 박스라 죽이 식는다고 하면 살짝 데워서 먹으라고 하자.

마도 버너를 챙겨 넣고 모두가 있는 곳으로 돌아가 볼까.

◇ ◇ ◇ ◇ ◇

"기다렸지?"

『늦었잖아!』

『음, 이제야 왔군.』

이런. 데릴도 이리스도 지쳤는지, 페르에게 기대어 잠들어 있었다.

드라 짱은 그 위를 선회했다.

그야 지칠 만도 하지. 여기까지 걸어온 데다가 오크에게 쫓기기까지 했으니까.

"그럼 이만 돌아갈까?"

『그래.』

『좋아.』

"스이는 이 안이야."

『응.』

가죽 가방을 열자, 스이가 그 안으로 스륵 들어갔다.

두 사람을 깨우는 건 내키지 않았지만, 이제 그만 드랭으로 돌아가지 않으면 어두워지고 만다.

"데릴, 이리스. 깨워서 미안. 이제 슬슬 돌아가야 해."

살짝 두 사람의 어깨를 흔들어 깨웠다.

완성된 스이 특제 일릭서와 달걀죽도 전해주어야 한다.

"우으응……."

"웅~……."

데릴도 이리스도 아직 잠이 오는지 눈을 비볐다.

"데릴, 이리스, 어머니 병을 고칠 수 있는 약이 있어."

내가 그렇게 말하자, 두 사람 모두 눈을 번쩍 떴다.

"아저씨, 그거 진짜야?!"

"아저씨, 엄마 건강해져?"

두 사람 다 필사적으로 내게 매달렸다.

데릴도 이리스도 엄마를 정말 많이 좋아하는구나.

"그래. 분명 병을 고치는 약이 있었던 것 같아서 아이템 박스 안을 샅샅이 뒤져봤거든. 그랬더니 병을 고치는 약이 있더라고."

그렇게 말하자 두 사람은 뛸 듯이 기뻐했다.

"하지만 공짜로 줄 수는 없어."

내 그 말에 두 사람 모두 움직임을 뚝 멈추었다.

이리스 같은 경우는 풀이 죽어 울음을 터뜨릴 것만 같았다.

"데릴은 지금 오크를 한 마리 갖고 있지?"

"……아, 응."

아까 이야기를 듣기 위해 오크 한 마리를 데릴에게 주었으니, 데릴은 지금 오크를 한 마리 소유하고 있는 셈이다.

"그거랑 바꾸는 건 어떨까?"

"오크랑 약을?"

"그래, 맞아. 어떻게 할래?"

내가 그렇게 말한 순간, 데릴은 얼굴에 웃음꽃을 활짝 피우고 "응, 물론 좋아"라고 답했다.

"그럼, 이게 약이야. 어머니 병에도 효과가 있을 거야. 집에 도착하면 바로 약을 드시게 해야 해. 그리고 이건 서비스. 병석에서 일어난 어머니도 드시기 편할 거야. 데릴과 이리스 몫도 있으니까 다 함께 먹으렴."

내가 그렇게 말하며 데릴에게 스이 특제 일릭서가 담긴 병과 달걀죽이 담긴 냄비를 내밀었다.

"이걸로, 어머니 병이 낫는 거지?"

"그래. 이제 괜찮을 거야."

그 말에 데릴의 눈에 눈물이 고였다.

어머니의 병이 낫는다는 사실을 안 기쁨과 지금까지의 괴로웠던 기억이 떠올랐는지도 모른다.

"데릴은 아이템 박스를 갖고 있다고 했지? 그럼 아이템 박스 안에 잘 넣어둬."

데릴은 울 듯한 얼굴로 고개를 끄덕이고 스이 특제 일릭서와 달걀죽을 자신의 아이템 박스에 넣었다.

"그 냄비 안에 있는 건 차가워지면 살짝 데워서 먹는 게 좋아."

"아이템 박스에 넣으면 그다지 차가워지지 않으니까 괜찮아."

내가 "그렇구나"라고 대꾸하자 데릴이 소매로 눈가를 훔치고서 자그마한 목소리로 "아저씨, 고마워"라고 말했다.

쑥스러움을 감추기 위해 나는 데릴의 머리를 헝클어뜨리며 쓰다듬었다.

"오빠, 이제 엄마는 건강해지는 거야?"

나와 데릴의 대화를 잘 이해되지 않는다는 얼굴로 불안스레 지켜보고 있던 이리스가 데릴에게 그렇게 물었다.

"응, 괜찮아질 거야. 아저씨가 병을 고칠 수 있는 약을 주셨어."

"정말로?! 만세. 그럼 이제 엄마는 전처럼 건강해지는 거지? 아저씨, 고마워!"

이리스가 정말로 기쁜 듯이 만세 만세 하며 팔짝팔짝 뛰어올랐다.

"그럼 두 사람, 드랭으로 돌아갈까? 페르, 데릴이랑 이리스도 태워도 괜찮을까?"

『흥. 그런 꼬맹이 둘을 더 태운다고 해서 별달라질 것도 없다.』

네네, 그러십니까.

그럼 부탁드립니다.

우선 내가 먼저 페르 등에 타고, 내 앞에 이리스를, 뒤에 데릴을 태웠다.

페르 등에 앉은 데릴과 이리스는 흥분한 기색이었다.

"이리스, 페르를 제대로 잘 잡고 있어야 해. 데릴도 떨어지지 않도록 내 허리를 잘 잡고."

그렇게 말하자, 두 사람은 알았다고 대답했다.

"페르, 평소보다 속도를 늦춰줘."

『알고 있다.』

그렇게 페르는 평소보다 무척이나 느린 속도로 드랭을 향해 걸음을 옮겼다.

그래도 달려서 돌아가는 것과는 비교할 수 없을 만큼 빠르게 드랭에 도착했다.

나는 모험가 길드 카드를, 데릴과 이리스는 드랭의 주민 카드를 제시하고 도시 안으로 들어갔다.

"데릴과 이리스네 집은 어디니?"

"여기서 그리 멀지 않아, 벽 근처."

벽 근처라는 건, 빈민가 쪽인가.

"데려다줄까?"

"아니, 가까우니까 괜찮아."

"그래."

잠시 사이를 둔 후, 나를 똑바로 바라보며 데릴이 말을 꺼냈다.

"아저씨, 나는 모험가는 안 될 거야. 벌이가 불안정한 모험가 같은 것보다, 확실하게 돈을 벌 수 있는 상인이 될래. 나는 아이템 박스가 있으니까 어디든 들어갈 수 있을 거야. 그래서 있지, 언젠가 반드시 내 가게를 가질 거야. 그리고 엄마와 이리스를 절대로 반드시 행복하게 해줄 거야. …………아저씨, 이 은혜는 언젠가 꼭 갚을게. 그때까지 기다려줄래?"

고작 열 살인 데릴의 결의 표명이었다.

오크에게 쫓겨 엉엉 울었었는데, 지금은 조금 남자다워 보인다.

"크흡…… 그, 그래, 언제까지고, 기다릴게."

열 살 남자아이가 어머니와 여동생을 반드시 행복하게 해주겠다고 선언했어.

틀렸다. 나는 이런 거에 약하다고.

"아저씨, 정말로 고마워."

데릴이 그렇게 말했다.

"고마워, 아저씨!"

이리스도 그렇게 말했다.

그리고 두 사람은 손을 맞잡고 집으로 돌아갔다.

"데릴, 힘내. 이리스도."

두 사람의 자그마한 뒷모습을 향해서 그렇게 중얼거렸다.

"훌쩍…… 우으…………."

『하아, 대체 왜 울고 있는 것이냐?』

"흐읍…… 안 울거든. 눈에 먼지가 들어간 것뿐이야."

페르는 무슨 말을 하는 거람.

이건 그러니까, 눈에 먼지가 들어가서 그런 것뿐이라고.

『울지 말라고, 정말이지. 남자는 있지, 그렇게 쉽게 눈물을 흘려서는 안 되는 법이라고.』

"드라 짱, 이건 눈에 먼지가 들어간 것뿐이라고 말했잖아…… 훌쩍."

『그렇게나 꺼이꺼이 울어놓고, 잘도 눈에 먼지가 들어갔다는 소리를 하네.』

드라 짱, 시끄러워.

지금 이 상황에서는 그런 걸로 해주는 게 따뜻한 인정이라는 거라고.

응? 드라 짱은 사람이 아니니까, 용정?

뭐, 아무튼. 지금은 분위기를 좀 읽고, 모르는 척 가만히 내버려 둬.

데릴, 한 집안의 대들보로서 힘내야 한다.

데릴과 이리스, 착한 아이들이었어.

나는 마음이 따뜻해지는 듯한 기분으로, 페르와 드라 짱과 스이와 함께 숙소로 돌아갔다.

""다녀왔습니다~.""

집에 돌아오니 엄마는 잠들어 있었다.

몸 상태가 안 좋아지기 시작했을 무렵에는 일어나 있기도 했는데, 지금은 줄곧 잠든 채였다.

"오빠, 얼른 약."

"응."

나는 잠들어 있는 엄마에게 말을 걸었다.

"엄마, 약이야. 입을 벌리고 삼켜봐."

내 목소리가 들렸는지 엄마는 조금이지만 입을 벌려주었다.

나는 아저씨에게서 받은 약을 조금씩 엄마 입에 흘려 넣었다.

병에 들어 있던 약을 전부 마시게 하자 엄마의 몸이 하얗게 빛나기 시작했다.

"오빠."

이리스가 깜짝 놀라며 내게 안겨들었다.

"괜찮아. 분명 괜찮을 거야."

이유는 알 수 없었지만, 아저씨가 준 약이라면 믿을 수 있었다.

아저씨가 준 약이라면 반드시 엄마를 낫게 해줄 것이다.

이리스를 끌어안으며 엄마 몸에서 나는 빛이 사라지기를 기다렸다.

"……응…… 데릴, 이리스?"

""엄마!""

엄마가 눈을 떴다.

"데릴, 이리스, 엄마가 너무 오랫동안 아팠지? 미안해."

"훌쩍…… 엄, 엄마아, 으아아아앙."

정신을 차린 엄마를 보고 안심했는지 이리스가 엄마에게 매달려 울음을 터뜨리고 말았다.

그리고 울다 지쳐 잠들었다.

오늘은 멀리 떨어진 숲까지 걸어간 데다 오크에게 쫓겨 다니기까지 했으니 지치기도 했으리라.

"이런 이런, 이리스는 잠들어버렸구나."

"엄마, 몸 상태는 어때?"

"응, 꽤 좋아졌어. 아직 조금 나른하지만, 그것 말고는 아무렇지도 않아. 내일이면 다시 일하러 갈 수 있을 거야."

"이제 막 나은 거니까, 내일은 느긋하게 쉬어야 해. 아, 그렇지. 밥 먹을 수 있을 것 같아?"

"응, 어쩐지 배가 고픈걸."

나는 아저씨에게 받은 음식을 그릇에 덜어 담아 엄마에게 주었다.

"어머, 좋은 냄새. 이건 어디서 났니?"

"오늘 도와준 사람이 줬어. 식기 전에 먹어."

엄마는 느리지만 깨끗하게 그릇을 비웠다.

이렇게나 식욕이 있는 엄마를 보는 건 오랜만이었다.

이만큼 먹을 수 있으면 괜찮으리라.

진심으로 안심했다.

"나랑 이리스는 나중에 먹을게. 엄마는 병이 나은 지 얼마 안 됐으니까 누워 있어."

엄마를 눕힌 후, 나는 잠든 이리스를 업어서 침대로 옮겼다.

"엄마 병, 나았어…… 정말 다행이야………… 흐윽."

안심했더니 눈물이 나왔다.

병에 걸린 후로 식욕이 없었던 엄마가 지금은 남기지 않고 깨끗하게 그릇을 비웠다.

그렇게 먹을 수 있다면, 이제 괜찮다.

아저씨 덕분이다.

아저씨가 그 약을 줬기 때문에 엄마의 병이 나은 것이다.

나도 바보는 아니다.

아저씨가 준 그 약이 엄청난 물건이라는 것쯤은 알고 있다.

그렇게나 상태가 안 좋았던 엄마를 단번에 고쳤을 정도니까.

왕도의 높으신 신관님이 아니면 고칠 수 없을 거라고 했을 정도였는데…….

오크에게 쫓기던 나와 이리스를 구해주었다.

그런데, 나는…….

나도 필사적이었던 나머지 아저씨에게는 실례인 말까지 했다.

그런데도 나와 이리스에게 밥까지 주었다.

커다란 늑대와 자그마한 드래곤과 슬라임을 데리고 다니는 이상한 아저씨지만 무척이나 친절했다.

그래서 나는 약에 관한 건 누구에게도 말하지 않을 거다.

이리스에게도 비밀로 하라고 말해둬야지.

엄마는 의식이 몽롱했었기 때문인지, 약을 먹은 일은 기억하지 못하는 것 같았다.

아저씨에게 약을 받았다는 건 비밀로 하자.

그 약은 엄청난 물건이고 무척이나 비싼 것일 터다.

아저씨는 상냥해서, 곤란에 처한 우리에게 그걸 거의 공짜로 주었다.

하지만 아저씨가 귀한 약을 갖고 있다는 사실을 모두가 알게 되면 어찌 될까?

아저씨를 공격해서 힘으로 약을 빼앗으려 드는 녀석이 나올지도 모른다.

세상에는 그런 나쁜 녀석들도 있다는 걸 나는 알고 있다.

친구인 스테판의 아버지도 던전에서 보물을 발견하고 모험가 길드에서 돈으로 바꾸어 집으로 돌아오던 도중에, 그런 못된 녀석들에게 습격을 받아 죽은 일이 있었다.

그것 말고도 비슷한 이야기를 들은 적이 있다.

그래서 나는 아저씨에 관한 것은 누구에게도 말하지 않을 셈이다.

나쁜 녀석들을 아저씨에게 보낼 수는 없다.

아저씨에게도 말했던 대로, 나는 내 힘으로 반드시 아저씨에게 은혜를 갚을 것이다.

언젠가 꼭 내 가게를 열어서 엄마와 이리스를 반드시 반드시 행복하게 해줄 거다.

그리고 아저씨에게 은혜도 갚을 거다.

아저씨, 정말로 정말로 고마워.

제 3 장 최강의 부길드 마스터

다음 날, 우리는 모험가 길드에 와 있었다.

어제 해치운 오크 다섯 마리와 페르가 사냥해 온 마물 해체를 부탁하기 위해서.

직원이 연락을 했는지 엘랑드 씨가 금세 나타났다.

"무코다 씨, 아직 매입할 아이템에 관한 건 검토 중입니다. 내일까지는 어떻게든 정할 테니."

"아, 아니에요. 그것과는 다른 용건으로 부탁드릴 게 있어서 왔습니다. 어제 페르가 마물을 사냥해서, 그 해체 작업을 부탁드리려고요."

어제 페르에게 건넸던 매직 백에는 코카트리스 네 마리와 록 버드 한 마리, 그리고 자이언트 모아라는 커다란 타조 같은 새가 있었다.

조류 계열 마물 고기는 던전에서 구한 것만으로는 양이 적기 때문에 서둘러 확보해두고 싶었다.

"아, 그런 거였습니까. 그렇다면 제가 안내하지요."

"아뇨, 아뇨. 제대로 거래 창구에 줄을 설 생각이니, 괜찮습니다."

"아뇨, 아뇨. 사양하지 마시지요. 자자, 이쪽으로."

그렇게 말하며 엘랑드 씨는 늘 가는 창고로 안내를 해주었다.

아니, 오늘은 딱히 양이 많지도 않고 오크나 코카트리스 같은, 특별할 것 없는 마물들이니까 평범하게 창구를 이용해도 충분한

데…….

창고 안에는 어스 드래곤 때와 달리 해체 담당 직원이 여럿 있었다.

그때는 아무래도 물건이 물건인 만큼 다른 사람들은 자리를 비우게 했었지.

"자아, 무얼 사냥해 오셨습니까? 보여주시죠."

작업대 위를 통통 두드리며 엘랑드 씨가 그렇게 말했다.

"어라? 길드 마스터, 무슨 일이십니까?"

가까이에 있던 서른 살 전후 정도의 해체 담당 직원이 말을 걸어왔다.

"여어, 마르셀 군. 잠시 실례하겠네. 지금은 무코다 씨를 안내해 온 참일세."

엘랑드 씨가 그렇게 말하자 해체 담당 직원인 마르셀 씨가 의아하다는 표정으로 나를 보았다.

아마도 길드 마스터가 직접 안내할 정도의 인물로는 보이지 않는 것이리라.

내 입으로 이렇게 말하기는 좀 그렇지만, 입장이 반대였더라면 나도 그렇게 생각했겠지.

"마르셀 군. 무코다 씨는 말일세, 지금 드랭에서 가장 화제가 되고 있는 인물이시라네. 자네도 길드 직원이라면 알고 있을 테지? 이 도시의 던전이 답파되었다는 걸. 그 던전을 답파한 인물이 바로 이 무코다 씨라네."

마르셀은 나를 보고 이어서 내 뒤로 물러서 있는 페르와 드라 짱을 보더니 어쩐지 "아아" 하고 납득했다.

나 혼자였다면 인상이 옅었겠지만, 페르와 드라 짱이 함께면 아무래도 눈에 띄니까.

던전에서 나왔을 때도 많은 사람들이 보고 있었으니, 역시 이 둘을 보면 눈치챌 만도 하려나.

"그런 분이니, 내가 안내하는 게 당연한 걸세."

아니, 전혀, 완전히 당연하지 않거든요.

평범하게 매매 창구로도 충분하다고요.

나, 처음부터 그렇게 말했었다고.

"무코다 씨가 뭔가 희귀한 걸 가져오셨다고, 내 감이 그렇게 호소하고 있다네."

엘랑드 씨가 그렇게 말하자 마르셀 씨도 "그런 겁니까?"라며 흥미진진해 하는 모습으로 그대로 자리를 잡아버렸다.

"그렇게 되었으니, 자 어서 여기에 꺼내주십시오."

그렇게 되었으니, 라니. 뭐가 그렇게 되었다는 건지 전혀 모르겠는데요.

엘랑드 씨는 나를 재촉하듯이 다시 작업대를 통통 두드렸다.

"꺼내달라니. 엘랑드 씨, 일은 괜찮으신 건가요?"

"괜찮습니다. 괜찮아요. 부길드 마스터가 있으면 아무 문제 없으니까요. 저 같은 건 없어도 괜찮습니다."

아니, 아니. 괜찮을 리가 없잖아요.

일하세요. 엘랑드 씨…….

그보다, 이런 데서 게으름 피우고 있다간 부길드 마스터에게 또 혼날 텐데요.

그렇게 되도 저는 모릅니다.

"자아, 자아, 어서요. 어서."

정말이지. 그렇게까지 말씀하시면 꺼내겠지만, 혼나도 저는 모릅니다.

나는 아이템 박스에서 차례차례 마물을 꺼내 작업대 위에 올려두었다.

"그러면 고기는 돌려받는 거로 해주시고, 그 외의 것들은 매입 부탁드립니다. 오크 다섯 마리와 코카트리스 네 마리와 록버드 한 마리. 그리고 자이언트 모아가 한 마리네요."

"자이언트 모아라니?! 역시 제 감이 맞았군요."

뭐? 이 타조 같은 게 그렇게 귀한 거야?

"대, 대단해…… 자이언트 모아, 저 처음 봤습니다……."

마르셀 씨도 그렇게 중얼거렸다.

호오, 이 커다란 타조는 희귀한 건가 보다.

"그나저나, 자이언트 모아 같은 걸 어디서 잡아 오셨습니까?"

엘랑드 씨의 그 물음에 페르를 돌아보니…….

『음, 그것 말이냐? 그건 도시 남쪽 숲 끝에 있는 초원에서 잡았다.』

"그렇다고 합니다."

"그곳인가요. 분명…… 4~5년 전에 거기서 자이언트 모아를 목격했다는 이야기는 들었습니다만, 정말로 있었군요. 뭐, 있었다고 해도 자이언트 모아 같은 건 그리 간단히 잡을 수 있는 게 아니지만요.”

이야기를 들어보니, 자이언트 모아는 날지 못하는 대신 다리가 굉장히 빠르다고 한다.

그 점은 타조와 같지만, 그 속도가 장난이 아닌 모양이다.

“전력으로 도망치는 자이언트 모아를 잡는 일은 불가능하니까요. 자이언트 모아를 포획할 때는, 흙 마법 사용자, 그것도 상당한 실력자가 미리 빈틈없는 울타리를 만든 다음, 그곳으로 몰아넣어 잡는 것이 정석입니다.”

그렇구나.

아무래도 그 정도 실력의 흙 마법 사용자가 파티에 있거나 따로 고용해야만 하는 데다, 무엇보다 꼼꼼하게 준비하고 수고를 들여야 해서 포획되는 일이 거의 없다고 한다.

“페르, 너 이걸 어떻게 잡아 온 거야?”

『내가 아주 조금 본격적으로 임하면 뒤쫓지 못할 리가 없지 않느냐.』

그러하십니까. 새삼스럽지만, 페르는 정말로 규격 외로구나.

“어이, 저거 모아잖아? 나 처음 봤어.”

“나도야.”

“모아라니, 최근 몇 년은 어느 길드에도 들어온 적 없지 않아?”

“맞아. 모아가 들어오면 분명 화제가 될 텐데, 그런 이야기는 못 들었어.”

마르셀 씨 이외의 해체 담당 직원들이 어느 틈엔가 우리 주변을 둘러싸고 있었다.

"아, 마침 잘됐군요. 여러분. 먼저 이쪽에 있는 오크와 코카트리스와 록버드를 해체해버리세요. 좋은 공부가 될 테니, 그다음에 모두 함께 자이언트 모아를 해체하도록 하죠."

엘랑드 씨가 그렇게 말하자, 해체 담당 직원들은 "우오옷" 하고 소리를 지르며 해체를 시작했다.

순식간에 오크 등이 해체되어갔다.

그로테스크한 장면에는 약한지라 나는 가능한 한 보지 않으려 애썼다.

"여러분, 끝이 난 것 같군요. 그럼 모아를 해체하도록 하지요. 대표로 마르셀 군이 해보도록 하세요."

"네엡."

마르셀 씨가 모아를 해체해나갔다.

그 모습을 해체 담당 직원들이 진지한 눈빛으로 지켜보았다.

엘랑드 씨는 "여기는 이렇게, 이렇게 하는 편이……"라는 식으로 이런저런 조언을 하고 있었다.

역시 오랜 세월의 경험을 통해 많은 것들을 알고 있는 만큼, 이 자이언트 모아도 해체해본 적이 있는 모양이었다.

물론 나는 해체는 완전히 맡겨둔 채 보지 않으려고 했지만.

"이런 느낌입니다. 좀처럼 나오지 않는 마물이지만, 공부가 되었겠지요?"

엘랑드 씨가 그렇게 말하자, 해체 담당 직원들은 제각기 "네" 하고 대답했다.

"그럼 정산을 부탁드립니다. 아, 무코다 씨는 해체 비용이 면제입니다.”

“길드 마스터! 이런 데서 게으름을 피우고 있었습니까?!!”

쿵쾅쿵쾅 창고로 들어온 것은 살짝 덩치가 크고 머리숱이 적은 아저씨, 부길드 마스터였다.

“우, 우고르 군. 어, 어째서 여기에…….”

부길드 마스터는 우고르 씨라고 하는구나.

“어째서 여기에, 가 아닙니다! 직원에게 무코다 님이 오셨다고 들어서 와봤더니만…… 이 바쁜 시기에 뭘 하고 있는 겁니까?”

엘랑드 씨, 뭐예요. 역시 혼났잖아요.

“아, 무코다 님. 저는 이 길드의 부길드 마스터를 맡고 있는 우고르라고 합니다. 무코다 님 덕분에 이 길드도 전에 없이 상황이 좋습니다. 정말로 감사드립니다.”

조금 전의 험악한 모습은 어디 갔는지, 우고르 씨가 웃으며 그렇게 말했다. 나도 “별말씀을요”라고 답하고 인사를 나누었다.

“길드 마스터. 무코다 님 덕분에 이 길드가 시작된 이래 가장 크게 벌 수 있는 기회가 왔단 말입니다! 여러 길드와 귀족분들로부터 예의 물건에 대한 매매 희망이 밀려들고 있습니다. 일이 너무 많아서 고양이 손이라도 빌리고 싶은 정도이니, 제대로 일해 주세요! 게다가 무코다 님께 매입할 던전산 물품들을 선정하는 일도 아직인데, 그 물건들에 관해서도 상인 길드에서 신청이 오고 있습니다. 반드시 해야만 하는 일들이니, 오늘은 집에 돌아갈 생각은 접어주십시오."

"아, 아니, 나는 그런 일은 잘 못해서…… 그러니까 우고르 군에게 맡기는 편이……."

"무슨 소리를 하는 겁니까? 당신 일을 전부 저한테 하라는 겁니까? 그렇게 되면 길드 마스터는 필요 없는 게 되어버립니다만. 저도 바쁘니, 적어도 길드 마스터가 해야만 하는 일은 제대로 마무리해주십시오. 그렇지 않으면…… 길드 마스터가 매일 아침 넋 놓고 보는 그것도 팔아버릴 줄 아십시오."

"뭣?! 아, 안 되네! 그것만은 절대 안 돼!! 자, 자네도 납득해준 일이지 않나. 그걸 검으로 만들면 길드에 사람들을 불러들이는 효과가 있을 거라고. 그러니 그건 예정대로 검으로 만들어 이 길드에 장식해둘 걸세!"

"네, 납득은 했습니다. 납득은. 하지만 말이죠, 벌이를 생각하면 그건 당연히 팔아버리는 게 제일이라고 봅니다. 당신이 일을 하지 않는다면, 저는 그걸 팔 겁니다. 그게 싫으면 일을 하십시오. 당신이 제대로 일을 하면, 팔아버리는 짓은 하지 않겠습니다. 아시겠습니까? 아셨으면 어서 방으로 돌아가시죠. 아, 마르셀 군, 뒷일은 부탁합니다. 그리고 무코다 님이 이곳에 계시는 동안 해체 비용은 면제입니다."

그렇게 말한 우고르 씨는 완전히 생기를 잃은 엘랑드 씨를 연행해갔다.

부길드 마스터. 아니, 우고르 씨 무시무시해.

매일 엘랑드 씨를 상대하고 있는 만큼 어떻게 다뤄야 하는지 잘 알고 계시네.

그거라는 건 어스 드래곤의 송곳니겠지?

매일 아침 넋 놓고 보다니. 엘랑드 씨, 뭐 하는 겁니까…….

아니, 완전히 엘랑드 씨 개인 물건처럼 되어버리지 않았어?

"……그럼 정산을 하겠습니다."

마르셀 씨…… 당신, 아니. 마르셀 씨만이 아니라 해체 담당 직원 모두는 우고르 씨가 나타난 시점에 재빠르게 대피했었다.

그 빠른 행동을 보면, 아무래도 여기서는 저 모습이 일상인가 보다.

엘랑드 씨, 질리지도 않는구나.

고기는 돌려받고, 그 이외의 소재는 마르셀 씨에게 정산받았다.

매입 대금은 전부 해서 금화 85닢이었다.

모두가 이것저것 사냥해준 덕분에 요즘은 이 정도로는 놀라지도 않게 되었다.

마르셀 씨에게서 매입 대금을 건네받고, 모험가 길드를 뒤로 했다.

슬슬 모두가 배고프다고 할 테니, 숙소로 돌아가면 바로 저녁밥 준비를 하자.

자, 그럼 식사 준비를 해볼까요.

오늘 쓸 것은 물론 자이언트 모아 고기다.

사실 타조 고기는 예전에 먹어본 적이 있었다. 술집에 갔을 때 메뉴 중에 타조 고기가 있길래 신기해서 주문해보았다. 잡냄새가 없는 붉은 살로 꽤 맛있었다고 기억하고 있다. 그래서 그때 먹었던 걸 재현해보려고 한다.

만드는 건 다타키*와 커틀릿이다.

타조 고기는 생으로 먹을 수도 있다고 한다. 내가 타조를 먹었던 술집 메뉴의 설명에 그렇게 쓰여 있었고, 다타키 외에도 육회나 카르파초가 있었다. 다타키로 할지 육회로 할지 카르파초로 할지 망설였기 때문에 기억하고 있다. 참고로 말하자면, 다타키도 커틀릿도 맥주와 아주 잘 어울린다.

우선은 인터넷 슈퍼에서 재료 조달부터 하자.

다타키는 폰즈를 뿌려서 먹을 생각이므로, 폰즈를 구입. 커틀릿 쪽은 내가 돼지고기로 만들었던 밀리노풍 커틀릿과 같은 방식으로 만들 셈이다. 그렇다면 밀가루와 허브 솔트는 있으니까, 부족한 건 달걀과 빵가루와 치즈, 그리고 올리브 오일이랑 취향에 따라 레몬을 뿌려도 맛있으니 일단 레몬도 사자. 그리고 잊어선 안 되는 맥주도.

먼저 다타키를 만들어볼까. 완성되면 아이템 박스에 넣어두면 될 테고.

아, 그래. 그렇다면 페르에게 부탁해놔야지.

"페르, 얼음 마법 쓸 수 있었지?"

『음, 얼음 마법 말이냐? 쓸 수 있다.』

---

* 겉면만 살짝 익히는 요리 방법

"그건 요리에 써도 괜찮을까?"

『내가 쓰는 마법이라면 문제없다.』

"그럼, 여기에 얼음을 좀 만들어줄래?"

나는 모두의 식사를 만들게 된 후로 필수품이 되어가고 있는 커다란 볼을 페르에게 내밀었다.

『알았다. 자아.』

볼 안에 투욱 하고 커다란 얼음 덩어리가 떨어졌다.

"크, 크다……. 이래서는 얼음송곳을 사서 조금 깨야겠는걸."

그렇게 말하자 페르가『그 크기는 너무 큰 것이냐?』라고 물었다.

"맞아."

그렇게 답하자 어찌 된 것인지 얼음이 갑자기 깨져서 조각조각이 되었다. 깜짝 놀라고 있으려니『그거면 된 것이냐?』라고 페르가 다시 물었고, 나는 무심코 몇 번이나 고개를 끄덕였다. 마법일 테지만, 갑자기 깨지니까 무섭잖아.

다시 마음을 다잡고 자이언트 모아 다타키를 만들자.

우선은 자이언트 모아 고깃덩어리에 소금과 후추를 뿌리고, 올리브 오일을 두른 프라이팬에 올려 고기 표면의 색이 바뀔 때까지 굽는다. 그런 다음 방금 페르가 만들어준 얼음을 넣은 얼음물로 고기를 식힌다.

그다음은 키친타월로 고기의 물기를 닦아내고, 5밀리미터 정도의 두께로 썰어서 접시에 담고 폰즈를 뿌리면 완성이다.

끄트머리를 살짝 한번 맛볼까.

오옷, 쫀득한 식감이 너무 좋아.

자이언트 모아는 타조 크기를 키운 듯한 모습이라 전에 먹었던 타조 맛과 비슷할 거라고 상상했는데, 그것과는 조금 다른걸.

쇠고기의 살코기에 가까운 것 같기도 한데, 아무튼 냄새가 없어 먹기 좋다. 폰즈와도 잘 어울리고.

기름기가 거의 없고 산뜻한 살코기라 튀김을 해도 괜찮을 것 같다.

이거 커틀릿도 기대되는걸.

일단 다타키를 아이템 박스에 넣어둘까…….

『어이, 어째서 넣는 것이냐? 이쪽으로 내놔라.』

아, 굶주린 군단이 더는 기다릴 수 없는 모양입니다.

"요리를 하나 더 만들 생각이라, 다 되면 같이 내주려고 했는데. 먼저 주는 게 낫겠어?"

『내놔라.』

네네.

나는 자이언트 모아로 만든 다타키를 담은 접시를 페르, 드라 짱, 스이 앞에 내려놓았다.

『오오, 이건 식감이 아주 좋구나.』

페르, 뭘 좀 아는구나.

겉만 익히고 속은 날것 그대로라 쫀득하지.

『이거, 산뜻해서 얼마든지 먹을 수 있겠어.』

드라 짱도 마음에 드나 보다.

이거, 폰즈하고 잘 어울리지.

『주인, 더 줄래?』

빨라. 스이는 벌써 다 먹어버린 거야?

나는 바로 다타키를 더 만들어 내주고, 커틀릿을 만들기 시작했다.

우선은 빵가루를 비닐봉지에 넣고 두드려 고운 가루로 만든 다음 넓적한 접시에 담는다. 그리고 거기에 치즈 가루와 허브 솔트를 섞어둔다.

그리고 자이언트 모아 고기를 두드려서 얇게 펴고 소금 후추를 뿌린다. 고기에 밀가루를 바르고 달걀물을 입혀서 미리 만들어둔 치즈 가루가 포함된 빵가루를 묻힌다.

프라이팬에 1센티미터 정도까지 올리브 오일을 넣어 달구고, 치즈 가루와 빵가루를 묻힌 자이언트 모아 고기를 튀겨 익힌다. 노릇하게 먹음직한 색이 되면 완성이다.

치즈 가루와 허브 솔트로 겉에 간이 되어 있어서 그대로 먹어도 문제없다. 취향에 따라 레몬을 뿌려도 맛있다.

계속해서 튀기고 페르와 스이에게는 세 장씩, 드라 짱에게는 한 장을 접시에 담아 내주었다.

"그대로 먹어도 되고, 레몬이라는 새콤한 과즙을 뿌려서 먹어도 맛있어. 어떡할래?"

『한 그릇 더 먹을 때 뿌려다오.』

『나는 이대로가 좋아. 그리고, 이거 먹고 나면 나는 배가 꽉 찰 거야.』

『스이도 이거 먹은 다음에 새콤한 거 뿌려줘.』

예이.

페르와 스이에게 추가로 줄 자이언트 모아 커틀릿을 튀기고서 나도 식사를 시작했다.

내 몫으로 남겨두었던 다타키와 밀라노풍 커틀릿.

그리고, 이거지…… 푸슉, 꿀꺽꿀꺽. 후우~, 맥주 맛있어.

쫀득한 식감의 산뜻한 다타키를 먹은 다음에 맥주를 꿀꺽. 좋다~.

이 조합은 날이 더울 때 아주 좋을 것 같다. 커틀릿은 우선 그대로 한입.

바삭바삭하고 맛있어. 그리고 겉에 뿌린 치즈 가루 맛도 좋다.

깔끔한 맛의 고기라 튀겼어도 물리지 않고 들어갈 것 같다.

아, 맥주 맥주.

꿀걱꿀꺽꿀꺽, 크하~.

튀김과 맥주는 어떻게 이렇게 잘 어울리는 걸까.

이런, 레몬을 뿌려서도 먹어봐야지. 남아 있는 커틀릿에 레몬을 뿌리고 먹어보았다. 레몬의 신맛 덕분에 더욱 산뜻하게 먹을 수 있는걸. 응응, 맛있어.

『한 그릇 더.』

페르와 스이에게 레몬을 뿌린 커틀릿을 내주었다.

나쁘지는 않지만, 페르도 스이도 레몬을 뿌리지 않는 쪽이 더 맞는가 보다.

레몬을 뿌리지 않는 커틀릿을 한 번 더 먹고서야 페르도 스이도 만족한 모양이었다.

자이언트 모아 커틀릿은 빵과도 잘 어울릴 듯했다. 케첩을 뿌리고 양상추와 양배추를 함께 빵에 넣어서 먹어도 괜찮을 것 같다.

그런고로, 자이언트 모아 커틀릿을 더 만들어 아이템 박스에 쟁여두었다.

그런 다음 페르의 이불을 축사에 깔아주고서 나와 스이는 방으로 돌아왔다.

스이는 밥을 잔뜩 먹고 잠들어버렸지만, 나는 아직 더 하고 싶은 일이 있었다.

매직 백의 성능을 시험해보기 위해서, 양념에 재워두어야 하는 음식을 만들어볼까 한다.

만들 것은 당연히 된장 절임이다.

이번에는 오크 고기만이 아니라 블러디 혼 불 고기도 재워두려고 한다.

고기를 잘라서 절이기를 반복하다 보니 절임 양념과 고기를 채워 넣은 비닐 백이 여러 개 완성되었다.

그것을 매직 백에 넣어둔다.

내일 바로 된장 구이 덮밥이라도 만들어봐야겠다.

이어서 간 고기를 만들어둘까 한다. 스이가 만들어준 분쇄기는 성능이 좋으니까 말이지.

핸들도 가벼우니, 금세 대량의 간 고기가 만들 수 있으리라.

나는 오크와 블러디 혼 불 고기를 대량으로 갈아두는 것으로 일을 마무리하고 잠자리에 들었다.

◇ ◇ ◇ ◇ ◇

우리는 모험가 길드에 와 있다.

아마도 창구로 가서 말을 걸지 않아도 직원에게 이야기를 전해 듣고 바로 엘랑드 씨가 나타나리라.

용건은 예의 던전산 물품들의 매입 건에 관한 것이다.

엘랑드 씨는 우고르 씨와 이야기를 마쳤으려나.

뭐, 아직 정해지지 않았으면 내일 다시 오겠지만.

참고로 아침에는 어제 재워두었던 블러디 혼 불 고기로 된장 구이 덮밥을 만들어 먹었는데, 적당하게 맛이 배서 맛있었다.

던전에도 다녀왔으니 이제 슬슬 다음 도시로 이동해도 좋을 때인 것 같다.

그것도 던전산 물품 매입에 관한 이야기가 정해진 다음의 일이지만.

그리고 여행 중간에 먹을 음식을 만들어두고 싶다.

“무코다 씨, 어서 오십시오. 자자, 이쪽으로.”

“오늘은 저도 함께 자리하겠습니다.”

왔다. 엘랑드 씨. 오늘은 우고르 씨도 함께인가.

뭐, 감시인 거겠지. 전과가 많은 사람이니까.

엘랑드 씨와 우고르 씨와 나는 익숙해져가는 2층의 길드 마스터 방으로 향했다.

"오크 가죽, 리저드맨 가죽, 오거 가죽, 트롤 가죽, 미노타우로스 가죽, 오거의 마석(극소), 트롤의 마석(소), 미노타우로스의 마석(소)은 모두 사도록 하겠습니다. 다음은 패럴라이즈 버터플라이의 마비 독 가루 15와 와일드 에이프 모피를 20, 그리고 매직 백(소)을 매입할 수 있다면 그것도 부탁드립니다."

부길드 마스터인 우고르 씨가 그렇게 말했다.

아무래도 가죽 갑옷을 만드는 데 쓰이는 가죽 소재는 어디든지 부족한가 보다.

특히 던전산 가죽은 강도가 좋고 인기도 있어서 가능한 한 확보해두고 싶은 모양이었다.

마석도 양이 얼마가 되었든 팔리지 않고 남는 일은 없는지라, 잘 팔리는 자그마한 것들을 가능한 한 확보해두고 싶다고 한다.

그러나 우고르 씨의 의견에 반대하는 인물이…….

"아, 아니, 우고르 군. 방금 자네가 말한 물건들도 좋다고 생각하지만, 이렇게, 조금 더, 희귀한 물건을 말일세."

그런 말을 꺼낸 엘랑드 씨를 찌릿 노려보는 우고르 씨.

"길드 마스터. 어제 충분히 이야기를 나눈 끝에 나온 결론이라고 생각합니다만, 아직 뭔가 의견이 있으십니까?"

우고르 씨가 매서운 눈빛으로 그렇게 물었지만, 엘랑드 씨도 꺾이지 않았다.

"아, 아니, 그렇기는 하네만, 지금 자네가 말한 가죽이라든가 마석이 이 길드에 큰 이익을 가져오리라는 건 알고 있다네. 하지만 말이지, 모험가라는 건 꿈이 있는 일이라고 생각하거든. 이런 걸 손에 넣는다면 일확천금도 꿈이 아니라는 걸 보여주기 위해서도 지금은 그 리스트에 있던 바스키의 송곳니나 가죽이라든가, 만티코어의 가죽이나 독침이라든가, 구스타브의 가죽이나 송곳니라든가 등뼈 같은 게 좋다고 본다네. 참고로 내가 추천하는 건 바스키의 송곳니, 만티코어의 독침, 구스타브의 송곳니와 등뼈 등일세. 그래, 지금은 큰맘 먹고 베헤모스 가죽으로 하는 것도 괜찮겠군."

잘생긴 장년 엘프가 싱글벙글 웃으면서 그렇게 말했다.

여성이라면 홀딱 속아 넘어갈 테지만, 상대는 그 우고르 씨다.

엘랑드 씨의 고삐를 단단히 쥐고 있는 우고르 씨가 당연히 그런 말에 구슬려질 리가 없다.

"흥, 일확천금이니 꿈이니 말씀하시지만, 방금 길드 마스터가 슬쩍 추천한다고 한 바스키의 송곳니나 구스타브의 등뼈 같은 건 전부 검이 되는 소재잖습니까? 당신 자신의 취미인 거 아닙니까."

우고르 씨가 그렇게 말하자, 엘랑드 씨의 태도가 수상해졌다.

"아, 아, 아니 아니 아니, 아니라네. 서, 설마, 그럴 리가 없지 않는가."

저기, 엘랑드 씨. 엄청나게 더듬고 있거든요.

그래서는 "네, 그렇습니다"라고 말하는 거나 다름없잖아요.

"분명 이번에 무코다 님께 산 어스 드래곤으로 만들 검과 함께 장식해두고 싶다고 생각하셨을 테죠."

에이, 설마 그런 이유겠어?

그렇게 생각했더니만, 엘랑드 씨가 움찔하면서 놀라더니 "어떻게 그걸……" 같은 말을 중얼거렸다. 정말로 그런 시시한 이유인 거야?

"정말이지, 당신이라는 사람은……. 애초에 말이죠, 당신이 고른 물건은 하나를 사는 데 얼마가 드는 줄 아십니까? 지금 무코다 님에게 말씀드린 물건을 전부 살 수 있는 대금의 절반은 들여야 그중 하나를 사겠죠. 거기에 한술 더 떠서 베헤모스의 가죽이니 하는 웃기는 소리까지 하는 지경이라니. 베헤모스 가죽이면 매입 대금의 절반은커녕 전부를 내도 살 수 없단 말입니다!"

타악――.

우고르 씨가 흥분하여 테이블을 내리쳤다.

으아, 우고르 씨 분노했어.

뭐, 뭐어 마음은 이해가 갑니다.

"우, 우고르 군, 그, 그렇게 화내지 말게. 그냥 좀 말해봤을 뿐 아닌가……."

아니 아니, 좀이 아니잖아. 운 좋으면 손에 넣을 수 있을지도, 하고 생각했던 거 아냐?

"하아, 이제 됐습니다. 길드 마스터. 당신은 입 다물고 있으세요."

이런, 입 다물고 있으라는 말을 들어버렸어.

"무코다 님, 흉한 모습을 보이게 돼서 면목이 없습니다. 조금 전 제가 말씀드렸던 물건들을 매입하고 싶습니다만, 괜찮으시겠습니까?"

"네, 물론 괜찮습니다. 물건은 어떻게 할까요? 여기에 꺼내놓으면 되는 건가요?"

"양이 양인 만큼 창고 쪽에서 부탁드립니다. 그것들을 검토한 다음에 정산하게 되니, 실제로 지불하는 건 내일이 되어야 합니다."

그야 그렇겠지. 품질 체크 같은 것도 해야 할 테니까.

"그러면 창고에 가기 전에 이야기해두고 싶은 게 있습니다만……."

우고르 씨의 이야기는, 단적으로 말하자면 던전산 물품을 상인 길드에도 팔아줄 수 없겠는가 하는 것이었다.

통상적으로 모험가가 구한 것을 매입하는 곳은 모험가 길드라고 여겨지지만, 이번에 내가 던전에서 가져온 물건들은 그 양이 너무 많은 탓에 모험가 길드에서 전부 매입할 수는 없는 상황이다.

상인 길드에서도 그 사실을 알았는지, 모험가 길드에서 거래가 끝난 다음이어도 좋으니 본인들에게도 매입할 기회를 달라는 이야기를 전해왔다고 한다.

"알고 계시겠지만, 모험가가 모험가 길드에서 거래를 하는 것은 모험가들을 보호하기 위해서이기도 합니다. 모험가가 산전수전 다 겪은 상인을 상대하는 건 무척 어려운 일이니까요. 그중에는 속아서 헐값에 물건을 넘기게 되는 일도 나올 수 있지요. 그런 일을 막아 모험가를 지키기 위한 일이기는 합니다만, 소량의 거래나 이번처럼 모험가 길드에서 전부 매입할 수 없는 경우에는 그 범주에서 벗어나게 됩니다."

그렇구나.

소량의 거래라. 나도 전에 람베르트 씨와 직접 거래한 적이 있었다.

그러고 보니 람베르트 씨 '길드를 통하지 않고 모험가에게 직접 사는 행위는 모험가 길드에도 동료 상인들에게도 눈총을 받는 행위지만, 소량이라면 그 정도는 눈을 감아준다'고 했었지.

이번에는 모험가 길드에서 다 살 수 없는 경우에 해당된다는 거구나.

"지난번, 던전 답파 직전까지 갔던 길드 마스터 파티가 보석류를 많이 가지고 돌아왔었던지라, 상인 길드에서는 보석류를 기대하고 있는 모양입니다."

그렇구나. 보석류, 엄청나게 많습니다.

지금 당장 팔아야만 할 필요는 없지만, 솔직히 나는 보석류에 흥미가 없단 말이지.

사준다고 한다면, 당연히 팔 생각이다.

"그래서 말입니다만, 시간이 되면 오늘이나 내일이라도 함께 상인 길드까지 가주셨으면 합니다. 급한 일정이라 죄송스럽습니다만, 상인 길드에서 몇 번이나 재촉을 해와서요."

"그런 거라면, 오늘 바로 가도 괜찮습니다."

"정말입니까? 이것 참, 정말 감사드립니다. 그럼 창고에 들른 다음에 제가 상인 길드까지 안내하겠습니다."

우고르 씨가 그렇게 말하자 입 다물고 있던 엘랑드 씨가 "잠깐 기다리게"라며 끼어들었다.

"무코다 씨를 상인 길드까지 안내하는 거라면 내가 하겠네. 길드 마스터인 내가 가는 편이 좋을 거야."

엘랑드 씨는 당연하다는 느낌으로 그렇게 말했지만, 우고르 씨는 개의치 않았다.

"무슨 말씀을 하시는 겁니까? 그렇게 말하고 또 일을 땡땡이칠 셈이지요? 그렇게는 안 됩니다. 길드 마스터는 여기서 일을 해주셔야겠습니다. 그리고 왕도에 갈 준비는 어떻게 되어가고 있지요? 제가 준비를 진행해달라고 말씀드렸지요?"

우고르 씨가 그렇게 말하자, 엘랑드 씨가 노골적으로 시선을 피했다.

이런, 준비 안 했군요.

"하아~ 준비 안 하신 겁니까? 그래놓고 잘도 자신이 안내하겠다는 말을 하는군요."

"아니, 하지만…… 나, 정말로 그런 거 가고 싶지 않다고. 귀찮고……."

그러니까 귀찮다느니 하는 속마음을 말하지 말라고.

어찌 됐든 길드 마스터니까.

그보다 나, 부탁하고 싶은 일이 있었는데.

"엘랑드 씨, 왕도에 가면 임금님이랑 만나시는 거죠?"

"예. 알현하게 되겠지요."

"그렇다면……."

나는 아이템 박스에서 던전산인 어떤 물건을 꺼냈다.

"이걸 임금님에게 전해주셨으면 합니다. 이 나라의 임금님은 저희에게 정말 잘해주셨거든요. 이 아이들과 함께 이렇게 자유롭게 지낼 수 있고, 귀족들이 접촉해 오지도 않고, 정말 고마운 일이에요. 앞으로도 잘 부탁드린다고 전해주세요."

엘랑드 씨가 왕도에 설명하러 간다는 이야기를 들은 후로 생각했다.

이 나라의 임금님이 한마디 해주신 덕분에 자유롭게 지낼 수 있게 되었고, 귀족들도 이상한 참견을 하지 않고 있다. 정말 감사한 일이다.

그리고 앞으로도 잘 좀 부탁드린다는 의미도 있다.

뭐, 말하자면 투자인 셈이다. 이런 걸로 앞으로의 자유를 확보할 수 있다면, 싸게 먹히는 거다.

"네, 그건 좋습니다만…… 이건?"

내가 건넨 물건을 보며 엘랑드 씨가 물었다.

"아, 그건 던전의 보물 상자에서 나온 '해독 목걸이'입니다."

그렇게 말하자 엘랑드 씨도 우고르 씨도 깜짝 놀랐다.

"매직 아이템 아닙니까?! 괜찮으시겠습니까?"

"이건 임금님이 가지고 있는 편이 좋을 것 같아서요."

여러 가지로 말이지.

임금님 정도 되면, 독에 의한 암살 같은 일도 일어날 테고.

"그야, 왕궁으로서는 군침을 삼킬 만한 아이템이겠습니다만…… 정말로 괜찮으시겠습니까? 팔면 상당한 금액이 될 텐데요?"

"물론 괜찮습니다. 임금님에게 전해주세요."

페르 일행 덕분에 금전적으로는 전혀 곤란하지 않으니까.

그리고 솔직히 '해독 목걸이'는 신의 가호를 받은 우리들에게는 필요 없는 아이템이기도 하고.

상태 이상 무효화 만세라니까.

"길드 마스터, 보고만이 아니라 중대한 임무를 맡게 되셨군요. 이런 훌륭한 아이템을 받아 왕에게 헌상하는 역할입니다. 소홀히 해서는 안 됩니다. 마음을 다잡고 준비에 임해주십시오. 아시겠습니까?"

우고르 씨가 엘랑드 씨에게 단단히 주의를 주었다.

"그러면 저희는 창고로 가지요."

의자 뒤에서 푹 자고 있던 페르와 드라 짱을 깨워서 우고르 씨와 함께 창고로 향했다.

참고로 스이는 늘 그렇듯 가죽 가방 안에 있다.

"그러면 꺼내주시겠습니까?"

"네. 우선 첫 번째는 오크 가죽이었죠? 그리고 리저드맨 가죽, 오거 가죽, 트롤 가죽……(중략)……패럴라이즈 버터플라이의 마비 독이 열다섯 개. 그리고, 또 뭐였죠?"

종류가 너무 많아서 잊어버렸어.

"와일드 에이프 모피 스무 장과 매직 백(소)입니다."

아, 그래. 맞아.

나는 와일드 에이프의 모피 스무 장과 매직 백(소)을 꺼냈다.

"이걸로 전부 다 꺼낸 것 같은데, 확인해주세요."

그렇게 말하자, 우고르 씨는 창고에 있던 마르셀 씨 외의 해체 담당 직원들 중 손이 비는 사람들에게 도움을 받아서 확인을 시작했다.

“이쪽은 괜찮군요. 그쪽도 괜찮고. ……무코다 님, 말씀드렸던 물건들은 확실히 받았습니다. 서둘러 계산해서 내일 대금을 전달하겠습니다.”

후우~ 드디어 던전산 물건을 조금은 팔았다.

물론 여전히 그대로 남아 있는 것도 있지만.

“그럼 상인 길드로 안내하겠습니다.”

그래, 지금부터 상인 길드에 가는 거였지.

우고르 씨의 뒤를 따라서 우리는 상인 길드로 향했다.

드랭의 상인 길드는 도시의 중심가에 있는 무척이나 훌륭한 건물이었다.

우고르 씨를 따라 그 건물로 들어가자 40대 후반 정도의 풍채 좋은, 그야말로 상인이라는 느낌의 말쑥한 차림새의 남자가 기다리고 있었다.

“기다리고 있었습니다. 자자, 이쪽으로 오시죠.”

저기, 이거 페르 일행과 함께여도 괜찮으려나?

내가 조금 주저하고 있으려니 “사역마도 함께 오시지요”라는 말이 들려왔다.

역시 상인, 세세한 부분까지 금세 눈치채는구나.

안내받은 곳은 길드 접수처 안쪽에 있는 방이었다.

이 옆에도 방이 있고, 그쪽에도 상인풍 남자들이 들어가 있는 것을 보면, 개별적으로 상거래를 할 때 이용하는 방인 모양이다.

빠듯했지만 페르도 어찌어찌 들어갔다.

◇ ◇ ◇ ◇ ◇

"처음 뵙겠습니다. 저는 이곳 드랭의 상인 길드에서 길드 마스터를 맡고 있는 아드리아노라고 합니다. 부디 잘 부탁드립니다."

그런 느낌이 들기는 했지만, 일부러 길드 마스터가 직접 마중을 나와준 거구나.

"무코다라고 합니다. 저야말로 잘 부탁드립니다."

일단 나도 상인 길드에 가입해 있는 만큼, 예의 바르게 인사했다.

"우고르 씨, 몇 번이고 재촉해서 미안했네."

"아뇨 아뇨, 그 마음은 이해합니다."

"그럼, 바로 본론으로 들어가지요. 보여주실 수 있겠습니까?"

"우고르 씨에게 보석류를 원한다고 전해 들었는데, 그거면 되나요?"

"네, 부탁드립니다."

보석류를 꺼내 보여주기로 한 후 아드리아노 씨가 보석 감정을 위해 직원을 불러도 괜찮은지 물었고, 나는 그 부탁을 승낙했다.

들어온 것은 눈매가 날카로운 60대 중반 정도의, 이 길만 몇십 년 걸어왔다는 느낌을 주는 베테랑 감정사 같은 영감님이었다.

"그럼, 꺼내주시지요."
나는 테이블에 펼쳐놓은 부드러운 천 위에 던전산 보석류를 꺼내기 시작했다.
"우선은 루비입니다."
감정사 영감님은 확대경으로 내가 꺼낸 자그마한 크기의 루비를 들여다보았다.
아, 이 세계에도 확대경이라고 할까, 렌즈가 있었구나.
그러고 보니 가끔 안경을 쓴 사람도 봤었지.
뭐, 대체로 부자로 보이는 사람들이었으니 렌즈는 꽤 비싼 물건이리라.
"크기는 작지만, 훌륭한 붉은색이군요. 역시 던전산입니다."
다행이다. 감정사 영감님의 눈에 차는 모양이야.
"저기, 다 꺼내도 괜찮을까요?"
하나하나 꺼내는 것보다 한꺼번에 전부 꺼내는 편이 좋을까 싶어 그렇게 물었다.
"아뇨. 오랜만에 보는 던전산 보석입니다. 마음을 다해 감정하지 않으면 안 되지요. 천천히 감정해나가기 위해서도 하나씩 하나씩 꺼내주시면 감사하겠습니다."
그런 건가.
나는 감정사 영감님의 희망대로 보석류를 하나씩 꺼냈다.
에메랄드, 아쿠아마린, 가넷. 계속해서 보석을 꺼냈다.
"이건 임페리얼 토파즈입니다."
그렇게 말하며 임페리얼 토파즈를 꺼내자, 감정사 영감님이 눈을 크게 부릅떴다.

"임페리얼 토파즈! 이 황금색을 보는 건 몇십 년 만인지. 이건 아주 좋군. 흠집도 없고, 전에 본 것보다 알도 커."

임페리얼 토파즈에 확대경을 가까이 대며 감정사 영감님이 흥분한 기색으로 그렇게 말했다.

"루슬란이 흥분하다니, 그 정도의 물건인가?"

아드리아노 씨가 감정사 영감님에게 그렇게 물었다.

감정사 영감님은 루슬란 씨라고 하는구나.

"예. 이건 훌륭합니다. 무엇보다 이 임페리얼 토파즈는 수가 적은 매우 희소한 보석입니다. 아는 사람만 아는 보석이기는 합니다만, 임페리얼 토파즈의 가치를 아는 분이라면 반드시 원할 겁니다. 게다가 약간 붉은 기가 감도는 노란색입니다. 황금색은 행운을 가져온다고 여겨지는 만큼, 임페리얼 토파즈를 모른다고 해도 구입하기를 원하는 분들은 많은 거라고 봅니다."

"확실히. 그 투명한 황금색은 매력적이로군."

아드리아노 씨도 그렇게 말하며 루슬란 씨의 설명에 응응 하고 고개를 끄덕였다.

보석의 가치 같은 건 잘 모르지만, 임페리얼 토파즈는 그 나름대로 가치가 있는 모양이다.

하지만 여기서 이렇게 시간을 끌다가는 좀처럼 끝나지 않을 거라고.

아직 더 있으니까, 계속해서 꺼내겠습니다.

"저기, 다음 걸 꺼내도 괜찮겠습니까?"

"이런, 죄송합니다. 꺼내주시지요."
사파이어, 알렉산드라이트, 다이아몬드를 꺼냈다.
보석들을 꺼내놓을 때마다 낮은 신음 소리를 내는 루슬란 씨.
"후우, 역시 던전산 물건은 질이 전혀 다르군요."
"그렇게나 다른 것인가?"
"예. 우선 상처가 거의 없고, 탁하지 않은 투명한 색을 하고 있습니다. 전부 하나같이 최고 품질입니다."
호오, 던전산 보석은 그런 물건인 거야?
보석이니까 비싸게 팔릴 것 같다고만 생각했는데, 전부 품질이 좋은 것들뿐이었구나.
"다음은 보물 상자에서 꺼낸 다이아몬드 반지입니다."
"오오, 오오, 이건 처음부터 반지로 가공되어 있는 거군요. 디자인이 조금 예스러운 느낌입니다만, 다이아몬드는 훌륭합니다."
던전산이라도 디자인까지 최신인 건 아닌 모양이다.
"다음이 탄자나이트 목걸이입니다. 이것도 보물 상자에서 나온 겁니다."
"이것도 디자인이 조금 옛것이지만, 탄자나이트는 희소가치가 있는 보석입니다. 같은 파란색인 사파이어와는 달리 살짝 보라색이 감도는 느낌은 탄자나이트만의 고유한 색입니다. 훌륭합니다."
이쪽도 디자인은 좀 별로인 건가. 하지만 보석 자체는 희소가치가 있는가 보다.
그리고 마지막. 내 눈에는 이게 가장 가치가 있어 보였다.
29계층의 보석 상자에서 나왔다는 것도 있지만, 제일 크기가 크고, 보석에 흥미가 없는 나라도 예쁘다고 생각했었다.

"그리고 이게 마지막입니다. 29계층의 보물 상자에서 나온 옐로 다이아몬드입니다."

나는 눈물 모양으로 세공된 큰 사이즈의 옐로 다이아몬드를 루슬란 씨에게 내밀었다.

"이, 이건……."

루슬란 씨는 옐로 다이아몬드를 조심스럽게 받아 들더니 찬찬히 확인했다.

"루, 루슬란?!"

놀란 듯 루슬란 씨를 부르는 아드리아노 씨의 모습에 나도 루슬란 씨를 보았다. 루슬란 씨가 울고 있었다.

"저는 지금 맹렬하게 감동하고 있습니다. 여생이 얼마 남지 않은 지금, 이 정도의 물건을 볼 수 있게 된 것에……."

루슬란 씨의 그 말에 누군가가 "꿀꺽" 하고 침을 삼키는 소리가 들렸다.

"우선 색이 들어간 다이아몬드라는 희소성. 색이 있는 다이아몬드는 정말로 그 수가 적습니다. 게다가 이건 색이 진한 노란색이면서 투명도도 뛰어납니다. 황금색은 행운을 불러온다고 여겨지니, 임페리얼 토파즈와 마찬가지로 원하는 사람은 얼마든지 있을 테죠. 그리고 이 크기도 훌륭합니다. 이렇게 알이 큰 다이아몬드는 좀처럼 볼 수 없습니다. 게다가 색이 들어가 있으니, 더 말할 나위도 없지요. 그리고 이 커팅도 나무랄 데가 없습니다. …………결론을 말씀드리자면, 저도 오랫동안 보석을 보아왔지만, 이렇게나 훌륭한 보석은 본 적이 없습니다. 세계 최고봉이라 말해도 과언이 아닙니다. 이 보석의 품질은 제가 보증합니다."

…………세계 최고봉. 그, 그 정도의 물건이었던 거냐?

슬쩍 아드리아노 씨와 우고르 씨를 보니 두 사람 모두 루슬란 씨의 말에 눈을 휘둥그레 뜨고 놀라고 있었다.

"그, 그럼 어떤 걸 매입할지 협의하고 오겠으니, 여기서 잠시 기다려주십시오."

제정신을 차리고 그렇게 말한 아드리아노 씨가 루슬란 씨를 데리고 방을 나갔다.

기다리고 있는 사이에 상인 길드의 직원이 차를 내주었다. 이 차, 맛있는데.

다즐링 티 비슷한데, 티백 같은 싸구려가 아니라 선물로 받을 법한, 뭔가 고급스러운 느낌이 든다.

"역시 그 정도의 물건을 보여주어서인지, 상인 길드도 최고급 차를 대접해주는군요."

우고르 씨가 그렇게 말하며 차를 꿀꺽 마셨다.

"네? 이거 최고급 차인 건가요?"

"네. 엘만 왕국의 드링이라는 지역에서만 채취되는 드링 차라고 합니다."

아, 그런 거구나.

최고급 드링 차를 마시면서 그들이 돌아오기를 잠시 기다렸다.

"오래 기다리셨습니다."

그렇게 말하며 아드리아노 씨와 루슬란 씨가 방에 들어왔다.

"그럼 매입하고 싶은 물건입니다만……."

아드리아노 씨가 사고 싶다는 뜻을 전한 것은, 루비(작은 사이즈), 에메랄드(작은 사이즈), 아쿠아마린(작은 사이즈), 가넷(작은 사이즈), 아메시스트(작은 사이즈)×2, 페리도트(작은 사이즈), 금괴, 임페리얼 토파즈(중간 사이즈), 다이아몬드(큰 사이즈), 다이아몬드(중간 사이즈)×2, 다이아몬드(작은 사이즈)×2, 다이아몬드 반지였다.

다이아몬드가 많은 것을 보면, 이 세계에서도 다이아몬드가 인기 있는 것인지도 모르겠다.

그래도 역시 옐로 다이아몬드에는 손을 뻗을 수 없는 모양이지만.

"이것들을 매입하게 해주셨으면 합니다만, 괜찮으시겠습니까?"

괜찮다고 전하자, 아드리아노 씨는 가격 설명을 시작했다.

"루비(작은 사이즈)가 금화 180닢, 에메랄드(작은 사이즈)가 금화 170닢, 아쿠아마린(작은 사이즈)이 금화 140닢, 가넷(작은 사이즈)이 금화 120닢, 아메시스트(작은 사이즈)×2는 하나당 금화 80닢으로 두 개 합해 160닢, 페리도트(작은 사이즈)가 금화 110닢, 금괴가 금화 300닢, 임페리얼 토파즈(중간 사이즈)가 금화 1600닢, 다이아몬드(큰 사이즈)가 금화 1500닢, 다이아몬드(중간 사이즈)×2는 하나당 금화 750닢으로 두 개에 금화 1500닢,

다이아몬드(작은 사이즈)×2는 하나에 금화 500닢으로 두 개 합해 금화 1000닢, 다이아몬드 반지는 금화 680닢으로, 이상의 합계 7460닢에 매입하려고 합니다. 괜찮으시겠습니까?"

…………보, 보석은 대단하구나. 이쪽 세계에서도 역시 비싼 값이 붙잖아.

금화 7460닢이라니. 엄청나다…….

"네, 좋습니——."

"잠깐 기다려주십시오."

내가 좋다고 말하려던 순간, 우고르 씨가 대화에 끼어들었다.

"조금 전의 매입 가격 말입니다만, 아무리 생각해도 임페리얼 토파즈와 다이아몬드의 가격이 너무 낮군요. 저도 모험가 길드에서 부길드 마스터를 맡고 있는 만큼, 식견을 넓히기 위해 다양한 것을 보고 들으려 하고 있습니다. 그러다 보니 임페리얼 토파즈에 관해서도 들어보았지요. 임페리얼 토파즈는 '환상의 보석'이라는 별명으로 불리며, 보석 애호가 사이에서는 무척이나 귀하게 여겨진다지요? 게다가 보석은 알이 클수록 고가가 된다는 건 누구나가 아는 사실입니다. 이 정도 크기의 '환상의 보석'이 금화 1600닢이라니, 조금 이상하지 않은지요? 그리고 다이아몬드의 가격도 이상합니다. 다이아몬드는 매우 인기 있는 보석으로, 어디서나 구하기가 어려운 물건인 만큼 그런 점도 함께 생각해주셔야지요. 심지어 던전산인 질 좋은 다이아몬드인데, 전체적으로 가격이 너무 낮습니다. 저는 이전에 이것과 비슷한 크기의, 던전산이 아닌 다이아몬드가 금화 1500닢 정도에 거래되었다는 것을 알고 있습니다. 그걸 생각하면, 던전산인 질 좋고 알이 큰 이 다이아몬드가 금화 1500닢이라는 건 이상합니다. 이래서는 이야기가 안 되지요."

오오, 그, 그런 거야? 우고르 씨가 함께라서 다행이야.

이런 말하기는 뭐하지만, 엘랑드 씨였으면 이렇게는 안 됐을지도 모르겠는걸.

보석의 가치 같은 건 전혀 모르니, 우고르 씨가 없었다면 나는 그냥 오케이 했을 거라고.

"무코다 님은 지금 당장 보석을 팔지 않아도 아무 문제 없으시지요?"

우고르 씨가 그리 묻기에 나는 고개를 끄덕였다.

특별히 돈이 급한 것도 아니니까. 딱히 당장 돈으로 바꿀 필요성은 없다.

"그렇다면 다른 도시의 모험가 길드에서 거래한다고 하는 방법도 있습니다. 무코다 님은 모험가시니 원래대로라면 그래야 하지요. 그렇게 하시는 편이 낫지 않겠습니까?"

확실히, 그런 방법도 있겠네.

"잠깐 기다려주십시오. 무코다 님은 모험가라고 하시지만, 분명 상인 길드에도 등록되어 있으시지요?"

아드리아노 씨가 그렇게 말했다.

우고르 씨는 내가 상인 길드에도 등록되어 있다는 말을 듣고 조금 놀란 모양이었다.

하지만 아드리아노 씨. 상인 길드에 등록되어 있다는 게 뭐 어

떻다는 건가요?

혹시 상인 길드에 등록되어 있으니 이대로 거래하라는 거야?

그건 좀 이기적인 거 아닐까?

돈에 욕심이 있는 건 아니지만, 우고르 씨의 설명을 듣고 나니 속았다는 기분이 든다고.

"확실히 상인 길드에 등록은 했습니다만, 아이언 랭크니까요. 저는 요리를 조금 잘하는 편이라, 포장마차라도 할 수 있으려나 싶어 등록했을 뿐입니다. 지금은 사역마도 늘어서 모험가 위주로 활동하고 있고요. 어쩌면 상인 길드 쪽의 다음 갱신은 하지 않을지도 모릅니다."

조금이지만 우고르 씨를 지원 사격했다.

실제로 최근에는 페르들 덕분에 모험가가 메인이 되었으니까.

어느 쪽인가 하면, 모험가 길드에 더 신세를 지고 있다는 거지.

"그렇다고 합니다. 모험가를 너무 함부로 대하신다면, 이쪽도 이러한 경우의 거래는 다시 생각해보아야만 할 것 같군요."

웃음을 지으며 우고르 씨가 그렇게 말했다. 그리고서 마찬가지로 미소를 짓고 있는 아드리아노 씨와 한동안 서로를 노려보며 눈싸움을 했다.

두 사람 사이에서 빠직빠직하고 보이지 않는 불꽃이 튀는 것만 같다.

그러나 이번에는 아드리아노 씨의 입장이 조금 안 좋은 모양이었다.

아드리아노 씨가 "잠시 기다려주십시오"라더니 루슬란 씨와 소곤소곤 이야기를 시작했다.

"어흠. 실례했습니다. 이야기하셨던 매입 가격에 관한 것입니다만, 조금 정정하도록 하겠습니다. 임페리얼 토파즈는 금화 2100닢, 다이아몬드(큰 사이즈)가 금화 2000닢, 다이아몬드(중간 사이즈)×2는 하나당 금화 1000닢으로 두 개에 금화 2000닢, 다이아몬드(작은 사이즈)×2는 하나에 금화 700닢으로 두 개 합해 금화 1400닢, 다이아몬드 반지는 금화 800닢으로 정정해서, 합계 금화 9480닢에 거래했으면 합니다만. 어떠십니까?"

오오, 뭔가 대폭으로 늘어났어. 이거면 괜찮은 건가?

우고르 씨 쪽을 힐끔 보자 그가 고개를 크게 끄덕였다. 좋아, 괜찮은 모양이야.

"네, 그렇게 부탁드립니다."

그렇게 말하자, 아드리아노 씨가 안도의 한숨을 내쉬었다.

"그러면 지불에 관해서입니다만, 금액이 금액인 만큼, 백금화와 대금화로 드려도 괜찮으실지요?"

"네, 괜찮습니다."

내가 그렇게 답하자, 아드리아노 씨가 자리를 벗어났다.

그러고 보니 백금화는 처음 보네.

돌아온 아드리아노 씨의 손에 들린 트레이에는 희푸르게 빛나는 화폐가 놓여 있었다.

"그럼 백금화 94닢과 대금화 8닢, 금화로 하면 9480닢입니다. 확인하시지요."

백금화라는 건 비스릴과 금을 섞어 만든 화폐인가 보다.

그게 94닢, 그리고 대금화가 8닢.

"네, 틀림없이 받았습니다. 그럼 이걸……."

나는 거래 대금을 받아 들고, 팔기로 했던 보석류를 건넸다.

"네, 틀림없습니다."

보석류를 받아 든 루슬란 씨는 방을 나갔다. 재빠르다.

"좋은 거래를 하게 해주셔서 감사드립니다."

아드리아노 씨가 그렇게 말했다.

"저야말로."

내가 그렇게 말하고 우고르 씨와 함께 돌아가려고 하던 때에 아드리아노 씨가 나를 불러 세웠다.

"무코다 님은 상인 길드에도 등록되어 있으시고, 요리도 특기라고 하시니, 지혜를 조금 빌려주셨으면 하는 건이 있습니다만……."

응? 대체 뭘까……?

아드리아노 씨에게 이야기를 들어보니, 요컨대 새로운 요리가 없겠는가 하는 내용이었다.

식당들마다 같은 메뉴밖에 없다는 말이 많아 골치를 썩이고 있다고 한다.

역시 상인 길드의 길드 마스터라고 해야 할까.

어떤 상황에서도 득이 될 건 반드시 챙기려고 하는구나. 아드리아노 씨.

뭐, 거래 대금도 크게 늘려주었으니(아마도 그건 우고르 씨의 지적과 앞을 생각해서 늘려준 느낌이 들지만), 요리를 가르쳐주는 정도는 괜찮겠지.

우고르 씨는 우리의 대화를 듣고 모험가 길드와 관련 없는 이야기라는 것을 알자 바로 돌아갔다.

"요리는 삶고 굽고 하는 것밖에 없으니, 비슷해지는 것도 어쩔 수 없는 일이겠지만 말이지요……."

게다가 양념은 소금과 약간의 후추와 허브류 정도라, 결국에는 어디나 비슷한 느낌의 요리가 되어버리는 것일지도 모른다.

"무코다 님은 이 나라 사람이 아니시고, 또 요리도 특기라고 하시니, 뭔가 새로운 요리를 가르쳐주신다면 감사하겠습니다. 이 도시는 모험가가 많아서, 술과 어울리는 요리라면 더욱 좋겠습니다."

으음, 인터넷 슈퍼의 조미료를 쓸 수 있다면 맛있는 요리는 얼마든지 가르쳐줄 수 있는데 말이지.

그게 불가능하잖아.

양념은 소금과 후추.

이야기를 더 들어보니, 가능한 한 비싼 재료는 쓰지 말아달라고 한다. 후추도 무리겠는걸.

비싼 재료를 쓰지 말아달라는 건 이해한다. 일반적인 식당에서 고가의 재료 같은 건 쓸 수 없을 테니까.

게다가 술과 어울리는 거라……. 어렵네.

앗, 그러고 보니 아까 아드리아노 씨는 "요리는 삶고 굽고 하는 것밖에 없으니"라고 했었지? 그렇다면…….

"아드리아노 씨, 튀김이라는 건 있나요?"

"튀김? 그건 어떤 요리입니까?"

"기름에 튀기는 겁니다. 그러니까, 기름으로 끓이는 거라고 할까 뭐라고 할까."

"기름으로 튀긴다? 기름으로 끓인다…… 으음, 잘 모르겠군요."

오, 역시 튀긴다는 조리법은 없는가 보네.

그렇다면 딱 맞는 요리가 있지.

이 세계에서 일반적으로 쓰이는 기름이라고 하면 올리브 오일이다.

아무래도 일대 생산지가 있는지 그곳에서 주로 생산되며, 가격도 그다지 비싸지 않다.

이 나라는 바다와 접하고 있어서 소금도 그렇게 터무니없이 비싸거나 하지는 않은 모양이고.

그런 점들을 생각하면, 지금 떠오른 요리는 비용도 그다지 들지 않을 터다.

게다가 술과도 잘 어울린다. 이 세계에서 흔히 마시는 에일과도 상성이 좋으리라고 생각한다.

"하나 떠오른 요리가 있는데, 실제로 만들어볼까요?"

"오오, 그거 고맙습니다. 새로운 요리는 모두들 알고 싶어 할 테니, 사람들을 불러도 괜찮겠습니까?"

"괜찮기는 하지만……."

사람들이 보는 건 조금 부끄럽지만 어쩔 수 없으려나.

그보다도, 마도 버너를 꺼내려면 넓은 곳이 좋겠는데.

그런 이야기를 했더니, 어째선지 상인 길드의 접수처 앞 넓은 공간에서 요리를 하게 되었다.

재료로는 올리브 오일과 소금이 필요하다고 말했더니 바로 준비해주었다.

그럼 만들어볼까요.

우선은 마도 버너를 꺼내고.

아이템 박스에서 마도 버너를 꺼내자, 구경꾼들이 "오오" 하며 술렁거렸다.

이어서 "엄청 커다란 아이템 박스네"라든가 "저건 최신 마도 버너야"라든가 하는 말소리가 들려왔다. 지금은 그런 이야기는 무시하기로 하자.

이번에 만들 것은 감자튀김이다.

이거라면 간단하고 비용도 그다지 들지 않는 데다, 술안주로도 딱이다.

우선은 감자부터 준비한다. 던전에 들어가기 전에 샀던 감자가 있었던지라, 그중에서 싹이 돋지 않은 것을 골라 씻었다.

분명 여기서도 감자는 감자라고 불렀었지?

"저기, 그러니까 말이죠, 감자를 잘 씻어서 물기를 닦아주고, 이런 식으로 썹니다. 잘 씻으면 껍질째 써도 괜찮습니다. 이번에는 이런 모양으로 잘랐지만, 가늘고 길게 자르거나, 얇게 자르거나 하는 등 변화를 주어도 식감이 달라져서 좋습니다. 그 부분은 이것저것 시도해보도록 하세요. 그리고 감자는 흔히들 쓰니까 이미 알고 계실 거라고 생각하지만, 싹이 돋아났을 경우에는 싹 부분을 도려내고 껍질은 두툼하게 깎아주십시오."

그렇게 말하면서 감자를 껍질째 듬성듬성 잘랐다.

가격은 비싸지 않다고 해도, 기름도 너무 많이 쓰지 않는 편이 좋을 테니, 조금 시간은 걸리겠지만 프라이팬에서 튀기는 방법으로 해야겠다.

"그러면 자른 감자를 프라이팬에 넣고, 감자가 찰랑찰랑하게 잠길 정도로 올리브 오일을 부어주십시오. 그런 다음 중불에 올립니다. 그리고 천천히 익혀줍니다."

화륵 하고 마도 버너에 불이 붙었다.

이대로 잠시 내버려 두면.

"이런 느낌으로 부글부글 거품이 생기면서 감자가 떠오르면 불을 센불로 해두고 표면이 바삭하고 고소한 느낌의 색을 띨 때까지 튀겨줍니다. 고소하게 튀겨지면 기름을 잘 빼고 꺼냅니다. 그런 다음 소금을 뿌리면 완성입니다. 안까지 잘 익었을지 걱정인 경우에는, 감자가 떠오른 시점에서 하나를 꺼내 잘라보고 안이 익었으면 다 익은 겁니다. 다만, 이 방법은 만드는 데 시간이 걸리기 때문에, 미리 달궈둔 기름에 튀기는 것도 괜찮습니다. 기름도 지금은 올리브 오일을 썼습니다만, 동물 기름을 써도 괜찮을 것 같습니다. 자르는 법도 다 함께 이것저것 시도해보면 어떨까 합니다. 아, 기름을 쓰는 만큼 화재에는 부디 주의를 해주세요."

이번 요리법은, 어디까지나 가정 요리 범위니까.

가게에서 만든다고 하면 꽤 많은 양을 튀겨야 하게 될 테니, 자르는 법이라든가 기름에 따라서도 식감이나 풍미가 다르리라고 생각한다. 그 부분은 이것저것 스스로 만들어 시험해보는 것이 제일이리라.

"그럼 시식해보시죠."

갓 튀긴 감자튀김을 내밀자 구경꾼들이 우르르 몰려들었다.

"뜨거우니까 조심하세요."

모두 갓 튀긴 감자튀김을 후아후아 해가며 시식하고 있다.

"오오, 겉은 바삭하고 안은 보들보들해서 맛있는데."

"소금 간이 짭짤하게 되어 있어서 계속 손이 가는 맛인걸."

"이건 확실히 에일이랑 어울릴 것 같아."

"무엇보다 재료비가 많이 들지 않는 게 마음에 드는군."

"게다가 요리법도 간단하니까, 이거라면 오늘부터 당장 메뉴에 추가할 수 있겠어."

대체로 평가가 괜찮다고 봐도 되려나?

뭐, 감자튀김을 싫어한다는 소리는 들어본 적이 없으니까.

다음은 아까 말했던 것처럼 자르는 방식을 바꾼다든가 하는 등, 스스로 이것저것 궁리해주세요.

"그것참, 무코다 님, 정말로 고맙습니다. 기름에 튀기다니 대단합니다. 게다가 재료비도 그다지 들지 않고 술과도 잘 어울리다니. 이런 훌륭한 요리를 가르쳐주실 줄은. 정말 감사합니다."

아드리아노 씨가 다가와 그렇게 말했다.

연신 웃는 얼굴인 것을 보면 감자튀김에 만족한 모양이다.

너무 간단한 게 아닌가 하는 생각도 좀 했지만, 이쪽 재료로 간단히 만들 수 있는 음식으로 퍼뜩 떠오른 게 이것뿐이었다고.

감자튀김을 가르쳐준 정도로 이렇게나 기뻐해주다니 다행이다.

"별것 아니지만, 상인 길드의 다음 갱신 시 연회비와 세금은 저희 길드가 부담하도록 하겠습니다."

"정말인가요? 고맙습니다."

감자튀김을 가르쳐준 것만으로 다음 갱신 비용이 공짜가 되었어. 러키.

그럼 용건은 끝났으니 뒷정리를 하고 모두를 깨워서 돌아가도록 할까.

페르도 드라 짱도 스이도 지루한지 낮잠 타임을 갖고 있다.

돌아가면 이번에는 애들 밥을 만들어야겠지.

"그럼 저는 이만 실례하겠습니다."

"감사했습니다."

아드리아노 씨에게 인사를 하고, 나는 상인 길드를 뒤로했다.

◇ ◇ ◇ ◇ ◇

우선은 식사 준비를 해야겠지.

어제 대량으로 만들었던 오크와 블러디 혼 불 간 고기가 있으니, 그걸 쓰려고 한다.

만드는 것은 미트 로프다.

무얼 만들까 생각했을 때, 간 고기가 있으니 오랜만에 미트 로프를 만드는 것도 괜찮겠다 싶었다. 이 요리는 마도 버너의 아래쪽에 있는 오븐을 쓰니까, 위쪽 버너로는 다른 걸 만들 수도 있다. 위의 버너로는 밥을 짓고, 다음은 고기 소보로를 만들어두려고 한다. 고기 소보로는 만들어두면 편리하니까. 맛있고, 밥과도 잘 어울린다. 고기 소보로 덮밥을 만들어도 좋고, 주먹밥 안에 넣는 재료로도 좋다.

그럼 만들기 시작할까.

내가 만드는 미트 로프는 시판된 것을 유효하게 써서 만드는 간단한 미트 로프다.

인터넷 슈퍼에서 재료를 조달하면 꽤 간단히 만들 수 있다. 양파와 케첩과 소스, 그리고 레드 와인과 빵가루는 있으니까 그 외의 것들을 담자. 베이컨, 냉동식품인 믹스 채소, 팩에 담겨 있는 삶은 메추리알, 달걀, 버터. 그리고 파운드 케이크 틀을 구입.

쌀을 씻어서 불리는 사이에 미트 로프를 만들기 시작한다.

볼에 빵가루를 넣은 다음 우유를 따라 재운다. 그 사이에 양파를 다지고 프라이팬에 버터를 녹여 양파를 볶는다. 양파가 살짝 투명해지기 시작했을 때 얼은 채인 채소 믹스를 넣어서 녹을 때까지 볶아준다.

빵가루를 담아둔 볼에 오크와 불러디 혼 불 간 고기와 다진 양파와 채소 믹스 볶은 것, 그리고 달걀과 소금 후추. 거기에 분명 육두구가 있었으니까 그것도 넣어서 점성이 생길 때까지 반죽해 간다. 그 부분은 햄버그 반죽을 만들 때와 그다지 다르지 않다. 다른 점을 말하자면, 채소 믹스를 넣는다는 것 정도다.

미트 로프 반죽이 완성되면, 파운드 케이크 틀에 베이컨을 깔아서 채워간다. 거기에 미트 로프 반죽을 절반 정도 넣고 꽉꽉 눌러 공기를 빼가면서 고르게 펴주고, 그 가운데 부분에 메추리알을 두 개씩 놓아준 다음 그 위에도 마찬가지로 공기를 빼가면서 미트 로프 반죽을 넣는다. 이번에는 메추리알을 썼지만, 물론 평범한 삶은 달걀을 써도 된다.

파운드 케이크 틀 밖으로 튀어나온 베이컨은 안으로 접어 넣고, 그 위로 알루미늄 포일을 덮어서 오븐에 넣어 굽는다. 200도에서 30분 정도 굽는 것이 제일이지만, 마도 버너의 오븐은 온도 설정이 없기 때문에 그 부분은 상태를 봐가며 판단해야 한다.

이런, 밥도 지어놔야지.

위의 버너로 밥을 짓고, 아래의 오븐으로 미트 로프를 굽는다.

크기가 큰 만큼 미트 로프도 꽤 많은 양을 한꺼번에 구울 수 있다.

"이제 슬슬 됐으려나."

오븐 문을 열고서 미트 로프에 대나무 꼬치를 찔러 넣어보았다. 투명한 육즙만 묻어 나오는 것을 보니 다 익었다.

다음은 소스를 만들어야지. 파운드 케이크 틀 위에 고인 육즙을 냄비에 넣는다. 거기에 버터와 케첩과 우스터 소스, 레드 와인을 넣어서 푹 끓여주면 완성이다.

파운드 케이크 틀에서 꺼낸 미트 로프를 자른다.

페르와 스이에게는 파운드 케이크 틀 세 개분을, 드라 짱에게는 두 개분(끄트머리 한 조각은 내 몫으로 빼두었지만)을 접시에 담고서 소스를 뿌리면 끝이다.

“어이, 다 됐어.”

미트 로프를 담은 접시를 내주자, 모두 바로 달려들어 먹기 시작했다.

『음, 이건 채소가 들어가 있는 건가……. 뭐, 못 먹을 건 아니고, 맛도 그럭저럭 괜찮다만.』

페르는 대체 얼마나 고기 지상주의인 거냐. 채소 믹스가 들어 있다고는 해도 전부 잘게 다진 거잖아. 그 정도는 먹으라고. 아니, 불만을 말해놓고 우걱우걱 먹고 있잖아.

『이 진한 양념이 좋은데. 응응, 꽤 맛있잖아.』

드라 짱도 최근 입맛이 고급스러워졌구나.

진한 소스가 잘 어울리지? 나도 간 고기에는 그 정도로 진한 소스가 어울린다고 생각해.

『와아, 한가운데 뭔가 들어 있어. 달걀인가? 스이 있지, 달걀 좋아하니까, 고기랑 달걀은 행복해.』

오오, 그래. 그렇구나. 달걀이 들어 있으면 행복하구나.

다음에는 스이를 위해서 스카치 에그를 만드는 것도 괜찮겠는걸.

오랜만에 만들어서 어떠려나 했는데, 이러니저러니 말하면서도 페르도 드라 짱도 우걱우걱 먹고 있고, 스이도 정신없이 삼키고 있는 걸 보면 잘 만들어진 모양이다.

어디 어디, 나도 먹어볼까.

겉보기는 괜찮은 느낌이다. 자른 단면에 메추리알이 두 개 나란히 있는 게, 약간 호화스러운 느낌을 연출하고 있다.

소스를 잘 발라서 한 입.

오오, 이거 소스가 맛있는데. 버터와 레드 와인으로 감칠맛이 있는 농후한 소스가 되었다. 그게 미트 로프와 잘 어울린다. 햄버그도 그렇지만, 개인적으로는 역시 이 정도로 진한 소스 쪽이 간 고기와 어울리는 것 같다. 채소 믹스도 듬뿍 섞어 넣은 것도 좋았다. 메추리알도 좋은 느낌이다. 알이 없어도 상관없지만, 역시 알이 있는 편이 호사스러운 느낌을 주니까.

그리고 주변의 베이컨이 좋은 맛을 내주고 있다. 역시 베이컨도 있는 편이 짭짤해서 맛있다.

『『한 그릇 더.』』

페르와 스이의 추가 주문이다.

드라 짱은 이미 배가 부른지 『잘 먹었다, 잘 먹었어』라며 벌렁 드러누워 뒹굴거리고 있었다.

하지만 준비에 빈틈은 없다. 오븐이 크니까 한꺼번에 많이 구워뒀거든.

마도 버너, 엄청 편리해. 사길 잘했어. 정말로.

그 후, 두 번 정도 더 먹고서야 페르도 스이도 배가 가득해진 모양이었다. 그리고 드라 짱이 『탱글탱글한 거 줘』라는 말을 꺼낸 것을 계기로 식후의 디저트 타임에 돌입. 드라 짱은 당연히 푸딩, 페르는 좋아하는 딸기 쇼트케이크, 스이는 안 먹어본 걸 달라고 하기에 밀 크레이프를 골라보았다.

모두 단 거 들어갈 배는 따로 있는지 정말이지 맛있게 먹었다.

모두의 식사가 끝났어도, 나한테는 아직 해야 할 일이 있다.

밥을 짓고, 쟁여두고 싶은 고기 소보로를 만들어두어야 한다. 밥을 짓는 옆 화구를 이용해 고기 소보로를 만들기 시작했다.

냄비에 기름을 뿌려 달구고, 간 오크 고기를 넣어서 익어가며 부슬부슬해질 때까지 볶는다. 거기에 간장, 맛술, 술, 설탕, 간 생강(튜브에 들어 있는 것으로도 충분)을 넣어서 물기가 사라질 때까지 볶아주면 완성이다. 다음은 식혀서 적당한 그릇에 넣어 보존해둔다.

이건 엄청나게 간단한 데다 간단한 반찬으로 안성맞춤이라 만들어두면 편리하다. 간 고기라면 고기를 섞은 것이든, 쇠고기든, 닭고기든 다 가능하다. 나도 월급날 전에는 신세를 많이 졌었다.

후우~ 오늘은 이 정도면 되려나.

…………아, 우고르 씨.

오늘은 우고르 씨에게도 큰 신세를 졌다. 우고르 씨가 없었다면, 보석류도 싼값에 매매가 성립되었을 테니까. 나는 페르 일행 덕분에 돈에 곤란하지는 않고, 보석 지식은 별로 없으니까, 우고르 씨에게 아무런 말도 듣지 못했다면 제시된 금액을 듣고 그 정도면 충분하리라며 간단히 수락했을 것이다. 아마도 엘랑드 씨가 함께였다고 해도(그 사람은 드래곤 이외의 일에는 글러먹은 것 같으니까) 마찬가지였을 거라고 생각한다.

상인 길드에 대해 아무런 감정도 없는가 하면, 그야 조금은 있기는 하다.

하지만 상인 길드 입장에서 보면 가능한 한 싸게 좋은 물건을 모으고 싶다고 생각하는 것은 당연한 일일 테고, 그 목적에서 보면, 처음에는 낮은 가격을 제시하는 것도 그다지 잘못되었다고는 말할 수 없을 것이다. 상인 길드도 말도 안 되게 싼값을 매기려 했던 것도 아닌 것 같고.

다만 지식이 있으면 여러 가지 것들이 달라지리라는 것을 통감했다. 우고르 씨처럼 알고 있으면 반론을 할 수 있고. 하지만 그런 지식은 지금 당장 익힐 수 있는 것도 아니니, 정당한 가격으로 거래해준다면, 앞으로는 전부 모험가 길드에서 거래해야겠다고 생각했다.

뭐, 그건 어쨌든. 오늘은 우고르 씨에게 신세를 졌으니 뭔가 답례를 해야겠다 싶었다. 역시 간단한 답례라고 하면, 제일 먼저 떠오르는 건 과자 종류란 말이지. 우고르 씨에게 처자식이 있다는 말을 슬쩍 들었으니, 그렇다면 가족이 다 함께 먹을 수 있는 과자류는 더욱 반가워하리라는 생각이 들었다. 그렇다고 해서 후미야의 케이크라든가 선물용 과자를 건넬 수는 없는 일이고…….

그렇다면 직접 만들어야만 하는데, 요리를 꽤 해온 나라도 과자는 그다지 만들어본 적이 없단 말이지. 이런저런 생각을 하는 사이에 미트 로프를 만드는 데 썼던 파운드 케이크 틀이 눈에 들어왔다.

“아, 그러고 보니 파운드 케이크라면 어찌어찌 만들었던 적이 있었지.”

후후후, 나의 음식점 아르바이트 이력을 얕보면 곤란하다고.

학생 때 찻집에서 아르바이트를 했었는데, 그 가게는 엄청나게 맛있는 커피를 마실 수 있는 걸로 꽤 유명했었다. 거기서 인기 있었던 케이크 세트는 파운드 케이크, 시폰 케이크, 레어 치즈 케이크 중 하나와 맛있는 커피로 구성된 것이었다.

그 케이크 세트는 여성 손님만이 아니라, 아저씨들에게도 인기 있었다.

나도 꽤 좋아했었다. 커피와 직접 만든 소박한 케이크가 또 잘 어울리거든.

뭐, 거기서 아르바이트하면서 케이크는 대략 다 만들어보았으니, 파운드 케이크나 시폰 케이크나 레어 치즈 케이크는 일단 만들 수 있다. 꽤나 예전 일이지만 만드는 법은 기억한다.

마침 파운드 케이크 틀도 있으니, 파운드 케이크를 한번 만들어볼까?

신경 쓰이는 점은 재료가 전부 인터넷 슈퍼(이세계)의 것인 만큼, 그 영향을 받아서 스테이터스 수치가 올라가는 것인데, 지금까지 인터넷 슈퍼의 식재료를 써온 느낌을 바탕으로 이야기하자면 그렇게 극적인 일은 벌어지지는 않으리라고 본다. 완성되었을 때 감정해보고 안 되겠다 싶으면 전달하지 않으면 될 테니, 일단 만들어보기로 하자.

준비하는 것은 무염 버터와 설탕, 박력분과 달걀, 그리고 베이킹파우더와 바닐라 에센스다.

달걀은 있으니까, 그 이외의 재료를 인터넷 슈퍼에서 구입했다. 거품기와 실리콘 주걱도 함께 샀다. 가게에서 아르바이트할 때는 핸드 믹서를 사용했지만, 여기서는 쓸 수 없으니까.

파운드 케이크 재료의 기본은 소맥분과 버터와 달걀과 설탕. 그것들을 같은 무게로 섞어서 만드는 것이 기초 단계다. 간단했기 때문에 그 부분은 기억하고 있다.

가게에서는 부드러운 식감을 내기 위해서 기본 재료에 베이킹파우더도 더했었다. 다음은 향을 내기 위해 바닐라 에센스도 조금 넣었었다. 가게의 파운드 케이크를 충실하게 재현해볼 생각이다.

우선은 밑 준비. 무염 버터와 달걀은 상온에 두고, 박력분과 베이킹파우더는 섞어서 채에 쳐둔다. 파운드 케이크 틀에는 쿠킹시트를 깐다. 밑 준비가 끝나면 상온에 두었던 무염 버터를 볼에 넣고 흰색이 도는 크림 상태가 될 때까지 거품기로 계속해서 섞어준다.

다음은 흰색이 돌기 시작한 버터에 설탕을 넣어서 몽실한 상태가 될 때까지 잘 섞는다. 여기에 상온에 두었던 달걀물을 조금씩 더하고 섞기를 반복해가며 달걀을 잘 섞어준 다음, 바닐라 에센스를 조금 추가한다. 한 번에 달걀을 다 넣으면 분리되어 심각한 상태가 되므로 주의해야 한다.

거기에 채에 쳐둔 가루를 넣고, 실리콘 주걱으로 재빠르게 잘 섞어준다. 가루의 부슬부슬한 느낌이 사라질 때까지만 하면 된다. 완성된 반죽을 파운드 케이크 틀에 흘려 넣고, 중앙을 움푹하게 눌러준 다음 틀을 통통 쳐서 안의 공기를 뺀다.

그것을 170도 정도로 예열해둔 오븐에서 40분에서 45분 정도 굽는다. 10분 정도 구운 시점에서 식칼로 중앙에 칼집을 넣어주는데, 그렇게 하면 다 구워졌을 때 중앙에 균열이 생기기 때문에 모양새가 예뻐진다. 마도 버너인지라 상태를 보아가면서 구웠고, 다 구워졌을 때 대나무 꼬챙이로 살짝 찔러 확인했다.

"응, 괜찮은 것 같네."

다 구워지면 틀에서 꺼내 식히고, 랩으로 싸서 보존해둔다.

우고르 씨에게 건넬 때 랩을 벗기고 접시에 담아서, 음. 그래, 뚜껑이 달린 바구니라도 사서 거기에 넣어주면 되려나.

일단 신세를 지기는 했으니 엘랑드 씨 것도 만들어보았다. 우고르 씨처럼 아내나 자녀가 있으면 단것은 대체로 환영이겠으나, 엘랑드 씨는 아내가 도망가 혼자 몸인 만큼 엘랑드 씨 본인이 단것을 좋아하는지 아닌지에 따라 반응은 달라지겠지만, 일단은 만들었다.

아, 그렇지. 감정, 감정.

【파운드 케이크】

이세계의 식재료로 만든 파운드 케이크. 마력을 5분간 약 1퍼센트 향상시킨다.

5분간 약 1퍼센트라. 이 정도라면 크게 달라질 것 없으니 괜찮으리라.

그럼, 내일 판매 대금을 받으러 모험가 길드에 가야만 하니까, 그때 건네기로 하자. 가는 길에 있던 잡화점에서 뚜껑 달린 바구니를 팔고 있었으니 그걸 사면 되겠지.

◇ ◇ ◇ ◇ ◇

우리는 모험가 길드에 가기 위해 길을 걷고 있었다.

『음, 고기 굽는 냄새가 나는구나.』

코를 벌름거리며 페르가 그렇게 말했다.

『정말이네.』

날고 있는 드라 짱도 코를 벌름거렸다.

냄새의 출처를 따라가 보니, 마침 들르려고 했던 잡화점 근처에 노점이 나와 있었다.

페르와 드라 짱은 자연스럽게 노점 쪽을 향해 갔다.

"으앗."

갑자기 노점 앞에 나타난 커다란 늑대(페르)와 자그마한 드래곤(드라 짱)을 보고 가게 주인아저씨가 깜짝 놀랐다.

"아, 죄송합니다. 제 사역마니까 괜찮습니다."

그렇게 말을 걸자, 가게 주인아저씨는 티 나게 안심한 얼굴을 했다.

"아, 그런 건가. 도시 한가운데에 마물이 나타난 건가 하고 놀랐어. 하하핫."

페르와 드라 짱은 노점에서 굽고 있는 고기 꼬치구이에 시선이 못 박혀 있었다.

냄새에 끌려 스이도 가방에서 튀어나왔다.

스이는 슬라임이지만 냄새도 확실하게 맡을 수 있는 모양이구나.

어떻게 냄새를 맡아 구분하는 것인지 신기하지만, 스이 자체가 규격 외의 슬라임이니까.

아무튼 회복약을 만들 수 있고, 대장장이 일도 할 수 있는 슬라임인걸.

그런 스이라면 냄새 정도야 맡을 수도 있다고, 그렇게 생각하지 못할 것도 없다.

그나저나, 페르도 드라 짱도 스이도 꼬치구이를 너무 빤히 보고 있잖아.

아침밥도 든든히 배부르게 먹었을 텐데 말이야.

"저기, 먹을래?"

노점 앞에 진을 치고 빤히 고기 꼬치구이를 바라보는 페르와 드라 짱과 스이에게 그렇게 물어보았다.

『그래.』

『먹지, 먹어.』

『먹을래.』

모두에게서 염화로 대답이 돌아왔다.

『몇 개나 먹을 건데?』

『나는 서른 개는 먹을 수 있다.』

『음, 나는 열다섯 개 정도면 될 것 같은데.』

『스이도 서른 개 먹을래.』

너희들 정말로 잘 먹는구나.

"저기, 꼬치구이 76개 주세요."

페르와 드라 짱과 스이 몫에 내 것 하나다.

숯으로 구운 고기 냄새에 나도 당했다.

이곳의 꼬치구이는 조금 큼직한 고기가 세 개 꽂혀 있었고, 꼬치 하나에 철화 일곱 닢이었다.

페르 일행이 노점 바로 앞에 진을 치고 있는 민폐료도 포함해서 은화 여섯 닢을 주인아저씨에게 건넸다.

"거스름돈은 안 주셔도 괜찮습니다."

"정말인가? 고맙네. 그럼 구워놓은 것 먼저 주고, 부족한 양은 바로 구울 테니 기다려주게."

그렇게 말한 주인아저씨에게 다 구워진 꼬치구이를 50개 정도 받았다.

나는 아이템 박스에서 접시를 꺼내고, 거기에 꼬치에서 빼낸 고기를 담았다.

일단 페르와 스이에게 스무 개씩, 드라 짱에게 열 개다.

"자, 먹어봐."

곧바로 접시에 달려들었다.

『이건 혼 래빗 고기인가. 네가 만든 밥과 비교하면 하늘과 땅 차이지만, 뭐, 이건 이것대로 못 먹을 건 아니구나.』

뭘 못 먹을 건 아니란 거냐. 제일 먼저 냄새에 낚였으면서.

『아무리 그래도 이 녀석 밥과 비교하는 건 너무하잖아. 조금 질기고 소금으로 간한 게 전부지만, 구운 지 얼마 안 돼서 괜찮네.』

드라 짱도 그런 말을 하고 있지만, 냄새에 낚였었잖아.

『주인이 구운 고기가 제일 맛있어. 이건 있지, 고기가 좀 질기지만, 이건 이것대로 고소하고 맛있어.』

스이 고마워.

숯으로 구웠다는 게 포인트인가. 구수해지고 맛있어지니까.

무슨 고기일까 싶었는데, 이건 혼 래빗 고기로 만든 꼬치구이였구나.

가게 주인아저씨에게 물어보니, 이 혼 래빗 고기는 꽤 대중적인 고기라고 한다.

노점의 꼬치구이에는 이 고기가 가장 많이 쓰인다고 했다. 계속해서 이야기를 들어보니, 아저씨는 최근 드랭으로 이사를 왔으며, 오늘부터 이곳에서 노점을 막 시작한 참이라고 했다.

"첫날부터 이렇게 대량으로 팔아주다니, 전조가 좋아."

그렇게 말한 가게 주인아저씨는 기분이 좋아 보였다.

우리 애들은 다들 대식가니까. 결국은 대량으로 사게 되고 만다.

"자, 다 구웠네."

갓 구운 꼬치구이를 아저씨에게 건네받아서 페르와 스이의 접시에 열 개씩, 드라 짱의 접시에는 다섯 개의 꼬치를 고기를 따로 빼서 담아주었다.

"뜨거우니까 조심해."

그럼 나도 꼬치구이를 먹어볼까.

덥석.

양념은 소금뿐이지만, 숯으로 구워서 향긋하고 평범하게 맛있다.

언제나 우리가 먹고 있는 고기보다 질기지만, 그건 그것대로 씹는 맛이 있어서 좋았다.

무엇보다 이 숯으로 구웠을 때의 냄새가 참을 수 없다.

숯으로 구운 고기는 맛있다니까. 오크 고기라든가 블러디 혼 불 고기라든가 와이번 고기도 숯으로 구우면 맛있겠지…….

내 인터넷 슈퍼에서 살 수 있는 조미료류를 쓰면 훨씬 더 맛있어질 테고.

아, 바비큐 하고 싶다. 고기도 좋지만 해산물 바비큐도 좋겠다. 마침 우리가 목표로 하고 있는 곳도 항구의 도시 베를레앙이니까.

응, 바비큐 그릴이 갖고 싶은데. 전에 대형 생활용품점에서 봤던 바비큐 그릴이 인터넷 슈퍼에도 있으면 바로 살 테지만, 아무리 그래도 캠핑용 바비큐 그릴은 없을 테지. 이리저리 찾아봤지만, 그럴듯한 건 없기도 했고.

뭐, 있다고 해도 우리에게 필요한 만큼 큰 건 바랄 수 없을 터다. 우리는 페르와 드라 짱과 스이가 있으니까 큰 게 아니면 별 도움이 안 되니까.

스이에게 만들어달라는 방법도 있으려나? …………아니, 틀렸어.

스이에게 만들어달라고 할 때는 언제나 실제 물건을 보여주고서 이런 느낌으로 만들어달라고 했었는데, 그 보여줄 물건이 없으니까 말이지. 전에 본 바비큐 그릴의 형태는 기억하고 있으니까 그림으로 그려서 설명은 할 수 있겠지만, 그걸로 만들라는 건 아무래도 어렵겠지.

음, 바비큐 그릴이 갖고 싶지만 포기할 수밖에 없겠다. 아쉽기는 하지만.

그럼, 모두 다 먹은 모양이네.

접시를 정리하고 잡화점에 들러 바구니를 산 다음 모험가 길드로 가보도록 할까.

한담 세 명의 용사~왕국에서 도주①~

최근 들어 리오의 모습이 이상하다.

우리 이야기를 제대로 듣지 않는다.

이런 말을 하는 건 뭐하지만, 우리 세 사람 사이에서 가장 제대로 된 의견을 내는 것은 주로 리오였다. 그런데 요즘은 레너드의 말을 그대로 따른다.

리오는 레너드에게 반했으니, 좋아하는 사람의 의견에 동조하는 것은 있을 수 있는 일일 테지만, 그렇다고 해도 뭔가가 이상했다. 뭐라고 할까, 반한 상대를 대하고 있다기보다 뭔가 좀…… 그래, 주종관계 같은 느낌이 든다.

그 점을 카논에게 이야기해보았는데, 카논도 리오가 평소와는 다르다고 느끼기는 했지만 "사랑에 빠진 소녀란 그런 법이지"라며 특별히 신경 쓰지 않았다.

하지만 얼마 전에 있었던 일로 카논도 리오의 상태가 아무래도 이상하다고 생각하기 시작한 모양이었다.

얼마 전에 있었던 일이라는 것은, 평소처럼 레벨을 올리기 위해 마물 사냥을 나갔을 때의 일이었다.

모험가 길드에서 받은 의뢰는 왕도에서 가까운 마을에 출몰하는 오크 집단 토벌이었다.

우리의 방식은 레너드가 작전을 세워서 우리에게 전하고 마물을 사냥해가는 느낌이었는데, 그날은 전달받은 작전대로 상황이 진행되지 않았다.

카논이 나설 타이밍을 조금 놓치고 말았던 것이다. 결과적으로는 오크 집단은 토벌했지만, 카논의 타이밍이 늦어진 탓에 조금 더 시간이 걸리고 말았다. 카논은 기사들에게 주의를 받았다. 카논도 자신이 실수했다는 사실은 알고 있었기 때문에 순순히 받아들였다. 카논 스스로도 "오늘은 실수해버렸어. 다음은 제대로 해야지"라며 반성했었다.

그런데…….

나와 카논과 리오 셋만 남게 되자마자, 리오가 카논을 책망하기 시작했다.

"어째서 레너드의 말대로 안 한 거야?! 카논은 바보야?!"

그 말을 시작으로, "얼간이" 같은 말까지 리오의 입에서 튀어나왔다.

열화와 같은 분노, 리오는 카논을 거칠게 비난했다.

나와 카논은 너무 놀라 당황했다. 리오는 이런 말을 할 녀석이 아니다. 적어도 친구를 향해서 이런 말로 비난을 하지는 않는다.

그 일이 있은 후로 카논도 드디어 리오가 이상하다고 느끼기 시작했다.

나와 카논은 리오가 어째서 이상해진 것인지를 두고 이야기를 나누어봤지만, 이렇다 할 원인은 생각나지 않았다.

"역시 스트레스가 가장 큰 원인일 것 같아."

"확실히 그래. 현대 일본에서 갑자기 이세계로 왔으니까."

"하지만, 그렇게 말하자면 나나 카이토도 마찬가지잖아……."

“그래. 리오만, 그렇게 된다는 게 좀…….”

가장 납득할 수 있는 원인은 스트레스가 아닐까 하는 이야기는 나왔지만, 나와 카논은 아무렇지 않다는 점을 생각하면 스트레스가 가장 큰 원인이라고는 생각할 수도 없었다.

결국 어째서 리오가 그렇게 되어버렸는지에 대한 답은 나오지 않은 채, 불안한 나날을 지냈다.

그러던 때였다.

나는 기사들이 하는 이야기를 듣고 말았다.

“리오는 괜찮은 느낌으로 완성됐더군.”

“응. 내 말에 충실하게 따르고 있어.”

“이제 슬슬 카이토와 카논에게도 예속의 팔찌를 채워도 괜찮지 않을까?”

“그거라면 내가 먼저 카논에게 끼우도록 하지. 서둘러 성가신 일은 끝내고 싶으니까. 이것만 채우고 나면, 다음은 이쪽 마음대로지. 이 예속의 팔찌는 주인인 우리가 아니면 뺄 수 없으니까 말이야.”

“그럼 다음은 카논한테. 그리고 마지막은…….”

“카이토지. 예속의 팔찌를 카이토에게 채우면 나도 승격이야. 해내고 말겠어.”

숨을 죽이고 레너드와 아론과 루이제의 대화를 들었다.

세 사람이 떠난 후에야 나는 겨우 한숨을 내쉬었다.

예속의 팔찌라고?

그 이름으로 보건대, 그것을 채운 상대를 노예처럼 부릴 수 있다는 건가?

그런 걸 리오에게 채운 거야?

나는 그제야 겨우 이 나라의 의도를 깨달았다.

이 나라는 우리들을 노예처럼 만들어 부려먹을 셈인 것이다.

나는 곧바로 그 이야기를 카논에게 전했다.

처음에는 믿어주지 않았지만, 리오의 팔찌를 감정하고는 결국 카논도 믿게 되었다.

리오의 팔찌를 감정해보니 【예속의 팔찌】라고 나왔다. 카논의 감정에서도, 내 감정에서도.

아직 레벨이 낮아서인지 이름만 나왔지만, 예속의 팔찌라는 것이 좋은 물건일 리가 없다.

"아무튼 이 나라를 당장 떠나는 편이 좋을 것 같아."

"나도 그렇게 생각하지만, 리오는 어떡해? 카이토가 한 이야기대로라면, 주인밖에 뺄 수 없는 거잖아? 주인이라는 건, 분명 레너드겠지. 레너드가 그 팔찌를 빼줄 리 없을 텐데……."

"그러게……. 뭔가 방법이 없을지 일단 생각해보자. 하지만, 시간은 없을지도 몰라."

"아론이 곧 나한테 그 팔찌를 채울 생각이니까 말이지?"

"그래. 만약, 그런 상황이 되면 어떻게든 얼버무려. 하지만 한 번밖에 통하지 않을 거야. 두 번, 세 번이 되면, 나와 카논이 예속의 팔찌에 대해 눈치챘다는 걸 그 녀석들에게 들킬 거라고 봐.

그렇게 되면 억지로 그 팔찌를 채우려 들 거야.”

“그래, 그렇겠지. 아무튼 팔찌에 관한 이야기가 나오면 얼버무리고 넘길게…….”

그런 이야기를 나눈 며칠 후, 아론이 카논에게 그런 기색을 내비쳤다.

카논은 어찌어찌 잘 넘겼지만, 다음에는 무리일 것 같다고 했다.

“카논, 냉정하게 들리겠지만 리오를 남겨두고 우리만 도망치는 것도 생각해두도록 해.”

리오에 관한 문제의 대답은 결국 찾지 못했다. 리오에게는 미안하다고 생각하지만, 예속의 팔찌를 차지 않은 나와 카논만이라도 도망친다는 방법밖에 떠오르지 않았다. 카논도 리오에 관해서는 아무런 방법도 생각나지 않는지, 흐린 얼굴을 하고 “알았어”라고만 답했다.

시간이 촉박한 상황에서, 이 나라를 떠나 어디로 향할 것인지를 카논과 의논했다.

몰래 서고에 가서 지도를 보거나, 모을 수 있는 정보를 전부 모아 생각한 결과, 이웃 나라인 마르베일 왕국으로 가는 것이 제일이지 않을까 하는 이야기가 되었다. 솔직히 엘만 왕국이나 레온하르트 왕국으로 가고 싶지만, 너무 멀었다. 우리는 용사라고 불리지만, 그 말이 만능을 뜻한다고 생각할 만큼 어리석지는 않았다. 우리보다 강한 사람과 마물이 있다는 건 알고 있다. 엘만 왕국이나 레온하르트 왕국으로 가다가, 그 도중에 강력한 마물과 마주치기라도 하면 끝이다.

게다가 레이세헬 왕국에서 엘만 왕국이나 레온하르트 왕국으로 가려고 해도, 그 도중에 있는 나라는 비교적 레이세헬과 가까운 관계인 것이다. 도중에 지나게 될 나라에서 구속되어 레이세헬 왕국으로 돌려보내지거나 추격자에게 따라잡힐 수도 있다. 그러니 일단은 레이세헬 왕국의 손이 닿지 않는 나라에 들어가는 것이 제일이라는 결론에 이르렀다.

그렇게 되면 이웃 나라인 마르베일 왕국으로 가는 것이 가장 손쉽다. 지금 이곳 레이세헬 왕국은 마르베일 왕국과 전쟁 일보 직전까지 와 있다. 개전은 시간문제다. 그런 상태인 마르베일 왕국이 레이세헬 왕국에 협력할 리가 없을 터다. 혹시 우리가 용사라는 사실을 들켜도 레이세헬 왕국으로 돌려보내는 짓은 하지 않으리라.

아무튼 도망칠 기회를 살펴서 마르베일 왕국으로 도망치기로, 카논과 그렇게 이야기를 정리했다.

언제든 도망칠 수 있도록 식량과 옷 등도 준비해두기로 했다.

우리에게 남은 미련은 리오에 관한 것뿐이었다.

제 4 장 BBQ 그릴을 갖고 싶어!

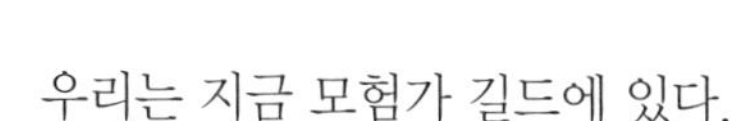

우리는 지금 모험가 길드에 있다.

잡화점에서 산 바구니에 파운드 케이크도 넣었으니 만반의 준비가 되었다.

늘 그렇듯 아무런 말 없이 잠시 기다리고 있자 엘랑드 씨가 나타났다.

그리고 또다시 익숙해진 2층 길드 마스터의 방으로 향했다.

"우고르 군도 곧 올 테니 잠시만 기다려주십시오. 저 혼자서도 괜찮다고 말했습니다만, 우고르 군도 함께하겠다며 도통 제 말을 듣지 않아서……."

그렇게 말하는 엘랑드 씨의 표정은 살짝 불만스러워 보였다.

아니, 우고르 씨 마음도 이해가 되거든. 당신은 틈만 나면 땡땡이치려고 드니까.

"두 분 다 오래 기다리셨습니다."

얼마 지나지 않아 우고르 씨가 방으로 들어왔다.

"그럼 바로 어제 받은 던전산 물품들의 매입 대금을 전해드리겠습니다. 어디, 자세한 금액은 말이지요……."

양피지일까? 우고르 씨가 그걸 팔랑하고 펼쳐 확인 작업을 하였다.

"오크 가죽×125가 금화 1000닢, 리저드맨 가죽×63이 금화 630닢, 오거 가죽×102가 금화 2040닢, 트롤 가죽×113이 금화

2486닢, 미노타우로스 가죽×88이 금화 1672닢, 오거의 마석(극소)×21이 금화 315닢, 트롤의 마석(소)×23이 금화 460닢, 미노타우로스의 마석(소)×20이 금화 380닢, 패럴라이즈 버터플라이의 마비 독 가루×15가 금화 75닢, 와일드 에이프 모피×20이 금화 160닢, 매직 백(소)이 금화 280닢으로 합계 금화 9645닢이 됩니다. 액수가 액수인 만큼, 상인 길드와 마찬가지로 저희도 백금화와 대금화로 지불하려고 합니다만, 괜찮으시겠습니까?"

내가 괜찮다고 말하자, 우고르 씨가 백금화 96닢과 대금화 4닢과 금화 5닢을 테이블 위에 꺼내놓았다.

"그럼 확인해보시지요."

백금화가 1, 2, 3……96닢, 그리고 대금화가 4닢에 금화 5닢. 응, 맞다.

"네, 틀림없습니다."

"이번에는 무코다 님 덕분에 가죽과 마석이 대량으로 확보되었습니다. 정말로 감사드립니다."

우고르 씨가 미소 지으며 그렇게 말했다.

"……바스키의 송곳니나 구스타브의 등뼈 쪽이 좋았는데(중얼)."

"길드 마스터, 뭐라고 말씀하셨습니까?"

"딱히 아무 말도 안 했습니다."

……아니, 뭘 시치미 떼고 있는 거지? 당신 말했잖아? 중얼중얼하고.

"뭐, 됐습니다. 이번 건 넘어가도록 하죠. 어스 드래곤 소재를 아무런 상담도 없이 멋대로 구입했다고 들었을 때는 진심으로 당신을 패주고 싶었습니다만, 결과적으로는 당신 말대로 피와 간 등에 예상 이상의 높은 가격이 붙었으니까요. 그 덕분에 이번에 이렇게 무코다 님에게서 던전산 물품을 대량으로 사들일 수 있기도 했고요."

"응응. 그렇지, 그렇고말고. 나도 할 때는 한다고. 그러니까, 상으로 어스 드래곤의 송곳니를 검으로 만드는 예산을 바로 주지 않겠나?"

엘랑드 씨가 그렇게 말한 순간, 우고르 씨의 관자놀이에 빠직 하고 핏줄이.

아아, 쓸데없는 소리를. 이 사람, 늘 우고르 씨한테 혼나기만 하네.

단순히 지켜보는 입장에서는 그냥 시시한 사람이구나, 하면 끝이겠지만 쭉 함께 일해야 하는 우고르 씨는 정말로 큰일이겠다.

고생이 많으십니다.

"길드 마스터. 어스 드래곤의 송곳니를 검으로 만들어서 길드에 장식하겠다는 건 이해했습니다. 내키지는 않았지만요. 하지만 말이죠, 이 정도의 소재입니다. 아무한테나 의뢰할 수는 없습니다. 당신은 모르시는 모양입니다만, 예산에는 한도라는 게 있습니다. 길드로서는 가능한 한 싸게 의뢰하는 게 제일이란 말입니다. 그러기 위한 상담을 거쳐서 의뢰할 곳을 선정해야만 하지요. 그런데 그렇게 절차를 밟아 결정해야 하는 일을, 당신은 무조건 예산을 퍼부어서 당장 검으로 만들어달라고 말하는 겁니까? 이 정도의 소재이니, 그야 돈을 들이면 당장에라도 검으로 만들 수 있을 테죠. 하지만 지금 당장 예산을 달라는 건, 길드 운영을 위한 예산을 길드 마스터 자신의 욕망을 위해 내놓으라는 뜻인 거지요. 어떻습니까? 그런 겁니까? 길드 마스터."

오오, 이렇게 이치대로 따지고 들면 반론의 여지는 없겠는데.

"아, 아니, 딱히, 그, 그렇게까지는 말하지 않았네."

엘랑드 씨는 우고르 씨의 시선을 피하면서 그렇게 말했다.

"그렇게까지는 말하지 않았다니, 지금 당장 예산을 달라는 건 그런 뜻입니다."

요컨대, 우고르 씨는 입찰 같은 과정을 통해 괜찮은 대장간 중에서도 조건이 좋은 곳에 의뢰를 하고 싶다는 거겠지.

"애초에 말이지요, 길드 마스터는…………."

오옷, 우고르 씨의 설교가 시작되었어.

엘랑드 씨는 안 좋은 표정을 하고 있는데, 이거 흘려듣고 있는 거지?

뭐, 잔소리를 들어도 엘랑드 씨는 여전하겠지만.

일단 저런 사람이라도 신세를 졌으니까 살짝 구원의 손길을 내밀어볼까?

"저기, 우고르 씨."

"아앗, 죄송합니다. 무코다 님. 길드 마스터가 어찌할 도리가 없는 사람이라 그만."

아, 우고르 씨. 엘랑드 씨를 어찌할 도리가 없는 사람이라고 딱 잘라 말했어.

"아니, 그보다 우고르 씨와 엘랑드 씨에게 드리고 싶은 게 있습니다. 저기……."

나는 파운드 케이크가 담긴 바구니를 두 사람 앞에 내려놓았다.

"우고르 씨께는 어제 상인 길드에서 신세를 졌고, 엘랑드 씨에게는 어스 드래곤 건으로 신세를 져서요. 별것 아닌 과자지만, 드셔주세요."

"네? 받아도 되는 겁니까?"

"네, 그럼요."

"그것참, 감사합니다. 과자라니 아내와 아이들이 기뻐할 겁니다."

이 선물에는 우고르 씨도 미소를 지었다. 과자를 선택한 건 틀리지 않았던 모양이야. 다행이다.

"저도 단 음식은 아주 좋아하는지라 기쁘군요. 바로 차와 함께 먹어보도록 하겠습니다."

엘랑드 씨, 의외로 단 걸 좋아하는구나.

"길드 마스터, 바로 차와 함께 먹어보겠다니, 무슨 말씀입니까? 당신은 일도 안 했으면서 티타임을 갖겠다는 겁니까?"

다시 빠직빠직하고 우고르 씨의 관자놀이에 핏줄이.

"아, 아니, 아니야. 무, 물론 일을 하고 나서지. 오해하지 말게, 하핫……."

응, 이제 그만 일을 좀 하는 편이 좋을 것 같아요. 엘랑드 씨. 왕도에도 가야만 하니까, 그 준비도 해야죠.

그럼 이제 슬슬 작별을 고해볼까. 아니, 잠깐. 조금 전에 대장간 이야기가 나왔었지? 생각해보니 대장간에 부탁하면 바비큐 그릴도 만들 수 있는 거 아냐?

우고르 씨에게 물어보자, 이 도시는 던전 도시라는 이유도 있어 무기 전문인 대장간이 대부분이라고 했다.

“무기 이외의 것은 만들어주지 않는 건가요?”

“대장장이는 고집 센 자들이 많으니까요. 그 부분은 이야기를 나눠보지 않으면 뭐라고 할 수가 없겠습니다.”

역시 그런 건가. 일단 대장간이 모여 있는 구획에 가서 교섭해 볼 수밖에 없겠는걸.

우리는 모험가 길드를 뒤로하고, 대장간이 모여 있는 구획으로 향했다.

◇ ◇ ◇ ◇ ◇

“멍청한 자식! 여기가 어디라고 생각하는 거야! 두 번 다시 오지 마!!”

호통을 듣고 기가 죽은 채 가게를 나섰다.

이걸로 다섯 곳째다.

모험가 길드를 뒤로한 후, 바비큐 그릴을 만들어달라고 할 생각으로 대장간이 모여 있는 구획으로 오기는 했지만, 가는 곳마다 전부 거절당했다.

“어떤 무기지?”라는 질문을 받고 “아뇨, 무기가 아니라 이런 걸……” 하며 종이에 그려서 설명하기 시작하면, 설명 도중에 모두 모두 성을 냈다.

대장장이라고 하면 자연스럽게 드워프를 상상하게 되는데, 그

상상대로 지금까지 들렀던 다섯 곳의 대장간 주인장은 모두 드워프였다. 겉모습대로 고집스러운 주인장이라는 느낌이기는 했지만, 그렇게 호통을 칠 건 없지 않은가. 드워프는 다혈질인 사람이 많은 걸까.

우고르 씨에게 이 도시의 대장간은 무기 전문인 곳이 대부분이라고 들었고, 고집이 센 자들이 많다고도 들었지만, 이 정도일 줄이야. 무기 이외의 물건을 못 만드는 건 아니니까 만들어주면 좋을 텐데. 그나저나, 어떻게 하지.

…………아, 술.

대장간 주인들은 모두 드워프들이었다. 드워프라고 하면 술이잖아? 인터넷 슈퍼에서 산 술을 보여주면……. 크크크크, 괜찮겠어. 이거 먹힐 것 같아. 그렇다면 바로 술을 사야겠지.

나는 사람들의 눈에 띄지 않는 뒷골목으로 들어가 인터넷 슈퍼를 열었다.

어떤 술이 좋으려나? 역시 알코올 도수가 어느 정도 있는 편이 좋을까? 그렇다면…… 위스키가 무난하겠지?

그리고 위스키라고 하면 이거지. 위스키는 잘 마시지 않지만, 위스키라고 하면 나는 이게 제일 먼저 떠오른다. 일본 메이커인 네모난 병에 담긴 위스키다.

그 위스키를 700밀리리터 병으로 샀다. 인터넷 슈퍼(이세계) 술이지만, 그렇게 극적인 변화는 없으리라고 생각한다.

일단 감정해볼까.

【위스키】

이세계의 술. 도수가 높다. 체력을 5분 동안 약 2퍼센트 저하시킨다.

오오, 향상이 아니라 저하잖아? 인터넷 슈퍼(이세계)에서 가져온 거라고 해서 반드시 향상일 거라고 단정할 수는 없는 거구나.

5분간 약 2퍼센트 저하라니. 그건 술이라서? 취해서 배드 스테이터스라는 건가? 잘 모르겠지만, 새로운 사실을 알게 되어 다행이야. 그리고 위스키를 마셨다고 해서 극적으로 변하거나 하지는 않는 것 같고.

좋아, 이걸 들고 다음 대장간에 가보기로 할까.

"실례합니다."

"응? 손님인가. 무슨 일이지?"

가게 안으로 들어가자 키가 작고 탄탄한 체형에 수염이 덥수룩한, 그야말로 완고해 보이는 드워프 주인장이 나왔다.

좋아, 생각했던 대로야. 이거라면 가능하겠어.

"저기, 주문을 하고 싶은데요……."

"오오, 어떤 무기지?"

역시 주문은 무기일 거라고 생각하는구나.

"저기, 주문하고 싶은 건 무기가 아닙니다만…… 일단 이야기만이라도 들어주실 수 없을까요?"

무기가 아니라고 말하자마자 미간에 주름이 잡히는 대장장이 드워프.

"무기가 아니라고?"

"네. 만들어주실지 말지는 제쳐두고라도, 이야기만이라도 들어주시면 감사하겠는데요."

"뭐, 지금은 한가하니까 이야기는 들어주지. 만들지 말지는 이야기를 들어본 다음에 정하겠네."

"네, 그거면 충분합니다."

나는 사전에 잡화점에서 구입한 양피지에 캠핑용 바비큐 그릴 그림을 그리면서 설명을 해나갔다.

"이 정도 크기로, 여기 서랍에는 숯을 넣습니다. 그리고 이 옆은 이렇게 그물 모양으로 해주시거나, 구멍을 뚫어주셨으면 합니다. 그렇게 하면 여기 서랍 부분에 넣은 숯이 잘 타게 되거든요. 그리고 위에 이 망 부분은 떼어낼 수 있게 해주시고, 여기에다 고기를 굽거나 하는 겁니다."

우리 사역마들 때문이기도 하지만, 나중에는 이걸 써서 노점 같은 걸 해보는 것도 좋지 않을까 하는 생각에 큼직하게 부탁했다.

"……하아~ 돌아가, 돌아가. 드워프치고는 성격 좋은 내가 상대인 걸 다행으로 알라고. 다른 대장장이들이 상대였으면 두들겨 맞고 쫓겨났을 거야."

아무리 그래도 두들겨 맞고 쫓겨나지는 않았는데…….

"이미 몇 곳에서 호통을 들으며 쫓겨났습니다."

"뭐야? 나한테 오기 전에 다른 곳에도 갔던 거야? 그럼 알 거 아냐? 이 주변에 그런 주문을 받아줄 만한 대장간은 없어."

으음, 이 근처 대장간은 역시 무기들만 다루니까. 하지만 몇 번이나 거절당한 덕분에 그건 이미 알고 있단 말씀. 그래서 이번에는 대(對)드워프용 비밀병기를 준비해 왔다고.

이래도 거절할까?

"잠시 다른 이야기입니다만, 혹시 술을 좋아하십니까?"

"보면 알지 않나? 나는 드워프야. 술을 싫어할 리 없잖아."

그는 무슨 당연한 소리를 하느냐는 얼굴을 하고 있었다.

드워프가 애주가라는 사실은 말할 필요도 없는 일이라는 건가.

"실은 제가 이런 걸 갖고 있는데 말이지요……."

나는 아이템 박스에서 위스키 병과 컵을 꺼내서 눈앞의 드워프에게 보여주었다.

"이건 무척이나 귀한 술입니다. 도수도 높아서 드워프 여러분의 취향에 맞지 않을까 싶은데."

그는 내 손에 들린 위스키 병을 보고 꿀꺽 침을 삼켰다.

"우선 시험 삼아 한 잔 드셔보시죠."

위스키 병뚜껑을 열어서 꼴꼴 컵에 따랐다. 달큼한 향기 감도는 알코올 냄새가 희미하게 퍼졌고, 나는 호박색 액체가 담긴 컵을 드워프 주인장에게 내밀었다.

그는 홀린 듯이 컵을 손에 들더니 호박색 액체의 향기를 맡은 다음에 벌컥 들이켰다.

"크――읏, 맛있어! 뭐, 뭐야 이 술은?! 이런 맛있는 술은 처음이야!!"

크크크, 대드워프용 비밀병기는 제대로 효과를 발휘한 모양이다.
"이 술은 말이죠, 몇몇 소국의 일부에서 아주 어렵게 만들어지는 술이라 좀처럼 손에 넣을 수가 없답니다. 제가 이 술을 조금 갖고 있거든요. 제 주문을 받아주신다면, 대금과는 별도로 이 술을 다섯 병 정도 넘기려고 합니다."
이거면 어떠냐? 조금 전 반응을 생각하면 위스키가 꽤 마음에 든 모양인데.
내 말을 들은 드워프는 잠시 생각에 잠겼다.
"……열 병이다. 대금과는 별도로 이 술을 제시했던 두 배, 열 병 준다면 해주지."
좋았어, 위스키 효과 만점이네.
"알겠습니다. 열 병 넘기죠. 이건 일을 수락해주신 답례입니다."
방금 뚜껑을 연 위스키 병을 건네자, 영감님은 좋아라 하며 술을 잔에 따랐다.
"하아, 맛좋다. 이렇게 맛있는 술이 있었다니."
위스키를 마시는 영감님의 입에서 그런 말이 새어 나왔다.
몇몇 소국의 일부에서 어렵게 만들어지는 술이라고 적당히 둘러댔지만, 그건 이세계의 술이니까. 나는 위스키는 그다지 마시지 않아서 잘은 모르지만, 이 술은 오랫동안 인기 상품인 술이다. 그렇게나 오랫동안 사랑받았다는 건 역시 맛있다는 뜻이겠지?
"완성될 때까지 얼마나 걸릴까요?"
"그렇군. 사흘이다. 사흘 후에 다시 와."
"대금은 얼마 정도일까요?"

"꽤 큰 물건이니까, 재료비를 포함해서 금화 350닢 정도려나."

그 정도라면 문제없지.

"그럼, 사흘 후에 다시 오겠습니다. 잘 부탁드립니다."

"그래. 자네도 술 잊지 말라고."

대금을 잊지 말라는 게 아니라 술을 잊지 말라니. 역시 애주가 드워프.

나는 쓴웃음을 지으며 "알겠습니다"라고 답하고 가게를 뒤로 했다.

가게에서 나와 보니 우리 사역마들은 가게 밖에서 정신없이 자고 있었다. 스이는 처음부터 내가 메고 있는 가죽 가방 안에서 자고 있었고.

『다들 그만 돌아가자.』

자고 있는 페르와 드라 짱에게 염화를 보냈다.

『음…… 끝난 것이냐?』

『흐아아~ 이제야 끝난 거야?』

『기다렸지? 오늘 볼일은 이제 끝났으니까 숙소로 돌아가자.』

『배도 고프니, 숙소에 돌아가면 밥이다.』

벌써 그런 시간인가 했는데, 해가 크게 기울어 있는 것이 보였다. 설명하는 사이에 시간이 많이 흘렀나 보다.

그럼 오늘은 뭘 먹을까.

아이템 박스에 남아 있는 고기를 떠올려보았다. 오크 제너럴은 많이 줄었지. 다음은 블러디 혼 불이랑 와이번 고기는 아직 있고, 던전산 오크 고기도 아직 남았고. 다음으로 이번에 페르가 사냥해 온 자이언트 모아가 절반 정도 남아 있고, 또 코카트리스와 록버드 고기는 그대로 남아 있었지?

그렇다면 마도 버너의 오븐 부분을 이용해서 만들고 싶었던 그걸로 할까. 이 오븐이라면 통째로 들어갈 테니까. 응, 그렇게 하자.

자 그럼, 저녁밥을 만들어볼까.

오늘 만들 것은 필라프를 넣은 통구이, 로스트 치킨이다.

본가에서 살던 때 먹어보고 싶어서 크리스마스에 한번 만들어보았는데, 어째선지 그 후로 크리스마스에는 내가 로스트 치킨을 만드는 것이 당연한 일처럼 되어버렸었다. 덕분에 조리법은 완벽하게 알고 있다. 후후후, 마도 버너를 산 이후로 언젠가는 만들어보리라 생각하고 있었던 메뉴다.

오늘 사용할 재료는…… 코카트리스 한 마리를 통째로. 이걸 써서 만들려고 한다.

손질된 코카트리스는 1.5미터 정도 되는 통닭이다. 아무리 녀석들이 대식가라고 해도 이 한 마리를 통째로 구우면 모두가 배부르게 먹을 수 있을 것이다.

우선은 인터넷 슈퍼를 열고서 허브 솔트와 냉동 필라프, 그리고 기름을 바르기 위한 솔을 구입했다.

그럼 만들어볼까요.

기본적으로 귀찮은 일을 싫어하는 내가 만들 로스트 치킨은 요리법이 매우 간단하다. 냉동 필라프를 코카트리스 배에 채워 넣어서 구울 뿐이니까. 필라프를 만드는 단계부터 시작하는 것이 성가시기 때문이지만, 시간이 있다면 그것부터 시작해보는 것도 나쁘지 않을 것 같다.

우선은 코카트리스 전체에 허브 솔트를 잘 문질러 바른다. 배 속도 빼놓아서는 안 된다.

그리고 잠시 시간을 두는데, 그 사이에 필라프를 해동시켜둔다. 원래대로라면 전자레인지에 돌리는 편이 빠르겠지만, 아무래도 여기서 전자레인지에 돌리는 건 불가능하니 프라이팬을 이용해 살짝 볶아서 해동했다. 오븐으로 구울 예정이니 살짝이어도 괜찮다.

이어서 허브 솔트를 발라둔 코카트리스의 배 속에 필라프를 채운다. 필라프를 채우고 대나무 꼬치로 꿰어 막은 다음 모양이 틀어지는 걸 방지하기 위해 다리를 실로 묶어준다. 붓을 이용해 코카트리스 전체에 올리브 오일을 바르고 쿠킹 시트를 깐 커다란 판에 올려둔다.

다음은 예열해둔 오븐에 넣어 굽기만 하면 된다. 200도에서 한 시간 정도 구우면 되는데, 이 오븐에는 온도와 시간 설정이 없으니 그건 상태를 확인해가며 진행하기로 하자. 도중에 판에 떨어진 기름을 솔로 찍어 바르면서 구우면 먹음직스러운 색이 되어 더욱 좋다. 그 김에 뒤집기도 하면서 고르게 구우면 노릇하고 맛있게 구워진다. 잘 익었는지 어떤지가 걱정될 때는 잘 익지 않을 법한 부분에 대나무 꼬챙이를 찔러 넣어보면 된다. 투명한 기름만 묻어 나오면 완성이다.

잘 구워졌으면 꽂혀 있는 대나무 꼬챙이와 다리를 묶은 실을 제거하여 마무리하면 된다.

통째로 한 마리를 다 쓴 로스트 치킨은 호화롭구나. 게다가 커다란 코카트리스인 만큼 그 느낌은 한층 더했다.

다 구워진 로스트 치킨을 바라보고 있으려니 배고픈 우리 아이들이 재촉하기 시작했다.

『맛있어 보이는구나.』

『얼른 줘.』

『커다란 고기다~ 빨리 먹고 싶다.』

모두의 시선은 로스트 치킨에 못 박혀 있었다.

"뼈를 발라내고 나눠줄 테니까 잠깐만 기다려."

나는 뼈를 제거하면서 고기와 필라프를 각자의 접시에 나눠 담았다.

"자."

접시를 내주자 곧바로 정신없이 먹기 시작했다.

『으음, 이건 엄청나게 맛있구나.』

그래, 그렇겠지. 그렇고말고.

페르도 정신없이 달려들 만큼의 맛. 역시 한 마리를 통째로 오븐에 넣어 구우면 다르지.

『이거 껍질이 바삭한 게 참을 수 없는 맛이야. 여기 네가 말한 쌀이라는 것도 맛이 배어들어서 맛있어.』

오오, 드라 짱 뭘 좀 아는데.

그렇다니까. 껍질이 바삭한 게 참기 힘들지.

그리고 필라프에도 감칠맛이 잘 배어들어서 이게 또 맛있단 말씀.

『껍질은 바삭하고 안쪽 고기는 부드럽고 맛있는 육즙이 쫘악 나와. 이 쌀도 고기 맛이 배어서 맛있어.』

역시 미식가 스이, 잘 아는구나.

겉은 바삭하고 안은 촉촉한 건 한 마리를 통째로 구웠기 때문이다. 배 안에 채운 필라프에는 그 고기의 감칠맛이 빈틈없이 배어들어서 냉동 필라프라고는 생각할 수 없을 만큼 맛있어진다.

로스트 치킨 대성공이다.

그럼 나도 먹어볼까.

내가 말하기는 뭐하지만, 너무 맛있다. 겉은 바삭, 안은 촉촉.

다양한 부위를 맛볼 수 있는 것도 통구이의 진정한 즐거움이다. 정말, 맛나다.

페르와 스이도 몇 번이나 더 먹었고, 로스트 치킨은 깨끗하게 사라졌다. 마지막에는 뼈밖에 남지 않았다. 모두 마음에 들었는지 다음에 또 만들어달라고 했다.

이건 채워서 굽기만 하면 되는 간단한 요리이니, 또 만드는 것도 괜찮겠다.

『탱글탱글한 거 부탁해.』

"드라 짱, 탱글탱글한 그건 푸딩이라고 한다니까."

『그랬지. 푸딩 부탁해. 오늘은 아직 한 번도 안 먹었으니까 두 개야.』

드라 짱이 푸딩을 요청했다. 하루에 두 개라고 약속했고, 오늘은 아직 하나도 먹지 않았으니까.

『나도 부탁하마. 나는 늘 먹던 거다.』

“늘 먹던 거라면 딸기 쇼트케이크지? 같은 걸로 두 개면 되겠어?”

『그래.』

페르는 늘 먹는 딸기 쇼트케이크를 두 개.

『스이는 있지, 아직 안 먹어본 게 좋을 것 같아.』

스이는 새로운 맛을 원한다는 거지?

나는 각자가 바라는 것을 후미야에서 구입했다. 커스터드 푸딩 두 개, 딸기 쇼트케이크 두 개, 스이에게는 애플파이와 딸기 롤케이크를 골라주었다.

각자에게 내어주니 맛있어하며 그릇을 깨끗하게 비웠다. 식후의 디저트까지 먹고 모두 만족했다.

나로서는 아직 자기 이른 시간인데……. 아, 마침 시간이 있으니 스이에게 그걸 만들어달라고 해볼까?

실은 전부터 만들어달라고 할 생각이었던, 미스릴 프라이팬.

“스이, 좀 부탁하고 싶은 게 있는데.”

『뭐언데~.』

“이거, 프라이팬이라고 하는데, 이것보다 조금 더 큰 걸 만들어줬으면 하거든. 괜찮을까?”

프라이팬을 보여주자 스이는 촉수로 만져가며 확인해나갔다.

『응, 이거라면 금방 만들 수 있어.』

프라이팬 정도는 구조도 간단해서 바로 만들 수 있는 모양이었다.
나는 스이에게 미스릴 광석을 건넸다.
『어디, 이렇게 하고 요렇게………… 자, 완성했어.』
오오, 빠르다.
스이에게 건네받은 새 미스릴 프라이팬을 들어보았다.
"가볍네. 이거 좋은걸. 바로 한번 써볼까?"
마도 버너에 미스릴 프라이팬을 올려 달구기 시작했다.
어라?
아냐, 아직 알 수 없어.
좀 더 달궈볼까…………
이거 뭐야? 전혀 뜨거워지지를 않잖아.
미스릴 프라이팬에 손을 가져다 대도 열이 전혀 전해지지 않았다.
"어떻게 된 거지?"
일단 미스릴 프라이팬을 감정해보았다.

【미스릴 프라이팬】
미스릴제 프라이팬. 미스릴제라 열을 차단한다.

……열을 차단하다니, 안 되잖아.
열이 차단되면 프라이팬의 의미가 없는 거잖아.
설명이 '미스릴제라 열을 차단한다'라고 되어 있으니, 미스릴은 열이 통하지 않는다는 뜻인가? 가벼워서 좋을 거라고 생각했는데, 이거 쓸 수가 없겠는걸. 열이 전달되지 않으면 쓸 데가 별로 없겠어.

그렇게 생각하면, 전에 만들었던 미스릴 분쇄기는 마침 딱 적절했던 거려나? 간 고기에 열이 전달되지 않는 만큼 상하거나 할 염려가 없으니까.

앞으로 미스릴 조리도구를 만들 때는 열이 전달되지 않는다는 특성을 생각해서 만들어달라고 해야겠다.

아무튼 이 프라이팬은 쓸 수 없으니, 뭔가 다른 걸로 다시 만들어달라고 해야 할 것 같다.

다른 거라고 하면 뭐가 좋을까…….

열을 차단한다고 하면 보온이나 보냉에 좋다는 뜻이겠지?

하지만 우리 사역마들을 생각하면 보온 쪽은 그다지 필요 없을지도 모르겠다. 너무 뜨거워도 먹기 힘드니까. 적당히 식어서 먹기 좋은 정도인 게 낫겠지.

그렇게 되면 보냉인가.

내가 쓸 컵과 페르들이 음료를 마실 때 쓸 바닥이 깊은 접시로 다시 만들어달라고 하자.

"스이, 이거 프라이팬에는 맞지 않는 것 같으니까, 이런 느낌인 거 하나랑 이런 느낌인 거 세 개로 다시 만들어줄래?"

스이에게 우리가 언제나 쓰고 있는 컵과 바닥이 깊은 접시를 보여주고 다시 만들어달라고 부탁했다.

『여기, 다 됐어.』

"오, 고마워."

나는 바로 미스릴제 컵을 시험해보았다.
인터넷 슈퍼에서 페트병에 담긴 아이스커피를 사서 미스릴 컵에 따랐다.
"호오, 얼음이 없어도 계속 차갑네."
하지만 뭐, 지금 막 따랐으니까. 조금 더 기다렸다가 다시 마셔보기로 하자.
『주인, 스이도 톡톡 하는 거 마시고 싶은데.』
내가 아이스커피를 마시는 모습을 보고 스이가 탄산음료를 마시고 싶다는 말을 꺼냈다.
『음, 그거라면 나도 마시겠다.』
『나도.』
페르도 드라 짱도 냉큼 자신들도 마시겠다는 말을 꺼냈다.
네네, 콜라를 달라는 거지?
나는 인터넷 슈퍼에서 모두가 마실 콜라를 샀다.
"이거, 음료용으로 만들어본 거야. 미스릴제니까 차가운 게 유지될걸?"
나는 새로 만든 바닥이 깊은 미스릴제 접시에 콜라를 따라 각자에게 주었다.
『호오, 확실히 차가운 채로구나. 허나 귀하다고 하는 미스릴로 이런 걸 만드는 정신 나간 녀석은 너뿐일 거다.』
『아하하, 맞아.』
『차갑고 톡톡 하고 달콤해서 맛있어.』
뭐라고 하든 말든.

미스릴이니까 무기를 만드는 데만 써야 한다, 그렇게 정해져 있는 것도 아니잖아? 뭐든 만들 거야. 열이 통하지 않는다고 하는 특성도 있는데, 무기에만 쓰는 건 아깝다고. 앞으로도 특성과 잘 맞을 만한 조리도구를 계속 만들 거야.

콜라를 다 마시자 페르와 드라 짱은 하품을 하더니 잠자리에 들어버렸다. 스이도 가방에 들어가 자고 있다. 나도 슬슬 방으로 돌아갈까.

참고로 미스릴제 컵은 보냉력 발군이라, 내 아이스커피도 다 마실 때까지 시원했다.

방에 돌아온 나에게는 할 일이 하나 더 있었다.

이제 슬슬 그 사람(신)들에게 연락을 하지 않으면 시끄러워질 것 같다.

외부 브랜드 건도 있으니까. 귀찮지만 어쩔 수 없다. 너무 늦어지면 바로 신탁이 내려올 테니 서둘러 여신님들에게 공물을 전달하도록 하자.

"여러분, 들리십니까?"

그렇게 부르자, 뭔가 와와 꺅꺅 하고 소리가 들려왔다.

모두 일제히 말해본들 무슨 말을 하고 있는지 전혀 모르겠거든요.

"저기 말이죠. 그렇게 한꺼번에 말하면 무슨 말인지 전혀 알 수가 없습니다. 그러니까 한 분씩 말씀해주세요."

다시 와와 꺅꺅 하는 소리가 들려왔다.

그 목소리가 갑자기 뚝 멈추었다. 아무래도 이야기가 정리된 모양이다.

『맨 처음은 이 몸이니라. 자네, 그, 그그, 그, 후미야, 그건 대체 무엇이냐! 꿈과 같은 가게가 아니냐. 그 가게를 지정하다니, 아주 잘했다! 칭찬을 내리마. 아무튼 이 몸에게 후미야의 케이크를 내놓거라. 후미야의 케이크! 후미야의 케이크! 이 몸에게 모든 종류를 내놓거라!』

닌릴(유감 여신) 님, 너무 흥분했어. 아니 뭐, 이렇게 되리라는 건 예상했지만.

그렇다고는 해도 너무 심하네.

『다음은 나일세. 자네의 고유 스킬이 레벨 업하여 외부 브랜드를 고를 수 있게 되었다는 것은 이미 알고 있다네. 우리도 자네가 있던 세계를 들여다보며 조금 공부를 했지. 그 외부 브랜드라는 것 중에는 술 가게도 있을 테지?』

움찔.

이 목소리는 헤파이스토스 님인가.

확실히 외부 브랜드에 술 가게가 있을 것 같기는 하네.

『다음에 외부 브랜드가 개방되는 것은 레벨 40이라고 알고 있네만, 그럼 지금 당장 레벨 업을 위한 노력을 시작하게나. 그리고 서둘러 레벨 40이 되는 걸세. 그리고 외부 브랜드는 술 가게를 선택하는 게야. 알겠는가?』

아니 아니 아니, 지금 당장 레벨 업을 위한 노력을 하라니 무슨 소리야? 그렇게 금방 레벨 안 올라가거든.

그리고, 강요하지 말아주실래요?

『그렇다. 지금 바로 40이 돼. 죽을 각오로 노력하면 할 수 있을 거다. 그리고 술 가게를 외부 브랜드로 선택해라. 그러면 손에 넣을 수 있는 이세계의 술이 지금보다 훨씬 다양해질 테지. 두근두근하는걸.』

이건 바하근 님이네.

죽을 각오로 노력하면 할 수 있다니…… 할 수 있을 리가 없잖아? 안 할 거거든. 절대로 안 할 거라고.

레벨 업을 목표로 하는 행동은 단호하게 거부하겠어. 딱히 지금 이대로도 불편할 것 없으니까, 평범하게 생활해가는 중에 레벨 업이 되면 모를까. 그러니 신경 끄세요.

『다음은 레벨 40인가. 그 정도라면, 다시 한번 던전에 들어가면 가능할 테지. 다녀와라, 다녀와. 그리고 다음 외부 브랜드는 술 가게로 확정이다.』

아그니 님……. 안 가요. 다시 한번 가라고 해도 안 갈 거라고. 대체 무슨 말을 하시는 겁니까? 이 여신님은 정말. 다음 외부 브랜드는 술 가게로 확정이라니, 애초에 선택지 중에 술 가게가 있을지 없을지도 모르거든요.

『잠깐~, 다음 외부 브랜드를 멋대로 정하지 말아주겠어? 다음은 드러그스토어인 게 당연하잖아? 나도 이세계인 군의 세계를 찬찬히 살펴봤어. 드러그스토어라면 화장품도 잔뜩 있고, 이것저것 고를 수 있게 되니까, 다음 외부 브랜드는 드러그스토어야.』

이건 키샤르 님인가. 드러그스토어라니, 용케도 조사하셨군요.

하지만 애초에 선택지 중에 드러그스토어가 있을지 없을지 같은 건 모르거든요.

『『『『아무튼 어서 레벨 40이(되는 게야)(돼라)(되라고)(되도록 해).』』』』

모두가 한소리로 하는 말이 그런 겁니까? 강요하지 말아주세요!

어서라니, 무리야, 무리. 딱히 지금 이대로도 불편할 것 없거든. 특별히 레벨 업 할 필요도 없답니다.

"아, 여러분. 서둘러 레벨 40이 되라고 하신들, 지금 이대로도 불편한 게 없으니 레벨 올리기 같은 건 안 할 겁니다. 평범하게 생활하다가 레벨이 올라가면 모를까, 일부러 레벨을 올리려고 하는 일은 없을 거라고요."

싫다고, 외부 브랜드를 위해서 레벨을 올리다니.

『뭐라?! 그러면 언제 레벨 40이 될지 알 수 없지 않은가? 마침 던전 도시에 있으니, 다시 한번 던전에 들어가서 냉큼 레벨 40을 만들어 오게. 그리고 무슨 일이 있어도 외부 브랜드에 술 가게를 추가하는 걸세.』

『맞아. 던전에 들어가서 얼른 레벨 40을 만들어 와. 그리고 무슨 일이 있어도 외부 브랜드에 술 가게를 넣으라고.』

『그래, 상태 이상 무효화와 완전 방어가 있으니, 그쯤은 간단하잖아? 남자다운 모습을 보여봐.』

『그 말은 맞지만, 술 가게는 됐어. 어서 레벨을 40까지 올려서 외부 브랜드에 드러그스토어를 추가해줘~.』

헤파이스토스 님도 바하근 님도 아그니 님도 키샤르 님도 제멋대로인 말을 마구 해대는구나.

“저기 말이죠. 몇 번이나 말했지만 일부러 레벨을 올리는 일은 안 할 겁니다. 외부 브랜드를 위해 레벨을 올리라고 강요하신다면 공물을 바치는 것도 그만두겠습니다. 가호도 돌려드리겠습니다.”

내가 그렇게 말하자, 헤파이스토스 님도 바하근 님도 아그니 님도 키샤르 님도 당황하기 시작했다.

『아니, 그건 안 되네. 절대로 안 돼. 레벨을 올리라는 말은 이제 하지 않겠네.』

『마, 맞아. 레벨은 억지로 올리지 않아도 돼.』

『그, 그래. 레벨 올리기는 안 해도 된다고.』

『아, 알았어. 조만간 자연스럽게 레벨도 올라갈 테니까~.』

제대로 이해해주신 것 같네.

『그래, 더는 레벨 올리라는 말을 하지 않는 대신에, 은화 세 닢을 두 배로 늘려주면 좋겠는데~. 벌이도 꽤 좋은 것 같으니까.』

음, 키샤르 님인가. 빈틈없군.

『오오, 그거 좋구나.』

『키샤르, 너 가끔은 괜찮은 말을 하잖아.』

『그러게.』

『이 몸에게는 후미야가 있으니 그 외부 브랜드라는 것은 어찌 되든 상관없지만, 은화 세 닢을 배로 늘리는 건 좋은 안이라고 보느니라.』

『……두 배, 좋아.』

키샤르 님의 의견에 다른 신들이 동조했다.

『내가 말하기는 뭐하시반, 엄청나게 좋은 생각이지? 그보다 바하군. 가끔은, 이라니 뭐야? 가끔은, 이라니. 나는 언제나 괜찮은 말만 하거든~.』

키샤르 님, 대신이라고 하시지만 대체 무슨 대신인가요?

은화 세 닢을 배로…… 은화 여섯 닢인가. 으음, 뭐 요즘 꽤 벌기도 했고, 어쩌니저쩌니해도 신들에게는 가호니 스킬이니 받았으니까.

"알겠습니다. 이번부터 은화 여섯 닢으로 하겠습니다. 그 대신 레벨 올리라고 강요하시면 안 됩니다."

그렇게 말하자 새된 환성과 굵직한 환성이 들려왔다.

"네네, 조용히요. 그럼, 다시 뭐가 좋은지 묻겠습니다."

『여기, 여기, 여기, 여기, 맨 처음은 이 몸이니라! 후미야의 케이크! 후미야의 케이크니라! 모든 종류를 내놓거라!』

하아~ 닌릴(유감 여신) 님은 아까랑 같은 말을 하고 계시네.

"닌릴 님, 모든 종류라니, 은화 여섯 닢으로는 턱도 없이 부족하거든요."

『음, 그러한 게냐? 하아, 그럼 뭐가 좋을지 고를 테니 이 몸에게 보여주도록 하거라.』

이번에는 보여달라고까지 하는 건가. 뭔가 인터넷 슈퍼에 관한 것도 조금씩 알아가는 것 같다고 할까, 지혜가 늘었는걸.

"어쩔 수 없네요. 다음 분들도 계시니까 빠르게 골라주세요."

그렇게 말하자 닌릴 님 이외의 분들이 『그래, 그 말이 맞다』라며 소리를 높였다.

『알고 있느니라. 그보다 어서 보여주거라.』

어쩔 수 없이 닌릴 님에게 보이도록 인터넷 슈퍼의 후미야 메뉴를 열었다.

"여러 종류를 드시고 싶다고 하신다면, 이런 게 있는데요."

나는 조각 케이크 메뉴를 열어 보였다.

『우옷, 대, 대단하니라! 전부 맛있어 보이느니라!』

대체로 한 개에 동화 네 닢이니까, 조각 케이크라면 열다섯 개인가.

"이 케이크들 중에서 고른다면, 한 개에 동화 네 닢인 게 대부분이니까 열다섯 개는 고를 수 있습니다."

그렇게 말하자, 닌릴 님은 기성을 지르며 기뻐했다. 이 여신님 정말 괜찮은 걸까?

『허나 이렇게나 많으면 어떤 것을 골라야 할지 망설여지는구나.』

"그렇다면 차라리 위에서부터 순서대로 고르는 건 어떨까요? 오늘은 여기부터 열다섯 개를 고르고, 다음번에는 그다음부터 고르는 거죠."

『오옷, 그건 좋은 생각이로구나! 그렇게 후미야의 과자를 전부 제패하는 것이니라!』

네네, 이제 뭐든 상관없습니다.

나는 닌릴 님이 바란 조각 케이크 메뉴에 있는 케이크를 위에서부터 순서대로 열다섯 개 선택해 담았다.

"다음은 누구신가요?"

『다음은 당연히 나야.』

키샤르 님인가.

『샴푸랑 트리트먼트가 떨어져가니까, 그걸 갖고 싶어. 나한테도 어떤 게 있는지 보여줬으면 좋겠는데.』

흐음, 키샤르 님도 보여달라고 하시는 건가. 정말 다들 지혜가 늘어서 귀찮아지기 시작했어.

닌릴 님에게는 보여줘 놓고 키샤르 님에게는 보여주지 않을 수도 없으니, 헤어 케어 제품 메뉴를 열어서 보여주었다. 그러자 키샤르 님은『이건 어떤 머리카락에 맞는 거지?』라든가『어떤 향기지?』같은 것들을 자세하게 물었다.

『아아, 이것도 저것도 다 좋아 보여서 망설여져. 그보다 이세계는 이렇게나 샴푸와 트리트먼트 종류가 많구나. 향기도 다양하고, 정말 어쩌지~.』

이런, 이거 한참 걸리겠는걸. 여성 특유의 이것도 좋고 저것도 좋고 모드다.

백화점 쇼핑에 짐꾼으로 따라갔을 때는 정말이지 끔찍했다고.

너무 길어지면…….

『어이, 빨리해라.』

『그렇다고, 너 너무 뜸을 들이는 거 아냐?』

바로 애주가 신들이 짜증을 내기 시작했다.

그런 목소리에도 어디서 개가 짖냐는 투인 키샤르 님.

『정말, 어쩌면 좋지. 지금 쓰고 있는 샴푸와 트리트먼트 향도 좋아서 포기하기 어려운데…… 으음, 망설여져~.』

"그러면 전과 같은 샴푸와 트리트먼트는 리필로 구입하고, 남은 예산으로 샴푸와 트리트먼트를 각각 두 통씩 살 수 있으니까,

관심이 가는 두 가지 라인을 골라서 샴푸와 트리트먼트 세트로 사는 어떨까요? 그날 그날 기분에 따라서 다른 샴푸와 트리트먼트를 쓰는 것도 괜찮을 겁니다."

내가 그렇게 말하자 키샤르 님도『기분에 따라서라…… 괜찮겠는걸』하고 중얼거렸다.

"여기 이 신제품 같은 건 어떤가요?"

아무 생각 없이 신제품을 권해보았더니『신제품이라고?!』라며 엄청난 기세로 달려들었다.

『신제품이라는 건, 새로운 거라는 뜻이지? 그렇다는 건 전보다 좋아졌다는 거잖아?』

그야 뭐 신제품이라고 나왔으니, 새로운 성분을 배합하거나 개선은 했겠지.

"아마도 그럴 거라고 생각합니다만……."

『그럼 그걸로 할래. 저기, 그것 말고 또 다른 신제품은 없어?』

"어디 보자, 있네요. 이게 신제품인 모양인데, 이걸로 괜찮으신가요?"

『그래, 그걸로 부탁해.』

"그럼 이거랑 이거랑 이거, 세 종류를 세트로 구입하겠습니다."

나는 키샤르 님의 요청대로 전에 샀던 샴푸와 트리트먼트의 리필과 신제품 시리즈 중에서 고른 샴푸와 트리트먼트 세트를 두 종류 구입했다.

"다음 분이요."

『나다, 아그니. 나는 이번에도 술을 부탁하고 싶은데. 맥주가 제일 좋으니 절반은 맥주로, 남은 절반은 전과 마찬가지로 다양한 종류를 부탁한다.』

"아그니 님은 메뉴를 안 보셔도 괜찮은 건가요?"

『나는 됐어. 어떤 맛일지 두근두근하며 마시는 편이 재미있고 좋으니까.』

과연, 그것도 일리 있네.

음, 다른 분들도 아그니 님 같으면 좋으련만.

그럼 착착 골라볼까. 나한테 맡긴다고 하니 맛있는 술을 골라주고 싶어졌어.

우선은 맥주인데, A사의 프리미엄 맥주(여섯 개 묶음)랑 K사의 프리미엄 맥주(여섯 개 묶음), 다음은 Y비스 맥주(여섯 개 묶음)로.

다음은…… 아, 이런 게 있었네. 지역별 맥주가 있으니 이것도 골라보자. 코겐 맥주랑 에치고 맥주 3종과 요코하마 맥주.

그리고 나머지는 미국산 위스키와 프랑스산 로제 와인과 이탈리아산 레드 와인을 골라보았다.

좋아, 이걸로 아그니 님 몫은 다 됐다.

"다음……."

『루카. 나도 닌릴과 같은 거.』

오오, 어쩐지 루카 님이 평소보다 적극적인 것 같은 느낌인데.

"루카 님도 오늘은 후미야의 케이크면 되나요?"

『맞아, 케이크. 닌릴과 마찬가지로 전부 다른 게 좋아.』

이번에는 루카 님도 케이크 한 가지 메뉴로 가시는 건가. 루카 님도 단 음식은 좋아하시는 것 같은 데다, 후미야의 케이크를 봤으니 뭐.

그럼 루카 님도 닌릴 님과 마찬가지로 위에서부터 순서대로인 거지? 나는 닌릴 님 때와 마찬가지로 루카 님 몫의 조각 케이크를 메뉴에 나와 있는 순서대로 차례차례 열다섯 개 골랐다.

좋아, 이거면 됐고.

"다음은……."

『그래, 다음은 우리다.』

마지막은 헤파이스토스 님과 바하근 님, 애주가 콤비인가.

『우리는 지난번과 같은 위스키와 보드카다. 하지만 이번부터는 우리도 직접 고르겠다. 그러니 어서 보여주거라.』

예이예이.

나는 헤파이스토스 님과 바하근 님에게 술 중에서도 위스키 메뉴를 열어 보여주었다.

"이게 여기서 취급하고 있는 위스키입니다."

『호오, 이렇게나 많았던 게냐. 이렇게나 많으면 아무래도 망설여지는구나.』

『대단한데, 이세계 술. 이거 전부 다른 거지?』

"네. 위스키이기는 하지만, 산지나 만드는 회사, 그리고 사람에 따라서 맛이 미묘하게 다른 모양입니다."

『그러한가. 대단하군. 전부 마셔보고 싶지만, 예산에 한도가 있으니.』

『그러게. 그래서 말인데…… 자네, 예산을 조금 더 늘려주지 않겠어?』
“안 됩니다. 방금 올려드리지 않았습니까?”
『『첫.』』
이 애주가 콤비, 첫이라고 한 거야? 첫이라고?
『그나저나, 이 중에서 자네가 추천하고 싶은 건 뭔가?』
“으음, 저는 위스키는 그다지 마시지를 않아서요. ……아, 다른 것보다 조금 비싸기는 하지만, 이건 맛있다는 소리를 많이 들었습니다. 게다가 분명 세계 제일의 위스키가 된 적도 있다고 했던 것 같은데.”
일본의 S사가 만든 위스키. 분명 세계 제일의 위스키가 되었다는 뉴스를 본 적이 있는 것 같다. 주변의 애주가들도 이 술은 맛있다고 했고.
『『세계 제일의 위스키.』』
꿀꺽.
꿀꺽.
뭔가 완벽하게 하모니를 이룬 것 같은데. 그 후에 침을 삼키는 소리도 들렸고.
『그 세계 제일의 위스키를 부탁하마. 괜찮겠지? 전쟁의 신이여.』
『그럼, 물론이지. 세계 제일의 위스키라는 말을 듣고 안 마시고 배길 수 있나.』
네네, 이거 말이죠.
“다음은 어떻게 하시겠습니까?”
『어떻게 할래? 대장장이 신.』

『으음, 이세계의 술은 전부 맛있지만, 나는 이 검은 병에 담긴 게 좋았다네.』

"검은 병은 이거 말씀인가요?"

『그래, 그거일세.』

헤파이스토스 님이 말한 건 S사의 검은 병에 담긴 위스키였다. 이것도 유명하지.

『확실히 그건 맛있었지. 나는 그 새 같은 그림이 그려진 게 맛있었는데.』

새 같은 그림, 새 같은 그림…… 바하근 님이 말씀하시는 건 이건가?

"새 같은 그림이라면 이거 말씀이신가요?"

『그래, 그래. 그거다.』

미국산 위스키다. 이것도 꽤 인기가 있었던 걸로 기억한다.

"그럼 이 두 병을 추가하면 될까요?"

『『좋다.』』

"이제 두 분 예산은 은화 네 닢이 남았는데, 어떻게 하시겠습니까?"

『보드카는 어떻지?』

나는 보드카가 실린 메뉴를 열었다.

『보드카는 종류가 그다지 많지 않구나.』

그랬다. 열어본 메뉴에 실려 있는 건 네 종류밖에 없었다.

보드카쯤 되면 인터넷 슈퍼에서 다루는 종류는 아무래도 한정되어 있는가 보다.

“그러네요. 도수도 높고 해서, 위스키만큼 즐기는 사람이 많지는 않으니까요.”

『지난번에는 어느 것들이었지?』

“지난번에 보내드린 건 이거랑 이거입니다. 그 전에 이거니까, 두 분이 아직 마시지 않은 건 이것뿐이네요.”

그렇게 말하자 애주가 콤비는 소곤소곤 상의를 시작했다.

『그럼, 아직 마시지 않은 것과 그 파란 글자가 쓰인 걸 부탁한다.』

“파란 글자라면, 이거 말씀인가요?”

『맞아.』

위스키 세 병과 보드카 두 병이지? 어디, 아직 은화 한 닢이 남는데.

“그럼 은화 한 닢이 남는데, 어떻게 하시겠습니까? 이거면 보드카 중에는 살 수 있는 게 없네요. 위스키라면 살 수 있는 게 몇 개 있습니다만.”

『그럼 위스키로 부탁한다.』

위스키라. 그렇다면 스코틀랜드산 백마 라벨이 붙은 위스키 700밀리리터를 살 수 있겠군.

좋아, 이걸로 됐다. 각각의 물건을 익숙한 종이 상자 제단에 올려두었다.

“여러분 부디 받아주십시오.”

평소처럼 여신님들과 남신님들의 환성 소리가 들려왔다.

『후미야, 후미야, 후미야――!!!』

『이걸로 내 머리카락의 아름다움은 유지되겠어~.』

『세계 제일의 위스키라니! 호오.』
『바로 마셔보자고, 대장장이 신!』
등등의 목소리가 들려왔다.
…………하아~ 지쳤다. 모두 지혜가 늘어서 보여달라는 둥 하는 소리를 시작하다니, 정말이지.
이제 얼른 자자, 자.

──그 무렵 신계에서는.
『어이, 대장장이 신.』
『왜 그러나?』
『이세계인은 레벨 올리기를 강요하지 말라는 소리를 했지만, 역시 레벨 올리기는 해야만 한다고 생각해.』
『오오, 역시 전쟁의 신도 그리 생각했는가?』
『그래. 그게, 오늘 본 술도 꽤 종류가 많았지만, 술 가게가 되면 어떨 것 같아? 훨씬 다양한 종류의 술을 고를 수 있게 될 거라고.』
『으음. 술을 좋아하는 우리가 그걸 알고도 가만히 내버려 둔다는 건 있을 수 없지.』
『그렇지? 하지만, 그 녀석한테 레벨을 올리라고 말하면 또 공물을 바치는 걸 그만두겠다는 둥 하는 말을 꺼낼 거라고. 그러니까 말이지, 그 녀석 모르게 그 스킬을 몰래 붙여놓는 게 어떨까 싶거든? 그 녀석, 스테이터스 확인은 별로 안 하는 것 같으니까.

게다가 눈치챘다고 해도, 있어서 문제될 것 없는 거라면 크게 화내지도 않을 것 같고.』

『그거 좋은 생각이구먼. 그 스킬이라는 건 그걸 말하는 게지?』

『그래. 그걸 붙이면 레벨 올리기를 안 해도 레벨은 올라갈 거야.』

『크하하.』

『으하하』

『크하하하하하하.』

『으하하하하하하.』

『레벨 40이 되는 게 기대되는구먼.』

『그래. 그렇게 되면 외부 브랜드는 당연히 술 가게겠지.』

무코다, 어느 틈엔가 새 스킬 획득.

【획득 경험치 두 배 증가】

획득 경험치가 두 배가 된다. 이 스킬을 취득하면 레벨 올리기가 쉬워진다.

어제와 그제는 보관해둘 음식을 만드는 데 썼다.

던전도 답파했으니, 이제 슬슬 다음 도시로 가볼까 싶었기 때문이다. 그 여행 준비를 위한 음식 만들기였다. 페르들은 던전에 한 번 더 들어가고 싶다는 말을 했지만, 당연히 그런 의견은 각하다. 다시 한번 들어가게 되면 또 그만큼 시간이 걸릴 테니까.

여행을 위한 음식은 이것저것 여러 가지를 만들었다.

이제는 고정 메뉴가 되어가고 있는 튀김류는 닭튀김, 돈가스, 민치가스. 물론 치즈를 넣은 것도 만들었다. 그리고 와이번과 블러디 혼 불 고기로 만든 쇠고기덮밥. 다음은 비프스튜와 햄버그. 물론 치즈를 넣은 것도 만들었지. 그다음은 만두도 만들었다. 미스릴제 분쇄기가 생겨서 간 고기를 만들기가 편해진 만큼 요리 속도도 빨라졌다.

게다가 전에 만들어서 맛있게 먹었던 돈지루와 차슈와 반숙 맛달걀도 만들었다. 지금까지 만든 적 없었던 새로운 요리도 몇 개 만들어보았다. 볶아서 조리기만 하면 되는 고기 두부조림이라든가. 오크 고기를 양파와 볶다가 어느 정도 익으면 물과 과립형 조미료와 맛술과 간장 설탕을 넣어서 부글부글 끓이고 거기에 두부를 넣어서 푹 조려주면 된다. 돈지루와 차슈와 반숙 맛달걀 같은 맛이 배어들수록 맛있는 음식은 매직 백에 넣어서 맛이 배게 했다.

간 고기가 있으니 피망 고기전도 만들어보았다. 그렇게 말해도 평소 만들던 햄버그 반죽을 그대로 썼을 뿐이지만. 잘 씻어서 반으로 가른 다음 씨를 제거한 피망에 햄버그 반죽을 채우면 된다. 거기에 밀가루를 가볍게 묻혀서 프라이팬에 구워주다가, 노릇하게 익으면 오이스터 소스와 간장과 설탕을 물에 녹인 양념을 둘러주고 찌면 끝이다.

그런 느낌으로 어제와 그제 이틀 동안은 보관해둘 음식을 이것저것 만들었다. 그렇게 애쓴 보람이 있어서 꽤 많은 음식을 확보할 수 있었다. 이제 여행 중에도 조금은 편하게 지낼 수 있으리라.

그리고 지금은 대장간이 있는 구획을 다시 찾았다. 주문한 바비큐 그릴을 찾으러 온 것이다. 물론 약속했던 일본 메이커인 S사의 네모난 병에 담긴 위스키 열 병도 인터넷 슈퍼에서 조달해두었다.

어떤 식으로 완성되었을지 기대된다.

"안녕하세요~."

"어서 옵쇼. 아니, 자넨가. 주문품은 완성됐어. 이쪽이다."

그렇게 말한 대장장이 드워프를 뒤따라가자, 주문한 바비큐 그릴이 떡하니 자리를 차지하고 놓여 있었다.

다가가서 잘 만들어졌는지 확인해보았다.

"오, 괜찮은데요? 주문대로예요."

주문대로의 크기에, 숯을 넣는 부분도 서랍 형태로 되어 있었다. 그 서랍이 들어가는 부분의 옆은 이야기했던 대로 둥근 구멍이 뚫려 있어서 공기가 잘 통할 것 같았다. 위의 망도 탈착 가능하게 되어 있었다.

응응, 주문대로야. 엄청 좋아.

"당연하지. 나를 누구라고 생각하는 거야? 이 도시에서도 다섯 손가락 안에 드는 대장장이라고."

뭐? 그랬던 거야?! 지난번에 주문하러 왔을 때는 대장간 구획에 들어서서 가까운 순서대로 들어갔었던지라, 그런 부분은 그다지 신경 쓰지 못했었는데. 이 정도의 도시에, 대장간도 이렇게나 많은데, 그중에서 다섯 손가락 안이라니 엄청나게 대단한 거 아냐? 이 드워프 실은 대단한 대장장이였구나. 분명 이름은 아레슈라고 했고, 대장간은 아레슈 씨 소유의 공방이라고 했지? 우연이라고는 해도 부탁하길 잘했다. 바비큐 그릴도 부탁한 대로 완벽하게 만들어줬으니까.

"그나저나, 이 커다란 걸 어떻게 갖고 갈 거지? 나를 사람을 불렀나?"

"아, 그거라면 아이템 박스를 갖고 있어서 괜찮습니다."

"그런가. 그래서 자네, 그건 갖고 왔나?"

그거라는 건, 그거를 말하는 거지?

"물론이죠. 이거 말씀이죠?"

나는 아이템 박스에서 S사의 네모난 병에 담긴 위스키를 꺼냈다.

"그래, 그래. 이 술을 얼마나 고대하고 있었는지."

아레슈 씨는 내가 꺼낸 위스키에 달려들었다.

이 사람 병에 뺨을 문대고 있잖아……. 정말로 술을 좋아하는구나.

"그러니까, 열 병을 약속했었죠?"

나는 차례로 병을 꺼내 아레슈 씨 앞에 놓아두었다.

"오호, 맛있는 술이 손에 들어왔군!"

어쩐지 엄청나게 기뻐하는 것 같은데.

"그리고 비용 쪽은 얼마가 될까요?"

"아, 처음 만드는 거라 지난번에는 대략적으로 계산해서 금화 350닢이라고 말했었는데, 재료비 포함 금화 300닢이면 되네."

오오, 지난번에 물어봤을 때보다 싸졌잖아. 이 도시에서 다섯 손가락 안에 드는 대장장이라고 하길래, 더 비싸졌을지도 모르겠다고 생각했는데. 금화 300닢이면 된다니.

아이템 박스에서 금화 300닢이 담긴 자루를 하나 꺼냈다.

"그럼, 여기 있습니다."

"그래."

아레슈 씨는 내가 꺼낸 자루 안을 확인도 하지 않고 별실로 가져가 버렸다.

"저기, 내용물을 확인하지 않아도 괜찮은가요?"

"뭐야? 자네 속인 건가?"

"아뇨, 아뇨, 설마요. 그런 짓은 안 합니다."

그건 금화 300닢이 담긴 자루로, 전혀 손댄 적이 없었다.

틀림없이 금화 300닢이 들어 있다.

"부족하면 받으러 찾아갈 테니까 괜찮아. 자네는 사역마들을 데리고서 던전을 답파했다는 그 모험가 맞지? 요즘 화제거든."

어? 내 얘기가 그렇게까지 퍼진 거야?

"모험가 길드가 그 이야기를 공공연하게 퍼뜨리지 않아서 나도 최근에야 알았지만."

사람 입에 자물쇠를 채울 수는 없는 법이니까.

"네, 뭐, 일단은 그렇습니다. 하지만 저는 그다지 알려지는 걸

원치 않으니까, 가능하면 비밀로……."

"그야 그렇겠지. 던전을 답파했다고 하면 온갖 녀석들이 접근할 테니까. 이렇게 말하고 물어보는 것도 뭐하지만, 검이 될 만한 소재는 구했나?"

들어보니, 아레슈 씨는 무기 중에서도 특히 검을 만드는 게 특기라 아무래도 신경이 쓰였다고 한다.

"뭐, 구하기는 했습니다만……."

"어떤 소재지?"

"그게, 최심부에 가까운 층에서 입수한 겁니다만."

"최심부에 가까운 층인가. 검의 소재쯤 되면 그럴 테지. 역시 내 능력으로 구입은 무리인가."

아레슈 씨가 아쉬워하며 그렇게 말했다. 개인이 사기에는 좀 그렇지. 금화 몇천 닢이라는 단위가 되니까. 하지만…….

"저기, 아레슈 씨는 이 도시에서도 다섯 손가락 안에 꼽히는 대장장이라고 하셨죠?"

"그래. 내 입으로 말하기는 쑥스럽지만, 일단은 그렇게 불리고 있지."

"그렇다면 아레슈 씨에게 의뢰할지 어떨지는 알 수 없지만, 모험가 길드에서 조만간 이야기가 나올 거라고 생각합니다."

"음, 모험가 길드에서 뭔가 검이 될 만한 소재를 산 건가?"

나는 그렇다고도 아니라고도 대답하지 않았다.

하지만 우고르 씨의 말투로 봤을 때 이 도시의 대장장이 중에도 그 소재를 다룰 수 사람은 그리 많지 않은 것 같았고, 그런 사람들과 상의한 후에 어디에 의뢰할지 정하겠다고 했었으니까 말이지.

아레슈 씨가 이 도시에서도 손꼽히는 대장장이라면 모험가 길드에서 연락이 올 터다.

내가 대답하지 않고 있자 "그런가 그런가" 하고 아레슈 씨는 뭔가를 눈치챈 듯 중얼거렸다.

"아, 그렇지. 자네 그거 바로 시험해볼 텐가?"

"네, 그럴 셈입니다만."

오늘은 시험 삼아 바로 바비큐를 할 예정이었다.

"그렇다면 여기서 시험해보고 가도록 해. 여기라면 숯도 있으니까. 일에는 자신이 있지만, 어쨌든 처음 만들어본 거라서. 마음에 안 드는 점이 있을 경우, 여기서라면 바로 고쳐줄 수 있으니 말이야. 그 대신 나한테도 조금 써보게 해달라고."

오, 그건 고마운걸.

그럼 감사한 마음으로 여기서 바비큐 그릴을 시험해보기로 할까. 대장간 공간을 지나 건물 밖으로 나왔다. 아무래도 여기서 검이나 창 등의 완성도를 확인하는 모양이었다. 이곳을 빌려서 아레슈 씨와 함께 바비큐를 하기로 했다. 물론 밖에서 기다리고 있던 페르와 드라 짱도 함께다.

고기는 오크 고기와 블러디 혼 불 고기를 준비했다. 채소를 준비하려고 했더니 페르와 드라 짱이 『채소 같은 건 필요 없어』라고 했다. 어쩔 수 없이 고기뿐인 바비큐를 개최하게 되었다. 숯은 대장간에 있던 것을 쓰기로 했고.

오크 고기와 블러디 혼 불 고기를 망 위에 올리자 좌아 하고 익는 소리가 났다.

"나도 써도 괜찮겠나?"

"네, 쓰세요."

아까 조금 써보게 해달라고 했었는데, 뭘 구우려는 걸까?

"이 소시지는 우리 집에서 만든 거야. 내가 만들었는데, 짭짤하게 간해서 꽤 맛있다고. 이게 또 술이랑 아주 잘 맞는다니까. 자네도 먹어보겠나?"

오오, 소시지라. 술이랑 잘 맞는다니, 여기서 시험해보라던 건 처음부터 술을 마실 셈으로 그렇게 말했던 거구만. 뭐 상관없지만.

그보다 집에서 직접 만들었다고 했는데, 어떻게 만든 거지? 속을 채울 내장을 조달하는 것부터 직접 한 건가?

물어보니 정육점에서 평범하게 판다고 한다. 아레슈 씨가 쓰는 건 화이트 시프라고 하는 양의 내장이라고 했다. 소시지에 쓰이는 내장으로는 그게 가장 일반적인가 보다.

그렇구나. 내장을 살 수 있다면 소금, 후추, 허브로 간을 한 수제 프레시 소시지를 만드는 것도 괜찮겠는걸. 좋은 정보를 들었네.

오, 슬슬 고기가 구워졌군.

"아레슈 씨도 고기 좀 드세요. 이건 제 고향에서 전해지는 고기에 잘 어울리는 소스예요. 고기가 구워지면 이걸 찍어서 드셔보세요."

나는 아이템 박스에 있던 오랫동안 인기를 누리고 있는 고기구이 소스를 그릇에 담아서 포크와 함께 아레슈 씨에게 건넸다.

"얻어먹어 미안하네. 아, 여기 소시지도 다 익었네. 자."

소시지를 네 개 받았다.

다 구워진 오크 고기와 블러디 혼 불 고기를 접시에 담아서 고기구이 소스를 뿌린 다음 소시지도 곁들여 페르와 드라 짱과 스이에게 주었다.

그리고 나도 바로 아레슈 씨가 만든 소시지를 먹어보았다. 깨무는 순간 뽀도독 하고 기분 좋은 소리가 났다. 소금으로 간한 게 전부지만, 얇은 껍질 속에서 육즙이 흘러나오는 게 꽤 맛있었다.

"크으, 이 소시지랑 자네한테 받은 술은 잘 맞는군."

아레슈 씨는 바로 위스키를 들이켰다.

음, 위스키랑 소시지가 어울리나?

소시지라고 하면 그게 더 어울리지.

"잠시만 기다려주세요."

나는 아레슈 씨에게 보이지 않는 장소로 이동해서 인터넷 슈퍼를 열었다.

캔 맥주보다는 병 쪽이 덜 의심받겠지.

나는 S사의 프리미엄 병맥주를 일단 다섯 병 사고, 병따개도 구입했다.

"고기에는 이쪽이 더 어울립니다. 여기요."

나는 컵에 프리미엄 맥주를 따라서 아레슈 씨에게 건넸다.

"음, 에일인가? 싫어하지는 않지만, 자네한테 받은 이쪽 술이 압도적으로 맛있네만."

"에일과는 또 다릅니다. 이것도 제가 가지고 있는 특별한 술 중

하나거든요."

"뭐라고? 그렇다면 마셔봐야지."

꿀꺽꿀꺽꿀꺽꿀꺽, 푸하아.

시원스럽게 마시네.

"맛있어! 이게 뭔지?! 에일과 비슷한 것 같으면서도 전혀 다르잖아. 자네가 가진 술은 어째서 이렇게 맛있는 건가?!"

역시 바비큐에는 맥주지. 나도 마셔야지.

꿀꺽꿀꺽꿀꺽, 푸하.

맛있어어.

이날은 결국 먹고 마시며 바비큐 파티를 벌였다.

페르도 드라 짱도 스이도 숯불로 구운 고기가 맛있었는지, 잠자코 먹기만 했다.

우리는 모험가 길드에 와 있었다.

내일은 드랭을 떠날 생각이라 그 소식을 전하러 온 것이다.

내일이면 이곳 드랭에 작별을 고하고, 다음 도시인 네이호프로 향할 예정이다.

그렇게 말했을 때, 페르와 드라 짱과 스이는 다시 한번 던전 어쩌고 하는 말을 꺼내기 시작했지만, 물론 안 된다고 했다. 이미 답파한 던전에 다시 들어갈 필요 없다고 보거든. 던전에 들어가면 또 며칠이 걸릴지 알 수 없기도 하고. 이제부터 네이호프, 그리고 여행의 목적지인 바다의 도시 베를레앙으로 향해야만 한다.

카레리나의 람베르트 씨에게 와이번 가죽으로 망토를 주문했으니, 그게 완성될 때까지는 여행을 마치고 다시 카레리나로 돌아가야만 한다. 그것도 생각하면서 이동해야지.

페르와 드라 짱과 스이가 툴툴거렸지만, 이곳 던전에 연연하지 않아도 이 나라에는 다른 던전도 있는 것 같으니, 그쪽에 갈 기회가 있으면 가자고 말하고 겨우겨우 달랬다.

뭐, 다른 던전 같은 데는 현재 전혀 갈 예정이 없지만.

"무코다 씨, 어서 오세요."

엘랑드 씨가 나타났다. 옆에는 우고르 씨도 있었다.

"무코다 님, 어서 오십시오."

2층의 길드 마스터 방으로 안내를 하려 하기에, 대단한 용건이 아니니 여기서 끝내자고 말했다.

"내일 아침에 이곳을 떠날 생각이라서요. 그 보고를 하러 왔습니다."

"네, 벌써 가시는 겁니까?! 제가 떠날 때까지는 계셔주세요. 드라 짱에게 배웅받고 싶습니다."

그렇게 말하며 드라 짱을 뜨거운 시선으로 바라보는 엘랑드 씨. 엘랑드 씨의 시선을 받은 드라 짱이『이 자식, 뭔가 기분 나쁜데』라고 염화를 보내왔다. 게다가 드라 짱, 엘랑드 씨의 시야에 들어가지 않도록 내 뒤에 숨어버렸잖아.

"하아, 또 무슨 말씀을 하시나 했더니, 당신이라는 사람은……."

우고르 씨도 한숨을 쉬고 있잖아.

“무코다 님, 길드 마스터의 이야기는 듣지 않으셔도 괜찮습니다. 그보다, 지난번에 선물해주신 과자 감사했습니다. 아내와 아이들과 함께 맛있게 먹었습니다. 처음 보는 과자인 데다, 평소에는 그다지 먹어볼 기회가 없는 단맛에 아내도 아이들도 크게 기뻐했습니다.”

“아, 그 과자 말인가. 나도 집에 돌아가서 먹었는데, 맛있었지. 단 거라면 사족을 못 쓰는지라 이틀 만에 다 먹어버렸다네.”

엘랑드 씨, 이틀 만에 전부 먹은 건가. 아무리 그래도 당분 섭취가 지나치잖아.

“그건 몇몇 소국의 일부에서 어렵게 만들어지는 과자로, 우연히 구했던 겁니다. 마음에 드셨다니 다행이네요.”

위스키와 마찬가지로 몇몇 소국에서 어렵게 만들어지고 있는 과자라는 설정으로 해두었다.

“이런, 그런 건가. 맛있어서 더 먹고 싶었는데.”

엘랑드 씨가 그렇게 중얼거리자, 우고르 씨가 어이없다는 표정을 지었다.

“귀중한 걸 주셨군요. 고맙습니다.”

“아뇨 아뇨, 두 분에게는 신세를 졌으니까요.”

엘랑드 씨는 조금 특이한 사람이지만, 어스 드래곤 건으로는 신세를 졌으니까.

우고르 씨는 말할 것도 없고.

“그럼 두 분, 모두 건강하세요.”

용건을 마치고 돌아가려는데 엘랑드 씨가 말을 걸어왔다.

"무코다 씨, 예의 건은 잊지 말아주십시오."

응? 예의 건이 뭐였지?

"정말이지, 잊어버리신 겁니까? 드래곤을 포획하면 여기로 가져오겠다고 약속하시지 않았습니까?"

아, 그랬었지. 드래곤을 좋아하는 엘랑드 씨를 위해, 라기보다 드래곤 같은 걸 해체할 수 있는 곳은 분명 여기밖에 없을 테니, 혹시라도 입수했을 때는 여기로 가져오겠다고 했었지.

"알고 있습니다. ……아, 그러고 보니 저희 베를레앙으로 가는데, 거기서 시 서펜트를 잡을 예정이거든요. 그건 어떻게 할까요?"

분명 시 서펜트는 용의 아종 같은 게 아니었던가?

"시 서펜트인가요? 시 서펜트라면 저도 잡아본 적이 있으니 괜찮습니다. 그보다 리바이어던이라면 기쁘게 해체할 수 있을 것 같습니다."

엘랑드 씨가 나와 페르를 보며 그렇게 말했다.

리바이어던은 바다의 마물 보스 클래스잖아? 무리일 것 같지만, 사냥하는 건 페르니까.

"페르, 리바이어던 같은 걸 잡을 수 있어?"

『리바이어던 같은 게 흔하게 있을 리가 없지 않느냐. 아무리 나라도 아직 세 번 정도밖에 본 적이 없다. 뭐, 한 번 잡은 적이 있기는 하지만. 발견하면 사냥해 오마.』

잡은 적 있는 거냐? 뭐, 그야 페르니까.

"정말입니까?! 부디 꼭 좀 부탁드립니다!"

페르의 말을 듣고 엘랑드 씨가 흥분했다.

“페르가 말한 대로 발견하면, 이거든요. 너무 큰 기대는 하지 말아주세요.”

그렇게 말했지만 엘랑드 씨는 머릿속이 리바이어던으로 가득해졌는지 내 말을 듣고 있지 않은 것 같았다.

“우, 우고르 씨…….”

“하아~, 이 바보는 내버려 두십시오.”

“그, 그런가요……. 그럼 신세 많았습니다.”

신이 난 엘랑드 씨를 남겨두고, 우리는 모험가 길드를 뒤로했다.

모험가 길드를 뒤로한 우리는 마을 밖으로 향했다. 그 이유는, 페르가 사냥을 하러 가고 싶다고 말했기 때문이었다. 확실히 최근 며칠은 줄곧 마을 안에서 지냈으니까. 그래서 그럼 한번 가볼까 하는 이야기가 되었던 것이다.

페르가 사냥하러 간 사이, 한가했던 나는 어제 아레슈 씨에게 들었던 소시지 만들기를 바로 해보기로 마음먹었다. 도중에 정육점에 들러서 아레슈 씨에게 들었던 대로 화이트 시프의 내장 소금 절임을 샀다. 가격이 싸길래 잔뜩 샀다.

『그럼 다녀오마.』

『다녀올게.』

이번 사냥에는 드라 짱이 동행한다. 드라 짱도 운동 부족이라는 느낌이 드는 모양이다. 뭐, 우리와 만나기 전에는 어쨌든 야생의 마물이었으니까. 오랫동안 마음껏 움직이지 못하면 스트레스가 쌓이기도 하겠지.

"아, 잠깐 기다려. 둘이서 가는 거라면 이게 있는 편이 좋겠지?"

나는 아이템 박스에서 매직 백을 꺼내 페르의 목에 걸어주었다.

"내일은 드랭을 떠날 거니까, 해체는 다음 도시에서 할 거야. 그러니까 그렇게 많지 않아도 돼. 아니, 적당히 해줘."

『음, 어쩔 수 없구나.』

『뭐? 운동 부족 해소 삼아서 이것저것 잡아 오고 싶었는데.』

페르도 드라 짱도 어째서 그렇게 잔뜩 잡을 마음으로 가득한 건데? 그렇게 많이 필요 없거든?

"그럼 너무 늦지 않게 돌아와."

『알고 있다.』

『알았어.』

그렇게 말하고 페르와 드라 짱은 시원스럽게 숲속을 향해서 사라졌다.

자 그럼, 이쪽은 소시지 만들기를 개시해볼까. 사실 예전에 껍질 없는 소시지는 만들어본 적이 있다. 그게 꽤 맛있어서 껍질이 있는 본격적인 소시지를 언젠가 만들어보고 싶다고 생각했었다. 그래서 껍질 있는 소시지 만드는 법을 사이트 같은 데서 몇 번인가 찾아보았었는데, 그걸 떠올리면서 만들어보려고 했다.

어느 사이트든 간 고기를 반죽할 때의 온도가 높지 않게 주의하라고 되어 있었다. 온도가 높아지면 고기가 퍼석퍼석하고 잘 뭉쳐지지 않아 맛이 없다고 한다. 간 고기를 반죽할 때의 이상적인 온도는 10도 이하를 유지하는 것이란다.

그걸 떠올렸기 때문에 스이에게는 여기 남아달라고 부탁했다. 후후후, 소시지 만들기에 딱 적당한 열을 차단하는 조리도구를 지금은 마음껏 만들 수 있단 말씀.

그런고로, 스이 잘 부탁합니다.

"스이, 이런 걸 만들어줄래? 그리고……."

나는 스이에게 언제나 쓰고 있는 큼직한 볼을 보여주고 소시지용 노즐을 그림으로 그려서 보여주었다. 볼은 같은 걸 여러 개 만들어달라고도 부탁했다.

『알았어.』

노즐은 실제 물건은 없지만, 구조가 간단해서 그림으로 설명하는 것만으로도 이해한 모양이었다.

미스릴 광석을 스이에게 건네자, 곧바로 볼과 소시지용 노즐이 완성되었다.

"고맙다, 스이."

그러면 우선은 간 고기 만들기부터. 오크 고기를 미스릴 분쇄기에 넣어 간 고기로 만들었다. 방금 스이에게 만들어달라고 한 미스릴 볼에 간 고기가 그득해진다. 핸들을 빙글빙글 돌려서 간 고기를 계속 만든다.

"후우~ 이 정도면 되려나."

다음은 조미료와 조리 기구를 인터넷 슈퍼에서 사야 한다. 소금과 설탕과 레몬즙(병에 담긴 것)은 있으니, 굵게 간 검은 후추와 허브 솔트, 그리고 내장에 간 고기를 채워 넣을 때 쓸 짤주머니를 구입했다.

이번에는 후추 맛과 허브 레몬 맛, 두 종류의 소시지를 만들려고 한다.

우선은 화이트 시프 내장의 소금기 제거부터 시작한다. 흐르는 물에 씻어 소금기를 없애고, 물을 채운 볼에 잠시 담가둔다.

그 사이에 간 고기에 조미료를 넣어 반죽한다.

이 부분이 가장 중요하다. 온도가 높아지지 않도록 얼음물을 쓰는데, 이때 얼음물은 얼음이 많고 물이 적어야 한다. 얼음은 전에 페르가 만들어주었던 것을 아이템 박스에 보존해두었기 때문에 그걸 쓰려고 한다.

우선은 굵게 간 검은 후추 맛부터다. 미스릴 볼에 얼음물을 붓고, 그 안에 간 고기와 소금과 설탕과 검은 후추를 넣어 찰기가 생길 때까지 섞는다. 볼 안에 직접 얼음물을 넣는다는 사실에 깜짝 놀라겠지만, 고기를 차갑게 하려고 그런 방법을 쓰기도 한단다. 물론 얼음물의 물은 아주 소량으로 얼음의 표면을 적시는 정도여야 한다. 그리고 손을 얼음으로 식혀가며 반죽하는 것도 좋단다. 손이 좀 시려서 힘들었지만, 열심히 했다. 아무튼 고기의 온도를 올리지 않도록 하면서 반죽 작업을 마치는 것이 중요하다.

남은 얼음을 버리고, 차가운 채인 간 고기를 일단 아이템 박스에 넣어두었다. 같은 과정으로 간 고기에 허브 솔트와 레몬즙을 넣고 허브 레몬 맛을 만들었다. 이걸로 간 고기 준비는 끝났다.

다음은 소금기를 뺀 화이트 시프의 내장에 속을 채워 넣기만 하면 된다. 우선은 스이에게 만들어달라고 한 미스릴 노즐에 짤주머니를 끼우고, 노즐에 화이트 시프의 장 끄트머리를 끼워 당겨준다. 장을 노즐에 전부 끼우고 나면 공기를 빼가면서 짤주머니 안에 양념한 간 고기를 채워주고, 노즐에서 간 고기를 조금 나오게 한 다음 그 부분은 잘라낸다. 내장에 간 고기를 채울 때 공기가 들어가지 않게 하기 위한 과정이라고 한다.

그런 다음 노즐에 끼운 장을 당겨 끝을 묶고 내장이 찢어지지 않도록 조심하면서 간 고기를 채워간다. 고기가 다 채워지면 반대편 끝도 조금 여유를 두고 묶은 다음 중간중간 빙글빙글 몇 번 돌려주어 마디를 만든다. 그 돌려서 만든 마디를 자르면 소시지가 되는 것이다.

그 공정을 몇 번인가 반복하여 검은 후추 맛과 허브 레몬 맛, 두 종류의 소시지를 대량으로 만들었다. 일단 완성된 소시지는 뚜껑이 있는 플라스틱 용기에 담아 아이템 박스에 넣었다.

이 소시지는 삶지 않은 진짜 생 프레시 소시지인 만큼, 프라이팬에 구우면 찢어지는 경우가 생길 수 있으니 망에 올려서 천천히 굽는 게 좋다는 글을 본 적이 있었다. 응, 바비큐 그릴로 조리하는 데 딱이다.

바비큐 그릴을 쓰는데, 소시지뿐인 건 좀 김이 새는 느낌일지도 모르겠다. 고기도 따로 준비해두도록 할까? 어제는 구운 다음에 소스를 찍어서 먹었는데, 오늘은 양념에 재웠다가 굽는 것도 괜찮을 것 같다.

우선은 양념 재료를 인터넷 슈퍼에서 구입한다. 소금과 설탕과 술은 있으니 마늘과 파와 깨소금(팩에 담긴 것)과 참기름. 그리고 100퍼센트 사과 주스를 카트에 담았다.

이번에는 생마늘을 다져서 쓴다. 양념에 재우는 방식을 쓸 때는 생마늘 쪽이 맛있다. 파는 쫑쫑 썰어둔다.

볼에 간장, 설탕 술, 다진 마늘, 파, 깨소금, 참기름, 그리고 감칠맛을 내기 위해 사과 주스를 넣어서 섞으면 고기를 재울 양념이 완성된다.

거기에 블러디 혼 불 고기를 넣어서 가볍게 주물러주고 랩을 씌워 20분 정도 재워둔다. 오크 고기도 마찬가지로 재워둔다.

해도 꽤 기울었고, 조금 있으면 페르와 드라 짱도 돌아올 테니 바비큐 준비를 시작해보도록 할까. 우선은 숯을 사야겠지. 인터넷 슈퍼에서 숯을 구입했다. 특제 바비큐 그릴을 아이템 박스에서 꺼내서 서랍 부분에 숯을 넣어 불을 붙였다. 망 위에 갓 만든 소시지를 올리고 천천히 굽는다.

소시지가 익으면서 먹음직스러운 냄새가 났다. 뒤집어가면서 찬찬히 전체를 굽는다.

어깨 근처에서 묵직한 느낌이 든다 했더니, 어느 틈엔가 어깨 위에 스이가 있었다.

『좋은 냄새~.』

"그래, 냄새 좋지?"

그릴 자국도 잘 났고, 이제 슬슬 다 익었으려나.

시험 삼아 하나를 잘라보니 안까지 잘 익었다.

어디, 맛을 한번 볼까. 오오, 맛난데.

육즙이 풍부하고, 간도 충분히 잘돼서 이대로 먹어도 맛있었다.
『좋겠다~ 스이도 먹고 싶다.』
"자, 맛볼래?"
집게로 소시지를 하나 집어서 스이에게 건넸다.
『와아, 맛있어~! 얇은 껍질 속에서 육즙이 쫘악 나와.』
껍질이 있는 소시지는 처음 만들어봤는데, 잘 만들어진 것 같아 다행이다.
『앗, 뭘 먼저 먹고 있는 거야.』
『으음, 나를 빼고 먹다니 용서할 수 없다.』
오, 딱 좋은 때 페르와 드라 짱이 돌아왔다.
"아니야. 이건 처음 만들어본 음식이라 맛을 본 것뿐이라고. 그보다, 성과는 어땠어?"
『그럭저럭이다. 매직 백에 넣지 못한 건 저기에 놓아두었다.』
페르를 따라 시선을 돌리니 커다란 마물 두 마리가 쓰러져 있었다.
……뭐?
몇 번인가 눈을 깜빡이고 다시 한번 보았지만, 역시 변화는 없었다. 저기에 있는 거, 코뿔소랑 검치호랑이지? 감정해보니 코뿔소가【딤 그레이 라이노】였고, 검치호랑이는 그대로【검치호랑이】라고 나왔다.
양쪽 모두 A랭크 마물이다.
"……적당히 하라고 했었지?"
『아니, 그게 말이다, 있길래 잡다 보니 그만…….』

『딱히 상관없잖아. 검치호랑이 쪽은 내가 쓰러뜨렸다고. 대단하지?』

페르 잡다 보니 그만이 아니거든. 그리고 드라 짱, 그런 의기양양한 표정 짓지 않아도 돼.

“하아, 다른 성과는 식사 후에 듣도록 하고, 우선은 밥부터 먹자.”

『오오, 그거 좋네.』

『사냥하고 나면 배가 고프니 말이다.』

네네.

나중에 매직 백 내용물에 관해서도 물어볼 테니까 그렇게 알라고.

나는 다 구워진 소시지를 접시에 담아 페르와 드라 짱과 스이에게 내주었다.

『으음, 이건 맛있구나. 얼마든지 먹을 수 있을 것 같다.』

『겉에 있는 얇은 껍질이 토독하고 터지면서 안에서 육즙이 푸확 나오는데! 이거 맛있어!』

『고기의 즙이 쭈욱 나와서 맛있어~. 스이, 이거 아주 좋아!』

소시지 대호평이로군. 만들길 잘했네.

나도 아까 맛보았던 후추 맛 대신 이번에는 허브 레몬 맛을 먹어보았다.

오오, 이것도 맛있는걸. 허브와 레몬의 향이 콧속을 빠져나가네. 이쪽은 산뜻한 느낌이야.

여기에 맞는 음료라고 하면 역시 그거지.

인터넷 슈퍼에서 맥주를 구입. 이번에는 A사의 쌉쌀한 흑맥주를 골라보았다.
바로 꿀꺽꿀꺽 마신 다음 서둘러 소시지를 덥석.
그리고 다시 꿀꺽꿀꺽꿀꺽, 푸하아, 맛있어.
깔끔하고 부담 없는 맥주라 이 소시지와도 잘 맞는다. 큰일인걸. 이 조합 얼마든지 먹을 수 있을 것 같아.
그런 생각을 하고 있으려니 모두가 한목소리로 추가 요청. 소시지를 각자의 접시에 더 담아주었다.
다음은 재워두었던 블러디 혼 불 고기와 오크 고기를 굽도록 할까.
망 위에 얹자 고기 익는 고소한 냄새가 코를 간질였다.
아, 맛있는 냄새.
고기를 뒤집어가며 열심히 구웠다. 이제 슬슬 괜찮으려나.
일단 맛보기다. 덥석.
하아, 역시 이 양념은 맛있어. 몇 번인가 만들었던 매콤한 맛에 참깨의 풍미가 더해져서 맛있었다.
다 구워진 블러디 혼 불 고기와 오크 고기를 새 접시에 담아서 모두에게 내주었다.
"자, 고기도 구웠어."
『오오, 이것도 맛있을 것 같은 냄새가 나는구나.』
『나도 더 먹을 거라고.』
『고기~.』
아직 배가 덜 찼는지, 다들 우걱우걱 먹고 있다.
응응, 숯에 구운 고기는 맛있지. 나도 먹어야지.

아, 이것도 흑맥주랑 어울리네~.

모두들 배가 빵빵해질 때까지 고기를 즐겼다.

식사를 마치고 버너 등의 뒷정리까지 끝낸 다음, 매직 백의 내용물을 확인했다.

안에서 나온 것은 딤 그레이 라이노 한 마리와 블랙 서펜트 한 마리, 자이언트 도도 한 마리에 코카트리스 두 마리였다. 이걸로 딤 그레이 라이노가 두 마리인데, 코뿔소는 먹을 수 있는 건가?

"저기, 딤 그레이 라이노라는 거 먹을 수 있는 거야?"

페르에게 물어보니 『아니, 그게』라는 애매한 반응이다.

『푸하하하하, 딤 그레이 라이노 고기 같은 건 질겨서 못 먹는다고. 그런데 페르는 두 마리나 잡지 뭐야.』

『음, 못 먹는 걸 잡은 건 드라도 마찬가지 아니냐? 검치호랑이 고기 같은 건 냄새가 심해서 먹을 수 없다.』

『윽으…….』

"하아~ 저기 있지, 페르도 드라 짱도 사냥해 올 거면 먹을 수 있는 마물로 해줄래?"

『으음, 알았다.』

『예이예이, 알았습니다.』

아니, 던전을 다녀와서 돈은 이제 충분히 있으니까, 소재를 팔 뿐인 마물이라면 별로 필요 없거든. 지금 우리에게는 먹을 수 있는 마물 쪽이 훨씬 도움이 된다고.

딤 그레이 라이노와 검치호랑이는 일단 아이템 박스에 묵혀두자. 블랙 서펜트와 자이언트 도도와 코카트리스는 다음 도시에서

손질해달라고 해야겠다.

“그럼 이제 슬슬 돌아갈까?”

우리는 해 질 녘의 어슴푸레한 길을 따라 도시로 돌아갔다.

내일이면 드디어 네이호프를 향해 출발이다.

세 명의 용사~왕국에서 도주②~

아론이 카논에게 예속의 팔찌를 끼우려 했던 것을 어찌어찌 얼버무려 피하기는 했지만 이제 다음은 피할 수 없을 것이다. 나와 카논은 도망칠 기회를 호시탐탐 노리고 있었다.

그 기회는 금세 찾아왔다.

평소처럼 레벨 올리기를 위한 마물 사냥을 나갔을 때였다. 모험가 길드에서 받은 의뢰는 왕도로 통하는 가도에 최근 들어 출몰하는 오거 토벌이었다.

나타난 것은 무리에서 떨어진 오거 한 마리였던지라 오거 토벌은 문제없이 끝났다.

토벌을 마치고 돌아오는 길.

왕도를 향해서 가도를 걷던 우리 앞에 갑자기 커다란 늑대가 나타났다.

"크르르르르르."

"저, 저건 A랭크인 그레이트 울프……."

"어째서 이런 데에……."

"아, 아무튼 쓰러뜨리자고."

레너드와 아론과 루이제가 무기를 들었다.

세 사람의 반응, 그리고 A랭크라는 것을 보면 상당히 강한 마물인 모양이었다.

우리 모두가 덤비면 겨우 쓰러뜨릴 수 있을지도 모른다는 수준

이리라.

"카이토, 카논, 리오는 마법을!"

레너드가 소리쳤고, 우리는 마법 영창을 시작했다.

"불타오르는 불의 구(球)여, 나의 적을……."

영창을 시작한 우리를 향해 그레이트 울프가 엄청난 속도로 달려들었다.

그레이트 울프가 우리에게 덤벼든 순간.

"아아아아아아악!"

옆에서 비명이 들렸다.

옆을 보니 리오의 왼팔 팔꿈치 아래쪽이 사라지고 없었다.

"그레이트 울프는 바람 마법을 사용한다! 어서 마법을 날려!!"

아마도 아론의 것일 터인 노성이 들려왔다.

그 분노한 목소리를 들은 그레이트 울프는, 이번에는 세 명의 기사를 향해 달려갔다.

우리에게 있어서 이것은 기회다.

팔과 함께 팔찌도 사라진 리오도 함께 데려가기로 했다.

"카논, 리오의 치료를 부탁해."

나는 곧바로 마법 영창에 들어갔다.

"불타오르는 불의 구여, 나의 적을 불태워라. 파이어 볼!"

"사나운 불꽃의 불 화살이여, 내 적을 꿰뚫어라. 파이어 애로!"

파이어 볼을 날린 다음, 지금의 내가 가진 최대의 공격 마법 파이어 애로를 날렸다.

그레이트 울프와 세 명의 기사가 있던 곳이 폭발했다.

"카논, 리오, 이 틈에 도망치자!"

그렇게 말하며 발걸음이 불안정한 리오를 카논와 함께 부축해 길가의 숲속으로 숨어 들어갔다.

생각할 겨를도 없이 다리를 움직여 앞으로 나아갔다.

걸으면서 리오에게 말을 걸었다.

"리오, 괜찮아?"

"…………."

리오는 창백한 얼굴로 아무런 대답도 하지 못했다.

그러나 잘린 팔의 피는 멈추었고 새로운 피부로 덮여 있었다.

"지급받은 포션을 뿌리고 회복 마법도 걸어서 어찌어찌 피는 멈췄어. 죽지는 않을 거야."

그렇게 대답한 것은 카논이었다.

"카논, 아무튼 서쪽이야. 서쪽으로 가서 마르베일 왕국에 들어가는 거야."

"알았어."

레이세헬 왕국의 왕도는 나라 거의 중앙에 있다. 여기는 왕도의 남쪽 가도다.

여기서부터라면, 일단 서쪽으로 가면 마르베일 왕국에 들어설 수 있을 터다.

나는 왕성에서 나침반과 비슷한 마도구도 몰래 가져왔다.

어찌 되었든 서쪽을 향해 간다.

필사적으로 걸음을 옮겨 앞으로 나아가는 사이, 결국 리오가 풀썩 힘없이 쓰러질 뻔했다.

출혈 탓에 의식을 잃은 모양이었다. 나는 의식을 잃은 리오를 업었다.

"카논, 일단 서쪽으로 계속 가자. 지금은 어떻게든 거리를 벌려야 해."

"그래, 서두르자."

우리는 말없이 숲속을 서쪽으로 나아갔다.

……나는 그때, 그레이트 울프와 세 명의 기사를 향해서 파이어 볼과 파이어 애로를 날렸다. 착탄한 장소는 폭발하고 불길에 휩싸였다. 어쩌면 나는 그레이트 울프만이 아니라 세 명의 기사들도 죽여버렸을지도 모른다.

변명이 되겠지만, 필사적이었다.

이대로 이 나라에 있으면 나도 카논도 노예 같은 취급을 받게 된다. 분명 전쟁에 내몰려, 그 필두에서 싸우게 될 터다. 용사에게 전투 능력을 바라는 것을 봐도 그것은 명백했다. 앞으로의 인생을 그렇게 노예처럼 살아야 한다니, 절대 싫었다.

카논도 내가 무슨 짓을 했는지 알고 있었을 테지만, 아무 말도 하지 않았다. 그만큼 우리는 필사적이었다. 레이세헬 왕국 뜻대로 이용되는 것은 사양이다. 노예 같은 게 될까 보냐!

나와 카논은 열심히 걸음을 옮겨 서쪽을 향해 갔다.

◇ ◇ ◇ ◇ ◇

날이 저물어 어두워졌고, 우리는 커다란 나무 구멍 안에서 밤을 보내기로 했다.

아이템 박스에 모아두었던 식량 중에서 흑빵과 물을 꺼내 식사를 해결하고, 보초는 카논과 나 둘이서 교대로 하기로 했다.

"처음에는 내가 망을 볼게. 쉴 수 있을 때 쉬어둬."

"알았어. 교대해야 할 때 깨워줘."

밤의 어둠 속, 집중하여 주변을 살폈다. 때때로 짐승 울음소리가 들려왔다.

"절대 잡히지 않을 거야……."

자그마한 목소리였건만 묘하게 울렸다.

"그리고 두 사람을 반드시 지킬 거야."

그건 내 결의 같은 것이었다.

처음에는 리오를 버리려 했다. 어쩔 수 없다며 변명을 했다.

하지만 예속의 팔찌가 사라지고 이렇게 함께 도망칠 수 있었다.

리오의 팔은 없어지고 말았지만, 그것도 원래대로 되돌릴 수 있을지 모른다.

없어진 팔이 원래대로 돌아오는 포션이나 회복 마법이 있을지도 모른다.

살아 있기만 하다면, 앞으로 그런 걸 찾는 것도 가능하다.

이렇게 세 사람이 함께 도망칠 수 있었다.

반드시 두 사람을 지킬 테다.

예정보다 조금 더 길게 보초를 선 후, 카논과 교대하고 나도 휴식을 취했다.

다음 날 아침이 되자 리오가 정신을 차렸다.

"리오, 괜찮아?"

"응, 그럭저럭……."

"무슨 일이 있었는지 기억하고 있어?"

그렇게 물으니 대강은 기억하고 있다고 대답했다.

리오는 레너드에게 그【예속의 팔찌】를 받은 후 사흘째쯤부터 자신이 아닌 듯한 감각에 휩싸였다고 했다. 자신이라면 절대 하지 않을 말도 아무렇지 않게 했고, 뭔가 흐릿하고 자신이 아닌 것만 같았고, 줄곧 영화를 보는 듯한 느낌이었다고 했다.

"리오가 찼던 그 팔찌는【예속의 팔찌】라고 하는가 봐. 그걸 끼면 주인이 된 자의 말을 듣게 되고, 그 팔찌는 주인이 된 자만 뺄 수 있대."

"그래. 그래서 그 팔찌를 하고 있을 때는 레너드의 말을 뭐든 들었던 거구나…………."

"우리는 노예가 되지 않을 거야. 절대로."

"맞아. 나랑 카이토랑 리오, 셋이 함께 도망치는 거야. 마르베일 왕국에 가면 어떻게든 될 거야."

"그래, 마르베일 왕국은 이 나라와 전쟁 직전이니까. 우리가 소환된 용사라는 걸 들켜도, 이 나라로 송환되는 일은 없을 거라고 생각해."

"…………하지만 나, 팔이 없어졌잖아. 너희 짐이 될 거야……."

"무슨 말을 하는 거야. 그럴 리가 없잖아. 리오는 마법이 특기잖아? 마법을 날리는 데 팔이 필요해? 팔이 없어도 충분히 싸울

수 있을 거야. 게다가 리오가 회복 마법은 제일 잘하잖아."

"맞아. 회복 마법은 리오가 아니면 안 되지. 함께 마르베일 왕국으로 가자!"

"카이토 군, 카논…… 훌쩍."

"반드시 다 함께 마르베일 왕국으로 가는 거다?"

"그래."

"응."

우리는 반드시 셋이 함께 이웃 나라인 마르베일 왕국으로 무사히 도망치자고 굳게 맹세했다.

제 5 장 네이호프 도착

페르의 등에 올라 가도를 나아갔다.

오늘 아침, 드랭을 떠났다. 어째선지 문 근처에서 엘랑드 씨가 우리를 기다리고 있었고 "드라 짱~"이니 "역시 저도 따라가겠습니다"라느니 하며 떼를 썼지만, 어찌어찌 진정시키고 도시를 나섰다.

다음 마을은 네이호프다. 분명 도자기의 도시로, 도자기 공방이 많이 있다고 들었다. 도자기라…… 기대되는걸. 네이호프의 마을에서 이것저것 식기류를 모으는 것도 괜찮을지 모르겠다.

이거 찬찬히 둘러보며 관광을 하고 싶어지는걸.

"다들, 슬슬 밥 먹을까?"

『그래, 그렇게 하자.』

해가 머리 꼭대기에 올랐으니, 슬슬 점심을 먹어도 되리라. 우리는 길가에서 한숨 돌리기로 했다.

『밥이다, 밥~.』

그렇게 말하면서 날고 있던 드라 짱이 페르 옆에 착지했다.

『밥~.』

스이도 내가 어깨에 메고 있는 가죽 가방에서 뿅 하고 튀어나왔다.

그럼, 무얼 먹을까…… 음, 그거랑 그걸로 간 고기 밥상을 차려볼까.

우선은 인터넷 슈퍼에서 김과 흰깨와 달걀을 샀다.

지어둔 밥을 바닥 깊은 접시에 담고 그 위에 잘게 찢은 김을 훌훌 뿌린다. 그 위에 만들어두었던 고기 소보로를 듬뿍 올리고 한가운데를 살짝 눌러서 거기에 달걀노른자를 얹는다. 마지막으로 흰깨를 살살 뿌리면 고기 소보로 덮밥 완성이다. 모두에게 줄 몫은 양이 많은 만큼 노른자를 두 개씩 얹어 깨뜨려주었다.

그리고, 전에 만들어두었던 피망 고기전을 다른 접시에 담았다.

"밥이야."

그렇게 말하며 접시를 내려놓자, 모두 달려들었다.

『오오, 이건 달걀노른자가 섞여서 아주 맛있구나. 이쪽 건, 이 녹색 그릇은 필요 없다.』

맞아, 페르. 노른자가 섞이면 맛이 부드러워지거든.

그리고, 녹색 그릇이라는 건 피망을 말하는 거냐? 피망 고기전인데 피망이 없으면 그건 피망 고기전이 아닌 게 되잖아.

『이 달콤하고 짭짤한 고기랑 달걀노른자가 잘 어울리는걸. 그리고 이 하얀 알갱이의 고소함이 맛을 한층 돋워주잖아? 이쪽도 달콤 짭짤한 맛이라 맛있어.』

깨는 맛의 악센트가 되어서 좋지.

드라 짱, 양쪽 다 달고 짭짤한 맛이라 미안해. 아니, 이 맛이 밥이랑 제일 잘 맞다 보니 아무래도 달고 짭짤하게 간한 요리가 많아지네. 피망 고기전은 그냥 구워서 케첩을 뿌려 먹을 걸 그랬나 봐.

『스이가 엄청 좋아하는 고기랑 달걀~. 맛있어.』

그래, 우리 스이는 고기랑 달걀을 아주 좋아하지. 이거, 고기 소보로랑 달걀노른자가 어우러져서 맛있지?

응응, 맛있게 먹어주면 나도 만든 보람이 있지. 잘 먹는 모두의 모습을 보니, 어쩐지 뿌듯한걸.

그럼 나도 먹어볼까.

고기 소보로 덮밥은 엄청 맛있네. 역시 달걀은 좋아.

달고 짭짤한 고기 소보로와 노른자가 어우러져서 맛이 순해졌어. 이게 밥하고 안 맞을 리가 없지.

피망 고기전도 달고 짭짤하게 간해서 밥이랑 잘 어울리네.

『『한 그릇 더.』』

『나도 이건 더 먹을래.』

페르와 스이에게 고기 소보로 덮밥과 피망 고기전을 더 내주고, 드라 짱도 고기 소보로 덮밥을 더 먹겠다고 하기에 내주었다. 페르와 스이는 그 후에도 몇 번이나 더 먹고서야 식사를 끝냈다.

식후에는 나는 차를, 모두는 사이다를 마시며 잠시 휴식을 취했다.

"그럼 이만 슬슬 출발할까?"

『그래.』

다시 페르의 등에 올라 네이호프를 향해서 나아갔다.

느랭을 떠난 지 닷새째.

여행은 순조롭게 계속되었다. 내일 해지기 전에는 네이호프에 도착할 것 같다고 페르가 이야기했다.

『오늘은 이쯤 해야 할 것 같다.』

"그러게."

이제 곧 해가 저물 테니, 오늘은 이 근처에서 야영이다.

저녁 식사 준비를 하고 있으려니 호위 모험가들을 거느리고서 가도를 나아가던 상단의 마차가 멈춰 섰다.

그리고 가도 옆에서 야영하고 있는 우리의 곁으로 마차를 이동시켰다. 마부석에서 사람이 내렸다.

"저희가 옆에서 야영을 해도 괜찮겠습니까?"

"그럼요, 얼마든지요."

딱히 지장은 없으니 상관없지만, 요즘 들어 이런 일이 많은 것 같다.

어쩐지 우리가 야영을 하고 있으면 뒤에서 온 상단이 근처에서 야영을 시작하는 것이다. 어제 같은 경우는 상단 두 개가 양옆에서 야영을 했었다. 뭐, 던전 도시 드랭과 이어지는 가도라 사람의 통행이 잦은 편이니 이런 일도 이상한 건 아니려나.

——무코다 일행의 옆에 자리를 잡은 상인과 모험가들의 대화다.

"사역마를 데리고 있는 모험가가 정말로 있었군요."

"네, 들은 이야기로는 드랭의 던전을 답파했다는 모양입니다."

"그렇다더군요. 당신들을 신용하지 않는 것은 아니지만, A랭크 모험가가 가까이에 있으면 안심이 되니까요. 저 사역마도 꽤 강해 보이고요."

"알고 있습니다. 물론 저희도 보초를 서겠지만, A랭크 모험가가 근처에 있어주면 심리적으로도 부담이 달라지지요. 이런 기회가 있으면 편승하는 것도 나쁘지 않습니다."

"소문 빠른 상인과 모험가 사이에서 사역마를 데리고 있는 A랭크 모험가에 관한 건 화제가 되고 있으니까요. 무슨 일이 있을지 알 수 없는 여행길이 조금이라도 편해진다면, 편승하지 않을 수 없지요."

도착했습니다. 네이호프.

금색으로 뻔쩍이는 A랭크 길드 카드 덕분인지, 페르들이 있음에도 간단히 도시로 들어갈 수 있었다.

드랭과 비교하면 규모는 작지만, 그 나름대로 번화한 듯 보였다. 도자기의 도시라고 불리는 만큼 길가에도 도자기를 파는 가게가 많았다. 이거 기대되는걸.

"아, 저기가 모험가 길드인가 봐."

우리는 네이호프의 모험가 길드로 들어갔다.

예정보다 일찍 네이호프에 도착한 덕분에 길드의 창구는 비어 있었다.

분명 우고르 씨가 네이호프 모험가 길드에 연락을 넣어주겠다고 말했었지?

“저기, 무코다라고 합니다만…….”

그렇게 말하고 A랭크 길드 카드를 내밀자, 접수 담당 직원은 “잠시만 기다려주십시오”라고 말하면서 자리를 비웠다.

응, 우고르 씨가 제대로 연락을 해준 모양인걸.

잠시 기다리고 있으니 백발에 수염이 난 신선 같은 풍모의 70대 정도로 보이는 영감님이 나타났다.

“오호, 오호, 오호. 자네가 무코다 씨인가? 드랭의 우고르에게서 이야기는 들었다네. 나는 이곳 네이호프의 모험가 길드에서 길드 마스터를 맡고 있는 예란이라고 하네. 잘 부탁함세. 그쪽에 있는 펜리르 일행도 잘 부탁한다.”

예란 씨는 단번에 페르가 펜리르라는 것을 간파했다. 그 나름대로 실력이 있다는 뜻이다. 뭐, 길드 마스터니까.

“잘 부탁드립니다.”

“그럼 내 방에서 이야기를 나누도록 할까?”

우리는 예란 씨의 뒤를 따라갔다.

모험가 길드 2층에 있는 길드 마스터의 방으로 안내되어 느긋하게 차를 마시고 한숨을 돌렸다.

내 옆에는 드라 짱과 가방에서 나온 스이가 자리를 잡고 앉아 있었다. 페르는 방구석에 엎드려 있었다.

“그럼 이야기를 시작해보도록 할까? 쌓여 있는 고랭크의 의뢰를 받아준다고 했던가?"

"네."

뭐, 실제로 하는 건 페르와 드라 짱과 스이지만.

"고맙구먼. 실은 쌓여 있는 안건이 두 개 정도 있다네. 첫 번째는……."

예란 씨의 이야기에 따르면 도자기의 원재료가 되는 점토를 채굴하는 채굴장에 한 달 전에 갑자기 키클롭스가 출현해 채굴 작업이 중단되었고, 당시 채굴장에서 일하고 있던 세 사람이 희생되기도 했다고 한다. 그 후 키클롭스가 어딘가로 떠나갔다면 좋았겠지만, 인간의 맛을 알아버린 것인지 키클롭스는 그대로 채굴장에 눌러앉았다고 한다.

점토를 구할 수 있는 또 하나의 채굴장이 있기 때문에 현재는 각 공방으로 보내는 출하량을 줄여가며 어찌어찌 버티고 있지만, 이미 공방들 사이에서 불만의 목소리가 나오고 있는 데다 이대로는 지장을 초래하게 될 것이 틀림없다고 했다. 이곳은 도자기의 도시인 만큼 이대로 원재료를 입수하기 힘든 상황이 계속되는 것은 곤란했다.

"그리고 두 번째 안건은……."

이어진 이야기에 따르면 이 도시 서쪽 숲에서 이빌 플랜트라고 하는 움직이는 식충식물이 대량 발생했다는 모양이다. 그 수가 너무 많아 보통 모험가는 위험해서 접근할 수 없다고 한다.

서쪽 숲은 도시의 일부 도자기 공방의 가마에 쓰는 땔감을 채취하는 곳이기도 하기 때문에, 서둘러 해결해주었으면 좋겠다는 요청이 들어와 있다고 했다.

첫 번째 안건의 키클롭스는 눈이 하나인 거인을 말하는 거지? 예란 씨가 말하길 A랭크 마물이란다.

두 번째 안건의 이빌 플랜트는 C랭크 마물이지만, 대량 발생한 만큼 상위종도 그 나름대로 있으리라 예상된다고 했다. 참고로 이빌 플랜트의 상위종은 자이언트 이빌 플랜트라고 하며, 이빌 플랜트보다 두 배는 크다고 한다.

으음, 모두라면 문제없을 것 같지만 일단 물어보도록 할까.

"다들 이야기 들었어? 키클롭스랑 이빌 플랜트를 토벌해달라는 이야기인데, 괜찮을까?"

『누구한테 하는 말이냐? 괜찮은 것이 당연하지 않느냐.』

곧바로 페르가 대꾸했다.

『키클롭스라. 그런 느림보는 내 상대가 안 되지. 물론 이빌 플랜트도 말이야.』

『스이도 할래~.』

드라 짱도 스이도 염화로 그렇게 대답했다. 응, 다들 문제없는가 보다.

"예란 씨, 두 안건 중 어느 쪽을 우선하는 게 좋을까요?"

"서쪽 숲의 이빌 플랜트 쪽일세. 채굴장의 키클롭스는 그다음이어도 되네. 점토를 구할 수 있는 곳은 또 하나 있으니까."

"그러면 그 서쪽 숲이라는 건 여기서 얼마나 가야 하나요?"

"걸어서 세 시간 정도 거리라네."

걸어서 세 시간이라. 페르라면 금방이겠는걸.

그럼 해야 할 일은 얼른 해버리도록 할까. 그러는 편이 느긋하게 도시를 관광할 수 있을 테니 말이야.

"페르, 내일 바로 가도 괜찮을까?"

『그래, 문제없다.』

"드라 짱도 스이도 괜찮아?"

『물론 괜찮지.』

『괜찮아~.』

그럼 내일 바로 가볼까요.

"그러면 내일, 서쪽 숲의 이빌 플랜트를 토벌하러 다녀오겠습니다."

"호오, 그리 서둘러 가주는 겐가. 일 처리가 빨라 좋구먼."

아, 맞다. 물어보고 싶은 게 있었지.

"저기, 여쭙고 싶은 게 있습니다만."

"뭔가?"

"이 도시에 있는 동안 묵을 수 있는 집을 한 채 빌리고 싶은데, 그런 물건이 있을까요?"

그렇게 묻자, 예란 씨가 슬쩍 페르를 보았다.

"펜리르가 들어갈 수 있을 정도의 집을 말하는 겐가?"

"네. 사역마와 함께 묵을 수 있을 만한 집이 좋겠습니다."

사역마도 함께 묵을 수 있는 여관은 있지만, 페르로서는 어느 곳이든 축사에서 지내는 건 갑갑할 것 같단 말이지.

페르는 우리 중에서 돈벌이를 제일 잘하고, 페르 덕분에 지갑도 두둑해졌다고 할까, 평생 놀고먹을 수 있을 만큼의 돈이 생겼다. 그러니 조금 비싸더라고 이번에는 페르도 들어갈 수 있을 만한 집을 한 채 통째로 빌리는 게 좋지 않을까, 드랭을 나와서 여행을 하는 사이에 그런 생각을 했었다.

"여관이라면 모험가 길드에서도 얼마든지 소개해줄 수 있네만. 집을 통째로 빌리는 건 돈이 꽤 많이 들지도 모르는데, 괜찮겠는가?"

"네. 그건 예상하고 있습니다."

"그렇다면 상인 길드에 가서 소개를 받는 편이 좋겠구먼. 지금, 소개장을 써줄 테니 가져가게."

잠시 기다리자 예란 씨가 소개장을 써주었다.

"이걸 가지고 상인 길드의 창구에 가면 다소는 융통해줄 게야."

"고맙습니다."

상인 길드의 위치를 묻고 우리는 모험가 길드를 뒤로했다.

네이호프의 상인 길드에 도착했다.

페르들과 함께이다 보니 아무래도 주목을 받는다. 서둘러 용건을 끝내자.

창구로 가서 조금 전에 예란 씨에게 받은 소개장을 보여주었다.

"잠시만 기다려주십시오."

창구의 접수 직원이 소개장을 들고서 어디론가 사라졌다.

잠시 기다리자 짧은 콧수염을 기른 풍채 좋은 40대 중반 정도의 아저씨가 나타났다.

"무코다 님, 처음 뵙겠습니다. 저는 이곳 네이호프의 상인 길드에서 부길드 마스터를 맡고 있는 도메니코라고 합니다. 잘 부탁드립니다. 모험가 길드의 예란 님의 소개인 만큼, 원래대로라면 길드 마스터가 직접 대응을 해드려야 하겠습니다만, 애석하게도 외출 중이라 제가 담당을 하게 되었습니다."

예란 씨의 소개장은 위력이 엄청나구나. 부길드 마스터가 나왔다고. 게다가 두 손을 공손히 모은 것이 무척이나 정중하게 대응해주고 있어.

"친절에 감사드립니다. 그럼 바로 본론으로 들어가서……."

"사역마와 함께 머물 수 있을 만한 크기의 집을 한 채 빌리길 원하신다고요?"

"네. 이 도시에 있는 일주일에서 열흘 정도 동안 빌렸으면 합니다. 가격은 조금 비싸도 상관없습니다."

그 말을 들은 도메니코 씨는 안쪽에서 자료를 가져오더니 확인을 시작했다.

"조건에 맞을 만한 물건은 세 개 정도로군요."

셋이나. 꽤 있는걸.

도메니코 씨가 물건들에 관한 설명을 해주었다.

우선 첫 번째가 도메니코 씨가 추천하는 물건으로, 공방주가 소유했던 방이 일곱 개인 저택이었다. 도시의 중심부와도 비교적 가까운 데다, 모험가 길드와도 그리 멀지 않은 곳에 위치하고 있었다. 다른 두 개의 물건보다는 작은 크기지만, 페르도 충분히 들어갈 수 있는 크기는 된다고 한다. 입지 조건이 좋기 때문에 이 물건의 임대료는 일주일에 금화 60닢이라고 했다.

방이 일곱 개인데 작다니 어떻게 된 거야?

그렇게 생각했는데, 나머지 두 개가 엄청난 물건이었다.

두 번째는 마을의 중심부에서 조금 떨어진 곳에 있는데, 원래는 귀족의 별장이었다고 한다. 그런 만큼 넓은 정원이 딸려 있고, 방도 열세 개나 되는 대저택이었다. 방 하나하나가 크고, 귀족이 소유했던 저택이기도 해서 꽤 호화롭다고 한다. 이쪽은 건물은 크지만 도시 중심부에서 조금 떨어져 있기 때문에 임대료는 일주일에 금화 63닢이라고 했다.

세 번째는, 이쪽도 도시 중심부에서는 떨어진 물건이었다. 원래는 상인의 저택이었고, 방은 열 개라고 한다. 이쪽은 지어진 지가 오래되었고, 두 번째 물건보다도 도시 중심부에서 더 먼 곳에 위치하고 있어 일주일에 금화 45닢이었다.

지금까지의 이야기로 판단했을 때는 첫 번째 물건이 괜찮을 것 같았다. 무엇보다 도시 중심부에 가깝다는 것과 모험가 길드와도 가깝다는 점이 좋았다. 도메니코 씨는 작은 편이라고 했지만, 방이 일곱 개나 된다니 나에게는 충분히 대저택이었다.

일단 제일 관심이 가는 첫 번째 물건을 보고, 마음에 들면 그대로 빌리고 싶다고 도메니코 씨에게 이야기했다.

"이쪽입니다."

도메니코 씨에게 안내를 받아 첫 번째 물건을 보러 왔다.

문을 열고 들어가자 꽤 넓은 정원이 나왔다. 빨강, 노랑, 분홍색 꽃들이 흐드러지게 핀 정원에는 작지만 나름 분수까지 있었다.

"약간 작은 정원이지만, 보시는 대로 관리가 잘되어 있습니다."

뭐? 이게 작은 정원이라고? 테니스 코트 두 개 정도는 되어 보이는 게, 충분히 넓다고 생각하는데.

"그럼 안으로 들어가시죠."

건물 외관부터가 너무 훌륭해서 내 감각으로는 이미 꿈속의 대저택이라는 느낌인데. 현관문은 아치형의 쌍여닫이문으로, 페르도 여유롭게 통과할 수 있는 크기였다.

도메니코 씨에게 안내를 받아 그 문 안으로 다 함께 들어갔다.

안으로 들어선 순간 현관홀의 넓이에 깜짝 놀랐다. 통풍이 잘될 것만 같은 탁 트인 현관홀은, 여기서 다 함께 자도 좋을 정도의 넓이였다.

『꽤 괜찮구나.』

『호오~ 넓고 좋은걸.』

『와아.』

페르도 단번에 마음에 든 모양이었고, 드라 짱도 마찬가지로 마음에 들어 하는 것 같았다. 스이도 기뻐하며 퐁퐁 뛰어오르고 있다.

넓은 현관홀 한쪽 벽에는 나선계단이 있었다. 나선계단이 있는 집이라니, 텔레비전에서밖에 못 봤는데.

"안을 안내하겠습니다."

도메니코 씨의 뒤를 따라 들어간 곳은 거실에 해당하는 방이었다.

열다섯 평은 되어 보이는 커다란 방이었고, 그 너머의 식당에는 열 명 정도가 앉을 수 있는 커다란 식탁이 떡하니 놓여 있었다. 게다가 그 테이블과 한 세트인 의자는 곳곳에 섬세한 세공이 들어간, 무척이나 디자인에 신경을 쓴 고급스러운 것이었다.

그리고 식당 너머는 주방이었다. 하지만 그곳은 개인 주택의 주방이라기보다 식당의 주방이라고 하는 편이 적당할 듯한 크기와 설비를 갖추고 있었다.

"마도 버너랑 이쪽의 마도 냉장고도 완비되어 있습니다."

마도 버너도 내가 가지고 있는 최신식과 같은 4구짜리였다.

마도 냉장고는 1.5평 정도의 자그마한 방이 그대로 냉장고가 된 듯한 느낌이었다.

대, 대단하다. 이 저택, 그야말로 부자의 호화 저택이잖아.

그 후 2층의 방들도 안내를 받았는데, 가장 큰 침실은 열 평은 되는 방에 비싸 보이는 융단이 깔려 있었다. 그리고 킹사이즈의 캐노피 침대가 완비되어 있었다.

메인 침실만큼 넓지는 않지만 2층의 다른 방들도 비싸 보이는 융단이 깔려 있었고 킹사이즈의 침대가 완비되어 있었다.

이 정도의 집이니 당연히 욕실도 있었고, 내 욕조의 1.5배 정도 크기에 꽃무늬가 들어간 욕조도 있었다. 분명 그림이 그려진 건 비쌌었지?

내가 놀라고 있자, 도메니코 씨가 "이 정도 크기에 그림이 들어간 욕조는 좀처럼 구하기 힘들지만, 이곳은 도자기의 도시니까요"라며 조금 자랑스럽게 이야기했다. 분명히 욕조도 이 도시에서 만들고 있다고 들었던 것 같다. 역시 도자기의 도시다.

페르도 드라 짱도 스이도 이 집을 마음에 들어 하는 것 같았고, 나도 물론 마음에 들었다.

도시의 중심부와도 꽤 가까운 데다, 모험가 길드도 그리 멀지 않은 위치이면서, 이렇게 넓고 호화롭고 주방 설비도 훌륭한 집이라니, 꿈만 같다. 전혀 불만 없는 물건이다.

나는 이곳을 일단 일주일 동안 빌리기로 계약했다.

"그럼 집세인 금화 60닢입니다."

나는 도메니코 씨에게 금화를 넘겼다.

"예, 금화 60닢 분명히 받았습니다. 이건 이 집의 열쇠입니다. 혹시 연장을 원하시는 경우에는 번거롭더라도 상인 길드까지 와주십시오."

도메니코 씨는 나에게 열쇠를 건네주고 상인 길드로 돌아갔다.

오늘부터 일주일 동안은 여기가 거점이 되는 건가. 어쩐지 부호가 된 기분인걸.

아, 그렇지. 이제 슬슬 저녁 식사 시간이니, 바로 주방을 써보도록 할까.

뭘 만들까………… 아, 그거다. 그게 좋겠어. 지금까지는 냄새가 강해서 자제했던 그거.

여기는 단독 주택인 데다, 옆집과도 어느 정도 떨어져 있으니 괜찮을 것 같다.

생각했더니 엄청나게 먹고 싶어졌어.

오늘은 반드시 그걸 만들겠어.

으음, 널찍한 주방은 좋구나. 만드는 건 서민적인 음식이지만.

지금부터 만들 음식은 일본의 국민 요리라고 해도 과언이 아닌 카레다.

물론 나도 매우 좋아한다.

그것참, 이 세계에 온 후로도 줄곧 먹고 싶었다고.

카레 맛 탄두리 치킨은 만들어 먹은 적이 있지만, 카레 맛이라고 해도 전혀 다른 음식이니까. 카레를 워낙 좋아해서 전문점의 카레나 인도인이 만드는 본고장 카레 등 여러 가지를 먹으러 다녔었다. 분명 가게에서 파는 카레도 맛있었지만, 결국 최종적으로 도달하는 곳은 역시 집에서 만드는 카레다. 익숙하고 질리지 않는 가정의 맛이라고 할까, 역시 일본인에게는 집에서 만든 카레가 입에 맞는 것이리라. 지극히 평범한, 늘 먹던 카레를 만들기로 하자.

우선은 인터넷 슈퍼에서 재료 조달이다.

감자와 양파는 있으니까, 당근이랑 그리고 없으면 시작도 할 수 없는 카레 루를 구입. 카레 루는 두 종류다.

최근 들어서는 카레 루를 꼭 두 종류 섞어 넣어서 만들고 있다.

그편이 뭔가 맛이 풍성해지는 듯한 기분이 든다. 나의 소소한 비법이라고 할까?

사용하는 카레 루 중 하나는 늘 같은 걸로 정해져 있는데, 사과와 벌꿀이 들어간 유명한 카레 루다. 본가에서도 이걸 썼었기 때문인지, 왠지 이게 좋다. 다른 카레 루도 써보았지만, 역시 결국에는 이걸로 돌아오게 되곤 했다.

그리고 또 하나는 그때그때 기분에 따라서 신상품 등을 쓰거나 하고 있다.

오늘은…… 이걸로 하자. G사에서 만든 프리미엄이라는 카레 루다. 이것도 감칠맛이 있어서 꽤 좋아한다.

페르들을 생각해서 두 가지 모두 순한 맛으로 정했다.

"아, 이것도 있구나. 전에 만들어봤는데, 간단하면서도 아주 맛있었지……."

카레 루 목록을 보다가 발견한 것은 향신료로 유명한 메이커의 드라이 키마(keema) 카레 루다. 전에 만든 적이 있는데, 엄청나게 간단하고 맛있었다. 쌀밥과도 빵과도 잘 어울렸다. 이건 꼭 만들어서 쟁여두고 싶다.

그런고로 드라이 키마 카레도 만들기로 했다.

전에 만들었을 때는 이 상자 뒤에 쓰여 있는 기본 재료인 간 고기, 양파, 토마토, 당근을 넣어서 만들었었지. 이번에도 똑같이 만들기로 하고, 부족한 건 드라이 키마 카레 루와 토마토인가.

이걸로 다 됐다. 카트 안의 재료들을 계산했다.

좋아, 만들어보자.

우선은 고기다, 고기. 집 카레 쪽은 오크 고기를 잘게 썰어서 쓰고, 드라이 키마 카레 쪽은 블러디 혼 불 고기와 오크 고기를 섞어 간 것을 쓸 생각이다. 오크 고기를 얇게 썰고, 분쇄기를 꺼내서 간 고기를 만들었다. 양쪽 모두 넉넉하게 준비했다.

그럼 우선은 우리 집 카레를 만들기로 하자. 먼저 감자와 당근 껍질을 깎은 다음 감자는 작게 한입 크기로 썰고, 당근은 십자썰기를 해주고, 양파는 반으로 잘라서 얇게 썰어둔다.

기름을 두른 냄비에 양파를 넣고 볶다가 양파가 반투명해지면 오크 고기(페르들이 있으니 고기는 듬뿍 넣는다)를 넣어서 더 볶아준다. 고기 색이 변하기 시작하면 감자와 당근을 넣고서 살짝 볶은 후에 물을 넣어서 끓어오를 때까지 둔다. 거품을 걷어내고, 끓기 시작하면 불을 약하게 줄인 상태에서 감자와 당근이 부드러워질 때까지 익힌다.

감자와 당근이 물러지면 일단 불을 끄고 두 종류의 루를 넣어서 풀어준다. 카레 루가 다 풀렸을 때, 버너에 불을 붙이고 약불에서 걸쭉해질 때까지 푹 끓여주면 완성이다.

"응~ 냄새 좋다. 카레 냄새는 어째서 이렇게나 식욕을 자극하는 걸까."

지금 바로 갓 지은 밥에 카레를 부어서 먹고 싶은 마음이지만, 참자 참아.

드라이 키마 카레를 만들어야 하니까.

『뭔가 특이한 냄새가 나는구나.』

『정말이야. 지금까지 맡아본 적 없는 냄새인데.』

『아, 스이 이 냄새 알아. 전에 이 냄새 맡은 적 있어.』

카레 냄새를 맡은 페르와 드라 짱과 스이가 주방에 나타났다. 역시 카레는 냄새가 좀 나지.

그나저나 스이, 용케 기억하고 있네. 전에 만들었던 탄두리 치킨을 기억하는 거지?

"오늘은 카레라고 하는, 내가 있었던 곳에서는 무척이나 인기 있는 음식이야."

『흐음, 맛있는 것이냐?』

"나는 좋아하고 맛있다고 말할 수 있지만, 너희들은 일단 먹어 보고 안 되겠으면 이야기해줘. 그럼 고기를 구울 테니까."

전에 만들었던 탄두리 치킨은 먹었지만, 이번에는 그냥 카레니까.

향신료 냄새가 맞으려나 걱정되기도 했다.

『특이한 냄새지만, 싫은 냄새는 아니다. 알았다. 먹어보마.』

『오오, 처음 먹어보는 거라 두근두근하는데.』

『스이도 먹을래~.』

아니, 다들 지금 바로 먹을 생각인가 본데? 드라이 키마 카레를 만들고서 주려고 했는데, 어쩔 수 없네. 바닥이 깊은 접시에 밥을 담고 그 위에 카레를 듬뿍 뿌리면.

"자."

페르와 드라 짱과 스이 앞에 그릇을 놓았다.

『음, 조금 맵구나…… 하지만, 싫지는 않다.』

페르는 그렇게 말하고 입 주변을 카레 색으로 물들이면서 먹었다.

『맞아, 확실히 맵지만 맛있어. 나는 이거 좋아.』

의외로 드라 짱은 카레가 마음에 든 모양이다.

페르와 마찬가지로 입 주변을 카레 색으로 물들이면서 허겁지겁 먹고 있다.

『맵지만, 이 정도라면 스이도 괜찮아. 여러 가지 냄새랑 여러 가지 맛이 나서 맛있어. 스이도 이거 좋아.』

순한 맛인 루만 썼어도 매운맛이 전혀 없는 것은 아닌지라 어떠려나 했는데, 스이도 괜찮은가 보다.

향신료를 듬뿍 쓴 카레가 이세계에서는 어떻게 여겨질까 했는데, 다들 꽤 괜찮은 모양이다. 그렇다는 건, 나는 앞으로도 카레를 먹을 수 있다는 거로군. 아자!

좋아, 모두가 먹고 있는 동안에 드라이 키마 카레를 만들자.

양파, 토마토, 당근을 각각 잘게 다진다.

그런 다음 먼저 기름을 두른 프라이팬에 다진 양파를 넣고 투명해질 때까지 볶는다. 다음에 당근을 넣고 더욱 볶아준다. 당근이 살짝 물렁해졌을 때 간 고기를 넣고서 볶는다. 간 고기의 색이 바뀌면 토마토 썬 것을 넣고 토마토를 뭉그러뜨리면서 볶는다.

일단 불을 끄고 드라이 키마 카레 루를 넣어서 잘 섞어준다. 다 섞은 다음에는 다시 불을 켜고 타지 않도록 주의해가며 토마토의 수분이 없어질 때까지 약불에서 볶아주면 완성이다.

"오~ 이 드라이 키마 카레도 맛있어 보이는걸."

『음, 새로운 것인가? 그것도 먹겠다.』

『나도.』

『스이도.』

드라이 키마 카레를 만드는 사이사이에도 분명 카레를 더 담아 줬는데.

쟁여둘 셈이었건만…… 뭐, 됐다. 바닥이 깊은 접시에 밥을 담고 그 위에 드라이 키마 카레를 얹어서…… 그걸 토핑하는 편이 맛있겠지?

빠르게 인터넷 슈퍼에서 달걀을 구입. 토핑은 한 가운데에 달걀노른자를 얹는 것이다. 노른자를 깨드려서 드라이 키마 카레에 묻힌 다음 내주었다.

"자."

모두 먹기 시작했다.

『오오, 조금 전 것보다 더 매운 것 같지만 달걀과 어우러져서 맛있구나. 나는 이쪽이 마음에 든다.』

페르는 드라이 키마 카레 쪽이 마음에 드는가 보다. 토핑으로 달걀노른자를 얹은 것도 좋았던 모양이네.

『응응, 확실히 아까 것보다 매워. 하지만 달걀노른자가 뿌려져서 지나치게 매운 느낌은 안 드는걸. 이쪽도 맛있어. 나는 양쪽 다 좋아!』

드라 짱은 양쪽 다 괜찮은가 보네. 카레 맛이 마음에 든 모양이야.

『달걀이 있어서 먹을 수는 있지만, 스이한테는 좀 매우려나.』

스이한테는 조금 매웠구나. 이건 약간 매운맛이니까.

사과 같은 걸 갈아 넣으면 스이도 좀 먹기 괜찮으려나? 다음에 만들 때는 시험해보는 것도 괜찮겠다.

그럼 나도 먹어볼까.

우선은 집 카레다. 접시에 담은 흰 밥에 향신료의 향기가 도는 카레를 뿌리고.

아, 중요한 걸 잊어버렸네. 나는 인터넷 슈퍼에서 장아찌를 사서 카레에 곁들였다. 완벽해.

어디, 한입.

"오오~ 이 맛이야, 이 맛."

역시 카레는 맛있어. 평소에는 약간 매운맛을 먹지만, 순한 맛도 괜찮은걸. 이 농후하면서도 매콤한 맛이 쌀밥과 안 맞을 리가 없지. 입가심으로 장아찌를 곁들여가며 먹으면 밥이 쑥쑥 줄어든다니까.

한 접시를 깨끗하게 비우고 나면 다음은 드라이 키마 카레다.

『더 다오. 나는 이쪽 달걀을 올린 쪽이다.』

『스이도 더 먹을래~. 스이는 걸쭉한 쪽으로.』

『끄윽, 나는 이제 됐어. 좀 과식한 것 같아.』

네네.

페르는 드라이 키마 카레고, 스이는 집 카레지? 드라 짱은 집 카레와 드라이 키마 카레 두 접시를 먹고 배가 꽉 찬 모양이었다. 페르와 스이에게 각각 카레를 더 담아주고, 나는 내 몫의 드라이 키마 카레를 담았다.

어디 어디…… 오오, 이쪽도 맛있는데. 달걀의 노른자 토핑이 정말 잘 어울린다. 맛이 순해져서 맛있어. 오늘은 날달걀 노른자였지만 일본식 수란을 올려도 괜찮겠는걸.

응응, 맛있어. 맛있어.

"하아, 잘 먹었다."

그 후에도 페르와 스이는 카레를 더 달라고 했고, 결국 집 카레도 드라이 키마 카레도 바닥을 보이고 말았다.

"조금 더 만들 걸 그랬네."

카레를 잘 먹어줄까 싶어서 양을 조금 적게 만들었던 것이 실수였다. 드라이 키마 카레를 쿠페빵에 끼워서 카레 핫도그를 만들어도 맛있을 것 같았는데.

아~ 드라이 키마 카레 조금 더 만들 걸 그랬어.

◇ ◇ ◇ ◇ ◇

저녁 식사 후의 정리를 끝낸 다음에는 욕조에 몸을 담그기로 했다. 모처럼 크고 훌륭한 욕조가 있으니까, 이 집에 있는 동안에는 매일 들어갈 테다. 아, 그렇지.

"페르도 씻어야 해."

그렇게 말하자 페르가 살짝 움찔했다.

『어, 어째서냐? 지난번에 씻은 후로 아직 한 달도 안 지났을 텐데?』

"그게, 방금 카레 먹었으니까 냄새가 꽤 배었을걸?"

그렇게 말하자 페르는 자신의 몸 냄새를 킁킁 맡았다.

『그러고 보니, 그렇게 심하지는 않지만 방금 먹은 음식 냄새가 난다…….』

"그렇지? 이 집 욕실은 넓어서 페르도 들어갈 수 있으니까, 이 기회에 씻기로 하자."

『할 수 없지. 하지만 물에 들어가지는 않을 거다.』

"네네."

다 함께 욕실로 이동했다.

이 집 욕실은 넓었다. 네 평 정도 되는 공간이 대리석 같은 매끈한 돌로 둘러싸여 있었고, 수증기가 잘 빠져나가게 하기 위해서인지 눈에 띄지 않는 윗부분에 가로로 긴 창이 나 있었다.

그러면, 여기에 마력을 흘려보내면…….

『와아, 환해졌어.』

실내가 밝아지자 스이가 흥분하며 퐁퐁 뛰어올랐다.

역시 호화 저택. 조명 마도구가 곳곳에 설치되어 있었다. 당연히 욕실에도 조명이 있었고 조금 마력을 흘려보낸 것만으로 전구처럼 환하게 주변이 밝혀졌다.

도메니코 씨의 이야기대로라면, 여기도…….

욕조 근처에 있는 수도꼭지 위에 달린 마석에 마력을 흘려 넣었다. 콸콸하고 수도꼭지에서 뜨거운 물이 쏟아졌다.

"오, 대단한데. 마도구는 이런 것도 있구나."

욕조에 따뜻한 물을 받고 우선은 페르를 씻기기로 했다.

나도 옷은 벗고 있으니 페르가 몸을 부르르 떨어 젖는 일이 생겨도 문제없었다.

씻은 지 얼마 안 되어서인지 털이 엉킨 부분은 많지 않았다.
스이에게 욕조의 물을 빨아들여서 페르에게 뿌려달라고 부탁했다. 스이의 샤워로 페르의 몸을 적셨다. 몸 전체가 젖으면 인터넷 슈퍼에서 산 수의사 추천 샴푸를 묻혀서 문질렀다.
벅벅 벅벅.
늘 힘주어 문지르라고 해서, 오늘은 처음부터 힘을 줘서 씻겼다.
『음, 이번에는 꽤 괜찮다.』
아, 그렇습니까.
벅벅 벅벅, 북북.
『응? 거기는 좀 더 문질러라.』
예이예이. 여기가 간지러우시군요.
벅벅, 벅벅, 북북, 북북.
페르의 주문을 들어주며 온몸을 꼼꼼하게 씻겼다.
"좋아, 이걸로 샴푸는 끝났어. 스이, 다시 물을 뿌려줘."
『네에.』
스이의 샤워에서 물이 쏟아졌다. 온몸의 거품을 씻겨낸 다음은 얼굴이다.
"페르, 이제 얼굴 씻긴다."
『으음, 어서 해라.』
스이에게 페르의 얼굴에 물을 뿌려달라고 부탁하고 페르의 얼굴을 씻겼다.
오늘은 입 주변이 카레 범벅인 상태라 입 주변을 특히 더 꼼꼼하게 닦았다.

"좋아, 끝났어. 여기서 부르르 몸 털어서 털 말리고 가. 이 집은 빌린 거니까 젖으면 안 되거든."

『알고 있다.』

페르는 성대하게 몸을 부르르 떨고 바람 마법으로 털을 말렸다.

"아, 잘 거면 2층에 있는 방 중에 마음에 드는 방에서 자면 돼."

『그래, 알았다.』

욕실에 떨어진 페르의 털 등은 스이의 분열체에게 처리를 부탁했다.

자 그럼, 느긋하게 욕조에 몸을 담가볼까.

『이제야 겨우 목욕하네~.』

『목욕.』

드라 짱은 이제야 겨우 목욕을 한다는 둥 말하고 있지만, 아까 페르를 씻기기 위해 받아두었던 물에 약삭빠르게 몸을 담그고 있었잖아? 아무 말도 안 했지만, 나는 다 보고 있었다고. 뭐 딱히 상관없지만.

페르를 씻기느라 써버린 따뜻한 물을 다시 받았다.

물을 받는 사이에 머리를 감고 몸을 씻었다. 거품을 내서 드라 짱도 씻겨주었고, 스이는 언제 봐도 깨끗해 보이지만 일단 거품을 묻혀서 씻겼다.

모두 거품을 씻어냈을 때 욕조에도 충분히 물이 채워졌다.

지난번에 샀던 탄산이 배합된 입욕제가 있었다는 것을 떠올리고 아이템 박스에서 입욕제를 꺼냈다. 이 욕조는 크니까 알약 모양의 입욕제를 아낌없이 두 개 넣었다.

"좋아, 들어가자."

나와 드라 짱과 스이가 첨벙 욕조에 들어가자 물이 조금 넘쳤다.

"후우~, 역시 목욕은 최고야."

『오, 기분 좋다.』

『좋아.』

드라 짱과 스이는 평소처럼 둥실둥실 떠 있었다.

이 욕조는 내가 가진 것보다 커서 여유롭게 들어갈 수 있어 좋은걸.

하아~ 역시 목욕은 좋아. 피로가 단숨에 날아가잖아.

"이 저택에 있는 동안은 매일 목욕해야겠어."

나는 그렇게 혼잣말을 했다.

『나도~.』

『스이도~.』

드라 짱도 스이도 완전히 목욕 신자가 된 모양이네.

입욕제 향기와 따뜻한 수증기에 치유받으며 다 함께 목욕 시간을 즐겼다.

매일 욕조에 몸을 담글 수 있다는 건 좋네. 기왕이면 매일 입욕제를 바꿔보거나 하는 것도 괜찮겠는걸.

아, ㅇㅇ 온천수 같은 입욕제도 있으니, 그걸 넣어서 온천 기분을 내보는 것도 괜찮겠어.

지금은 다양한 입욕제가 나와 있으니까. 내일은 목욕을 하기 전에 인터넷 슈퍼에서 입욕제를 이것저것 살펴보도록 해야겠다.

즐거움이 늘었어.

◇ ◇ ◇ ◇ ◇

목욕을 마치고 2층으로 올라가 페르를 찾았다.

어디서 자고 있으려나 했더니 메인 침실 바닥에서 자고 있었다.

푹신푹신한 융단이 깔려 있기는 하지만, 킹사이즈 침대가 있으니 그 위에서 자면 될 것을. 그렇게 말했더니 페르는 조금 움직이기만 해도 떨어질 것 같아서 싫다고 했다. 듣고 보니 조금 움직이면 떨어질지도 모르겠네.

『나는 내 잠자리가 좋다. 내 잠자리를 꺼내다오.』

본인 이불이 좋은 거구나. 나는 아이템 박스에서 페르 전용 이불을 꺼내서 깔아주었다.

『스이는 여기서 잘래~.』

그렇게 말한 스이가 뿅하고 킹사이즈 침대로 뛰어올랐다.

『나도 여기서 자겠어.』

드라 짱도 그렇게 말하며 킹사이즈 침대에 착지했다.

『주인도 여기서 같이 자자~.』

다른 방에서 자려고 했었지만, 스이가 그렇게 말하면 거절할 수 없잖아.

그런고로 커다란 저택을 빌렸으면서도 결국은 다 함께 한방에서 자게 되었다.

평소와 다를 게 없잖아. 뭐 상관없지만.

아니, 나는 자기 전에 해야만 할 일이 있었지. 시끄러워질 테니 다른 방으로 이동할까.

방을 나서려 하자 『어디에 가는 것이냐?』라며 페르가 말을 걸었다.

“늘 하는 공물 바치기야.”

『음, 그렇군. 제대로 기도를 바치도록 해라.』

페르는 그 유감 여신(닌릴 님)을 존경하고 있는 것 같지만, 그건 그럴 만한 신이 아냐. 그냥 단 음식 광일 뿐이라고. 다른 신들도 의외라고 해야 할지, 무척이나 욕망에 충실하고 속물적이거든.

이렇게 거리낌 없이 말하는 건 좀 그렇지만, 뭐 그런 신들이니까 이렇게 평범하게 대할 수 있기도 한 거겠지. 나한테도 가호를 내려줬고, 페르와 드라 짱과 스이에게도 가호를 내려줬으니 다소는 은혜를 입었다고 느끼기도 하고. 그렇다고 해서 제멋대로 굴게 내버려 둘 마음은 없지만.

그럼, 오늘도 은화 여섯 닢씩인 공물을 바치도록 할까요.

“여러분, 계십니까?”

그렇게 부르자 신들의 시끄러운 환성 소리가 들려왔다.

“그럼 바로 여러분의 요청을 듣기로 하겠습니다. 첫 번째는 늘 그렇듯 닌릴 님이신가요?”

이런 건 얼른 듣고 끝내는 게 제일이다.

『그래, 기다리고 있었느니라. 네 말대로 처음은 이 몸이니라. 지난번의 후미야 케이크는 최고로 맛있었느니라! 물론 이 몸은 이번에도 후미야의 케이크다. 어서, 서둘러라.』

어서 서둘러라, 가 아니라고. 보내는 건 모두의 주문을 들은 다음이니까.

"지난번에 이어서 목록에 있는 다음 케이크면 되는 겁니까?"

분명 지난번에는 후미야의 조각 케이크 메뉴에 있는 걸 처음부터 순서대로 열다섯 개 골랐었지. 그다음부터라고 하면…….

조각 케이크 메뉴 중에 남은 건 여덟 개뿐이네.

"닌릴 님, 메뉴가 보이시나요? 지난번 걸 빼면 조각 케이크는 여덟 개인데, 나머지는 어쩌시겠습니까? 뭔가 '초여름 디저트 페어'라는 걸 하고 있는 것 같은데, 그거면 될까요? 한정 메뉴로 이번 시즌에만 파는 케이크인 모양인데요."

『뭐라?! 하, 한정 메뉴라고?! 보여주거라!』

닌릴(유감 여신) 님이 그렇게 말하기에 디저트 페어 메뉴를 보여주었다.

『우호옷 저, 저, 전부 맛있어 보이느니라! 저, 전부다. 전부 원하느니라!!』

이쪽을 전부 고르게 되면 예산 오버다.

"이쪽을 전부 고르게 되면, 조각 케이크를 줄여야 예산에 맞습니다. 어쩌시겠습니까?"

『음, 그러한 것이냐? 전부 원한다만, 아니 되는 게냐?』

"안 됩니다. 닌릴 님만 특별 대우를 해드릴 수는 없습니다."

『우으~ 구두쇠로구나. 어쩔 수 없으니 한정 메뉴를 우선해서 부탁한다. 이쪽은 이번 시즌에만 먹을 수 있는 한정 메뉴이니 말이다.』

"알겠습니다."

나는 '초여름 디저트 페어'의 한정 메뉴를 카트에 담았다.

소금을 쓴 하얀 롤 케이크와 몽블랑과 과일 줄레 케이크 등, 산뜻한 느낌의 케이크들이었다. 디저트에 소금? 하고 처음 봤을 때는 깜짝 놀랐지만, 소금을 쓴 과자들도 꽤 유행했었지. 짠맛을 살짝 쓰면 단맛이 한층 도드라지고 맛있다고 한다.

남은 예산으로 조각 케이크 일곱 개를 담았다. 예산 때문에 하나를 못 사네. 이건 다음으로 미루는 걸로.

"다음은 키샤르 님이신가요?"

순서도 외워버렸다.

『맞아~. 나는 이번에 스킨이 필요해. 전에 부탁했던 게 얼마 안 남았거든.』

전에 부탁했던 스킨이라는 건 조금 비싼 그 스킨을 말하는 건가? 분명 그전에는 그것과 같은 라인의 크림이었지?

"알겠습니다. 그럼 그 이외에는 어쩌시겠어요? 같은 시리즈의 세안제라도 담을까요?"

『그거 좋은걸. 그럼 부탁할게.』

나는 조금 비싼 스킨과 같은 시리즈의 세안제를 카트에 넣었다. 세안제는 은화 두 닢이었으니까, 이제 은화 한 닢이 남았다.

"키샤르 님, 예산이 은화 한 닢 남았는데, 어쩌시겠어요? 제 추천이라면, 입욕제가 어떨까 싶은데요."

『입욕제 말이지, 좋아. 그거 향기도 좋지만, 그걸 넣은 욕조에 들어가면 피곤이 풀리더라고.』

입욕제는 종류도 많으니, 보여주고 고르게 하는 편이 빠르겠다 싶어 메뉴를 펼쳤다.

"보이시나요?"

『그래, 보여.』

"제가 추천하는 건 탄산이 나오는 이 알약 모양의 입욕제입니다. 향을 즐기신다고 한다면 이 다양한 허브 향 입욕제는 어떠실까요?"

『좋은걸~ 그걸로 부탁해.』

"하나 더 담을 수 있겠네요. 마지막 하나는 어떤 거로 하시겠습니까?"

『으음, 피부가 매끈해지는 건 없으려나?』

"그런 효과가 있는 거라면…… 이쪽이 그런 효과가 있는 것들입니다."

『아주 많네. 망설여지는걸. 이 중에서도 향이 좋은 건 어떤 걸까?』

음, 그렇게 물으신들.

"아, 이건 어떠신가요? 건조한 피부에 좋다고 쓰여 있고, 향은 스위트 프루티라고 되어 있으니 과일 향이네요."

『어머, 그거 좋아 보이네. 그걸로 부탁할게.』

그리하여 그 입욕제도 구입했다.

"그럼, 다음은 아그니 님이신가요?"

『여어, 나야. 지난번 맥주는 엄청 맛있었어! 특히 그 여섯 개 묶음으로 되어 있는 게 맛있더라. 그걸 또 부탁해. 그 이외에는 네가 알아서 골라준 거면 돼.』

오, 그때 고른 맥주가 마음에 드셨나 보네.

분명 A사의 프리미엄 맥주랑 K사의 프리미엄 맥주랑 Y비스 맥주였지. 각각 여섯 개 팩을 구입했다.

아그니 님은 맥주를 좋아한다고 했으니까, 맥주를 많이 담는 것도 괜찮을지도 모르겠다. 오, Y비스의 신제품 맥주가 있잖아. 조금 비싸지만 괜찮아 보이니까 이것도 여섯 개 묶음을 카드에 담자.

다음은 흑맥주도 좋겠지. 얼마 전에 내가 마신 A사의 쌉쌀한 흑맥주와 K사 하면 떠오르는 맥주의 흑맥주, 그리고 Y비스의 부드러운 거품이 특징인 흑맥주와 S사의 프리미엄 흑맥주를 골라 보았다. 그 외에도 몇 가지가 더 있네. 일본 흑맥주는 꽤 종류가 많구나.

마지막은 칠레산 와인을 한 병 구입해서 예산을 맞췄다.

"다음은 루카 님이시죠?"

『네가 만든 밥도 맛있어 보이는데…… 그래도 역시 후미야의 케이크가 좋아. 닌릴과 똑같은 거. 나도 한정이 좋아.』

루카 님이 드물게도 자기주장을 하시는걸. 후미야의 케이크가 꽤나 마음에 드신 모양이네.

역시 한정 메뉴는 흥미를 끄는 건가. 나는 루카 님의 바람대로 닌릴 님과 것과 같은 걸 골라서 담았다.

마지막은 그 애주가 콤비다.

"다음은 헤파이스토스 님과 바하근 님이시죠?"

『그래, 그렇다네.』
『맞아.』
"그럼, 이번에는 어쩌시겠습니까?"
『지난번의 세계 제일인 위스키. 그건 깜짝 놀랄 만큼 맛있었지.』
『그래, 그런 맛있는 술은 처음이었어.』
아, 일본 S사의 위스키 말이지?
『그건 반드시 넣어주게. 한 명당 하나씩.』
『그래, 그건 혼자서 실컷 마시고 싶거든.』
두 분 모두 일본 S사의 위스키에 푹 빠진 모양이었다.
"그것 이외에는 어쩌시겠습니까?"
『위스키가 좋다만, 예산이 별로 남지 않았겠지?』
그 S사의 위스키는 꽤 비싸니까. 그래도 이 라인업 중에서는 분명 제일 싼 녀석이다.
"그러네요. 그다지 많이 남아 있지는 않습니다."
『어쩔래? 대장장이 신?』
『그렇다면 우리가 아직 마셔보지 못한 게 좋겠다 싶네만, 어떤가? 전쟁의 신이여.』
『그거 괜찮네. 새로운 맛을 아는 건 좋지.』
"그럼 두 분이 아직 마셔본 적 없는 위스키면 되는 건가요?"
둘이 아직 마셔보지 못한 거라. 특별히 신경 써서 기억하고 있는 게 아니라서…… 아, 이건 산 적 없는 것 같은데. 일본 K사의 산 그림이 그려진 거.
"두 분, 이건 마셔본 적 있으시던가요?"

메뉴에 있는 K사의 산 그림이 그려진 위스키를 가리키며 물어보았다.

『어디 어디? 음, 이건 마신 기억이 없구나. 안 그런가? 전쟁의 신이여.』

『그래, 이 병은 본 기억이 없어.』

"그럼 이걸로 하겠습니다."

다음으로는. 아, 이 장미 그림이 들어간 미국산 위스키는 아직이었던 것 같아.

"이건 어떠신가요?"

『음, 그것도 본 적이 없구나. 그렇지?』

『맞아, 마신 적 없어.』

좋아, 그럼 이걸로. 싼 거라면 아슬아슬하게 한 병 더 가능할 것 같은데.

이 미국산 노란 라벨이라면 가격도 괜찮을 것 같고, 아마 산 적도 없었던 같은데.

"이게 마지막 한 병이 될 것 같습니다만, 아직 안 드셔보신 거죠?"

『그래, 본 적 없어.』

『나도 그렇다네.』

좋아, 마지막은 이걸로.

이걸로 다 됐지?

나는 익숙한 종이 상자 제단에 각각의 몫을 올려두었다.

"여러분 부디 받아주십시오."

그렇게 말하자 종이 상자 제단의 물건들이 사라져갔다.

신들이 물건을 보고 환성을 지르는 소리가 들렸다.

하아~ 끝났다. 얼른 자자. 그렇게 생각하며 방을 나서려던 때에 굵직한 목소리가 들려왔다.

『그렇지. 자네 레벨은 어떻게 되었는가?』

이 목소리는 헤파이스토스 님인가?

"어떻게라니, 지난번부터 지금까지 사이에 전투 같은 건 한 적 없으니 변함없을 거라고 생각합니다만."

『으음, 그런가.』

"사역마들이 모두 강해서 제가 나설 차례 같은 건 없습니다. ……아, 하지만 내일은 좀 시험해보고 싶은 게 있어서 잠깐 전투를 하게 될지도 모르겠네요."

내일은 이빌 플랜트 토벌에 나설 예정인데, 조금 생각해둔 게 있다.

『오오, 그런가, 그런가. 열심히 하게.』

"저기 말이죠, 내일 전투를 조금 한다고 해도 레벨은 올라가지 않을 거라고 보거든요?"

저기, 레벨 올리라는 강요는 하지 않기로 했잖아?

『뭐, 너한테 들은 말이 있으니 우리도 이 이상은 말하지는 않겠지만, 조금은 전투를 하는 편이 좋다고. 여차할 때 실력이 부족하면 목숨이 위험하니까.』

이 목소리는 바하근 님인가? 뭐, 확실히 그 말도 일리는 있네.

전투는 애들에게 전부 맡겨두고 있지만, 여차할 때 내 몸을 지키지 못하면 본전도 못 찾는 꼴일 테니까.

『뭐, 아무튼 열심히 하라고. 그럼 이만.』

바하근 님의 그 말과 함께 뚝 하고 통신이 끊어졌다.

하아, 외부 브랜드 때문이겠지만, 내일 이빌 플랜트 토벌을 하는 정도로 레벨이 그렇게 쑥쑥 올라갈 리 없잖아.

아무튼 내일을 위해서 그만 자자, 자.

——그 무렵 신계에서는.

『들었는가? 전쟁의 신이여.』

『그래. 내일 전투를 한다고 했지.』

『크하하하하하, 레벨이 얼마나 올라갈지 기대되는구먼.』

『으하하하하하, 그러게. 여하튼 우리가 몰래 붙여놓은 그 스킬이 있으니까.』

『크하하.』

『으하하.』

『크하하하하하하.』

『으하하하하하하.』

제 6 장 네이호프 길드 마스터의 의뢰

우리는 이빌 플랜트 토벌 의뢰를 해결하기 위해 서쪽 숲에 와 있었다.

예란 씨의 이야기에 따르면 이곳의 서쪽 숲에서는 이유는 해명되지 않았지만, 약 10년 주기로 이빌 플랜트의 대량 발생이 일어나고 있다고 한다. 올해의 대발생은 특히 수가 많은 것 같다는 모양이다.

수가 많으면 둘로 나눠서 토벌하는 편이 효율 좋으려나.

"페르, 상위종은 어디쯤에 많은 것 같아?"

『흩어져 있다만, 숲 안쪽이 수는 많은 것 같다.』

숲 안쪽이라, 그렇다면…….

"이번에는 수가 많은 것 같으니까 둘로 나눠서 움직이자. 숲 안쪽은 페르와 드라 짱이 담당해줄 수 있을까?"

『알았다.』

『알겠어.』

안쪽은 상위종이 많다고 하니, 페르와 드라 짱에게 담당하게 하는 편이 확실하다.

"스이는 나랑 함께 가자."

『에엣, 스이도 퓻퓻 해서 많이 쓰러뜨리고 싶어.』

스이는 산탄이라고 하는 강력한 스킬은 있지만, 페르와 드라 짱과 비교하면 스테이터스 수치는 가장 낮다. 나와 함께 숲 입구

쪽을 담당하게 하도록 하자. 페르와 드라 짱과 비교하면 제일 낮다고 해도, 나와 비교하면 스이도 충분히 강하다. 스이에게는 내 보디가드로서도 일해달라고 할 셈이다.

"퓻퓻 해서 쓰러뜨려도 돼. 다만 내 옆에 있어주면 좋겠는데. 이 중에서는 내가 제일 약하니까, 스이가 날 지켜줘. 스이만 믿을게."

『알았어! 스이, 주인 지킬래!』

이번에는 나도 시험해보고 싶은 게 있어서 싸워볼 생각이거든. 완전 방어가 있으니 죽는 일은 없을 거라고 생각하지만, 나는 전투에 익숙한 것도 아니니까. 스이가 있어주면 감사하지.

"페르, 매직 백 가져가도록 해."

나는 페르의 목에 매직 백을 걸었다.

길드 마스터인 예란 씨의 이야기에 따르면 이빌 플랜트는 죽으면 바로 말라버린다고 한다. C랭크인 이빌 플랜트는 아무것도 남기지 않지만, 상위종인 자이언트 이빌 플랜트는 B랭크라 마석을 떨어뜨리는 경우가 있는 모양이었다.

"페르, 드라 짱, 상위종인 자이언트 이빌 플랜트도 많은 것 같으니까, 마석을 떨어뜨린 경우에는 주워서 이 안에 넣어 와줘."

예란 씨에게도 마석은 모험가 길드에서 매입할 수 있게 해달라는 말을 들었으니까.

『알았다. 가자, 드라.』

『오오.』

페르와 드라 짱은 숲속을 향해서 나아갔다.

한편 내 쪽은…….

"후후후, 이게 효과가 있으면 좋겠는데."

나는 아이템 박스 안에서 대(對)이빌 플랜트용 무기를 꺼냈다.

꺼낸 것은 '제초제'였다.

인터넷 슈퍼의 메뉴에 원예용품이라는 게 있길래, 있을지도 모르겠다 싶었거든. 그래서 오늘 아침에 확인했더니, 역시 제초제가 있더라고. 게다가 희석하는 타입이나 스프레이 타입 등 종류도 다양하게 갖춰져 있지 뭐야.

그중에서 내가 고른 것은 스프레이 타입의 제초제였다. 쓰기 편할 것 같았고, 식품 유래 성분이라 환경에도 영향을 주지 않는 제초제라고 설명서에 쓰여 있었다. 그리고 뿌린 곳에만 효과가 있어 제거하길 원하는 잡초만 노려서 없앨 수 있다고 하니, 이번 이빌 플랜트 토벌에는 딱 알맞겠다 싶었다.

일단 감정해보았더니 이런 설명이 나왔다.

【제초제】

스프레이 타입의 이세계 제초제. 환경에도 영향이 적다.

시험해보고 싶은 것은 바로 이 '제초제'가 효과가 있을지 어떨지다. 식물계 마물이니, 내 생각으로는 '제초제'가 효과가 있을 것 같았다. 이게 효과가 있으면 앞으로 식물계 마물이 나왔을 때 강력한 무기가 될 터였다.

"좋아, 스이. 우리도 가자."

『응.』
나와 스이는 숲속으로 들어섰다.

『주인, 이상한 게 나왔어!』
이빌 플랜트다.
예란 씨에게 들었던 그대로의 모습이었다. 뾰족하게 가시가 돋친 조개 같은 형태는 식충식물인 파리지옥과 똑 닮았다. 그런 것이 2미터에 가까운 높이가 되고, 줄기에서는 자유자재로 움직이는 덩굴 같은 것이 뻗어 나오고 뿌리 쪽은 꿈틀꿈틀 움직이고 있었다. 식물계 마물이지만 스스로 이동할 수 있었다.
“스이, 저게 이빌 플랜트야. 우리 둘이 쓰러뜨리자.”
『알았어. 이건 스이가 쓰러뜨릴래.』
퓻, 퓻, 퓻—.
스이의 산탄이 명중했고, 이빌 플랜트는 메말라갔다.
“잘했어, 스이.”
『에헤헤~. 아, 저거! 주인, 방금 그거랑 똑같이 꾸물꾸물 움직이는 이상한 풀이 잔뜩 나왔어~.』
스이의 촉수가 가리키는 쪽을 보니, 열 마리 가까운 이빌 플랜트가 이쪽으로 닥쳐들고 있었다.
이거 또 엄청나게 나왔는걸. 대량 발생했다는 건 사실인 모양이었다.

"그러게. 잔뜩 있네. 스이, 해치우자."

『응, 스이 많이 퓻퓻 해서 꾸물꾸물 움직이는 이상한 풀 많이 쓰러뜨릴래.』

스이는 의욕을 내며 이빌 플랜트를 향해서 산탄을 쏘기 시작했다. 좋아, 나도 질 수는 없지. 대이빌 플랜트용 무기, 일본산 '제초제'다.

받아라.

칙, 칙, 치익—.

나를 잡으려는 듯 뻗어오는 이빌 플랜트의 덩굴을 향해서 제초제를 분사했다.

'제초제'는 효과 만점이었다.

제초제를 맞은 덩굴이 바로 말랐고, 그게 점점 줄기에까지 이르더니 마지막에는 전체가 말라버렸다. 이세계산 식재료처럼 특별한 효과가 있었던 것인지, 아니면 이 세계에 지금까지 제초제 같은 게 없어서 더 효과가 좋은 것인지는 잘 알 수 없지만, 아무튼 효과가 있었다.

"아자! 효과가 있었어."

『주인, 대단해! 스이도 안 질 거야! 많이 쓰러뜨릴 거야.』

퓻, 퓻, 퓨웃—.

칙, 칙, 치익—.

나와 스이는 우리를 포식하려고 접근해 온 이빌 플랜트를 계속해서 쓰러뜨려 나갔다.

"후우~ 끝난 건가?"

그렇게 생각하고 있으려니…….

『주인, 또 왔어. 이번에는 커다란 것도 왔어!』

이번에는 이빌 플랜트만이 아니라 자이언트 이빌 플랜트의 모습도 보였다.

"크, 크다……."

뾰족뾰족한 조개 같은 부분도 줄기도 덩굴도 뿌리도 이빌 플랜트의 두 배 정도는 컸다. 키도 4미터는 되어 보였다. 하지만 이빌 플랜트에 제초제가 효과를 보였으니 이 자이언트 이빌 플랜트에도 효과가 있을 터다.

꿈틀거리며 나를 잡으려는 듯 달려드는 자이언트 이빌 플랜트의 굵은 덩굴을 향해서.

"받아랏."

칙, 칙, 칙, 칙, 칙, 칙, 치익—.

대량으로 제초제를 분사했다.

퍼억, 퍼억, 퍼억.

이빌 플랜트가 괴로운 듯 두꺼운 뿌리를 지면에 내려쳤다.

"으앗."

아슬아슬하게 옆으로 뛰어서 피했다.

"젠장, 얼른 말라버려!"

칙, 칙, 칙, 칙, 칙, 칙, 치익—.

뿌리에도 제초제를 대량으로 분사했다. 그러자 줄기에 분사했을 때보다 빠르게 말라갔다.

뿌리가 약점인 건가? 스이에게도 가르쳐주려고 뒤를 돌아보았지만……. 응, 스이의 산탄에 그런 건 아무 관계 없는 모양입니다. 줄기든 뿌리든 마구 녹여버리고 있습니다.

좋아, 나는 나대로 해치우자고.

만약을 대비해 제초제를 많이 사두길 잘했어. 나는 제초제를 한 병 더 꺼내서 양손에 스프레이 타입 제초제를 들었다.

짜잔, 이것이 바로 제초제 이도류.

"하핫, 제초제 무쌍이닷."

제초제가 생각보다 절대적인 효과를 발휘한 탓에 대담해진 나는 이빌 플랜트 무리를 향해 달려들었다.

칙, 칙, 치이익—.

나는 이빌 플랜트를 향해 제초제를 분사해댔다.

세 시간 후——.

"아~ 지친다."

나는 지면에 쓰러지듯이 앉았다.

『주인, 괜찮아?』

"응, 좀 지친 것뿐이니까 괜찮아. 그나저나, 스이는 저렇게나 많이 쓰러뜨렸는데도 아직 기운이 넘치네."

나보다 많은 수의 이빌 플랜트를 쓰러뜨렸을 텐데도 스이는 아직 기운이 넘치는 듯 퐁퐁 뛰어오르고 있었다.

『에헤헤~ 스이 아직 기운 많아. 아직 더 많이 꿈틀꿈틀 움직이는 거 쓰러뜨릴 수 있어.』

나와 스이는 계속해서 덮쳐드는 이빌 플랜트를 쓰러뜨렸다.

이빌 플랜트는 움직이는 대상에 모여드는 습성이 있는지, 쉴 새 없이 모여들었다. 아마 나 혼자서만도 100마리 가까운 이빌 플랜트를 쓰러뜨렸을 것이다. 그중에는 자이언트 이빌 플랜트도 열 마리 정도 있었다. 제초제를 칙칙 뿌린 것뿐이라고는 해도, 역시 지친다.

많이 준비해두었다고 생각했던 제초제가 도중에 떨어져버렸을 때는, 아무리 나라도 당황했었다. 서둘러 인터넷 슈퍼에서 구입해서 어떻게든 위기는 면했지만.

그나저나…….

주변을 둘러보니 이빌 플랜트가 말라버린 잔해투성이였다. 이 잔해의 양을 보면, 스이는 나보다 배는 더 쓰러뜨린 모양이다. 퐁퐁 뛰어오르고 있는 스이를 보았다.

전혀 그렇게는 보이지 않지만, 스이는 정말로 전투 능력이 높구나.

『응? 왜 그래? 주인.』

"아니, 마물을 이렇게나 많이 쓰러뜨린 스이가 대단하다 싶어서."

『에헤헤~ 스이 대단해?』

"그럼, 스이는 대단하지."

『우후후, 기쁘다.』

스이가 기쁜 듯이 뿅뿅 내 주변을 뛰어다녔다.

"아, 맞다. 스이, 마석을 찾아서 가져다줄 수 있을까?"

자이언트 이빌 플랜트는 B랭크니까, 그중에는 마석을 가진 녀석이 있었을 터다.
예란 씨가 마석이 나오면 모험가 길드에서 사고 싶다고 말하기도 했으니까.
『마석이란 건, 저 반질반질한 돌?』
"그래, 맞아. 마물을 쓰러뜨리면 나오는 반질반질한 돌 말이야."
이빌 플랜트는 죽으면 말라버리기 때문에 마석이 있으면 그 자리에 떨어져 있을 터다.
『알았어.』
"부탁할게."
스이에게 마석 모으기를 부탁하고 나는 좀 쉬기로 했다. 오늘은 정말로 지쳤어.
"그동안 전투는 거의 모두한테 맡겨두기만 했었으니까."
마물을 상대로 싸울 때는 한순간도 방심할 수가 없다. 게다가 오늘은 수가 많았고, 근처에 수호신 같은 존재인 페르도 없었다. 역시 그 부분은 정신적으로도 달랐다.
바하근 님이『여차할 때 실력이 부족하면 목숨이 위험하니까』라는 말을 했었는데, 확실히 맞는 것 같다. 나도 앞으로 참가할 수 있을 때는 조금이라도 전투에 참여해볼까.
어디까지나 참가할 수 있을 때는, 이지만. 모두의 방해가 될 것 같으면 옆에서 얌전히 있어야지.
『주인, 주워 왔어.』
"오, 고마워."
스이에게 받은 마석은 열여섯 개였다.

전부가 다 마석을 갖고 있는 게 아닌데도 열여섯 개나 있었다는 건, 꽤 많은 수의 자이언트 이빌 플랜트가 있었다는 거겠지. 정말이지, 진짜 잡초처럼 대량으로 발생했었던 거구나.

이러저러하고 있는 사이에 페르와 드라 짱도 돌아왔다.

"어땠어?"

『음, 대량으로 있었다.』

『맞아. 전혀 강하지는 않았지만, 어쨌든 수가 말이지. 게다가 이빌 플랜트는 움직이는 대상에 모여드니까. 짜증 날 정도로 계속해서 몰려들더라고. 물론 전부 쓰러뜨려 버렸지만!』

페르와 드라 짱 쪽에도 대량으로 있었던 모양이다.

『나와 드라 둘이서 전부 처리했으니 괜찮다.』

"전부라는 건 남김 없이라는 뜻?"

『그래.』

역시.

예란 씨에게 듣기로는 수가 워낙에 많아서 전부 토벌하는 건 무리일 거라고 했었는데.

평소에도 서쪽 숲에서는 이빌 플랜트가 서식하고 있었으니, 어쨌든 수를 대폭 줄여주는 정도면 된다고 했었다.

"나랑 스이 둘이서 이 주변에 있던 건 토벌했는데, 아직 남은 게 있는 것 같아?"

『잠깐 기다려봐라…… 아니, 없는 것 같다. 그래, 이 숲에 이빌 플랜트는 이제 없다.』

"그렇구나. 다행이야. 그렇다는 건, 의뢰 완료라는 거네?"

무사히 끝나 안심했다.

『우, 벌써 끝이야? 스이 더 퓻퓻 해서 쓰러뜨리고 싶었는데.』

아아, 스이는 아직 기운이 넘치는구나.

"아, 스이, 마물 퇴치 의뢰가 하나 더 남아 있으니까, 그때 퓻퓻 해서 쓰러뜨리자."

『알았어, 스이 열심히 할게.』

키클롭스여, 미안하지만 스이의 산탄을 힘껏 받아줘.

"아, 페르. 드라 짱. 마석은 주워 왔어?"

『그래.』

『물론이지.』

페르의 목에서 매직 백을 내려서 안을 확인해보니, 마석이 50개 가까이 있었다.

……페르도 드라 짱도 대체 얼마나 많이 쓰러뜨리고 온 거야?

"그럼, 의뢰도 완료했으니까 숲에서 나가서 밥 먹기로 할까?"

『그래, 배가 고프다.』

『밥이다, 밥~.』

『배고파.』

마석과 매직 백을 아이템 박스에 넣고 다 함께 숲 밖으로 나갔다.

◇ ◇ ◇ ◇ ◇

식사를 마친 우리는 느긋하게 휴식을 취하는 중이다.

참고로 밥은 드랭을 떠나기 전에 만들어두었던 것을 먹었다.

여행을 하며 거의 다 소비했지만, 각각의 요리가 조금씩 남아 있어서 그것들을 꺼냈다. 그러니까, 닭튀김이 있고 햄버그와 만두가 있는 등, 버라이어티하기 그지없는 식사였다. 페르도 드라 짱도 스이도 여러 요리가 있다며 아주 기뻐했다. 전부 남은 음식들인데 말이다.

나는 그중에서 고기 두부조림을 먹었다. 맛이 잘 배어들어 맛있었다.

아, 그렇지.

모두 열심히 해준 상으로 식후의 디저트를 대접하도록 할까. 나도 지쳐서 달콤한 게 당긴다. 오늘은 모두 열심히 해줬으니, 조금 후해져도 괜찮겠지?

나는 인터넷 슈퍼의 후미야 메뉴를 열었다.

페르에게는 역시 이거지. 고른 것은 페르가 좋아하는 딸기 쇼트케이크다. 이번에는 그걸 홀 케이크 L사이즈로 샀다. 이 크기라면 페르도 기뻐할 테지.

드라 짱은 당연히 푸딩이지. 고른 것은 선물용 푸딩 모듬이다. 커스터드 푸딩과 캐러멜 푸딩과 망고 푸딩이 각각 네 개씩, 총 열두 개가 들어 있었다. 푸딩을 좋아하는 드라 짱도 이거라면 만족하리라.

스이는 지금까지 본 바에 따르면 초콜릿 계열을 꽤 좋아하는 것 같단 말이지. 그런고로 선택한 것은 초콜릿 케이크다. 스이는 딸기도 좋아하는 것 같으니, 초콜릿 케이크 위에 딸기가 올라간 것으로 정했다. 크기는 페르와 같은 홀 케이크 L사이즈다. 이건 스이도 기뻐할 것 같다.

나는 뭐가 좋을까…….

죽 늘어선 조각 케이크 메뉴를 살펴보았다. 아, 이거 시원할 것 같은데. 좋아, 이걸로 하자.

내가 고른 것은 시즌 한정인 경단 크림 안미츠다.

계산을 마치자 평소처럼 종이 상자가 나타났다.

안에서 케이크를 꺼내고.

“다들, 잠깐 와봐.”

부르자 페르와 드라 짱과 스이가 모여들었다.

“오늘은 다들 열심히 해줬으니까, 자, 여기.”

모두 앞에 각자의 디저트를 내려놓았다.

『음, 크구나. 먹어도 괜찮은 거냐?』

페르는 아무렇지 않은 척을 하고 있지만 꼬리가 휙휙 움직이고 있다.

『오오, 이거 푸딩이야? 엄청 많잖아!』

드라 짱은 매우 기뻐하며 날아다니고 있다.

『우와아, 커다란 케이크다.』

스이도 크게 흥분해서 고속으로 퐁퐁 뛰어오르고 있다.

“오늘은 모두 열심히 그 많은 이빌 플랜트를 토벌해줬으니까. 특별히 상을 주는 거야. 먹어도 돼.”

그렇게 말하자 페르와 스이는 케이크에 달려들었다. 아아, 페르의 입 주변이 크림으로 엉망이 됐네. 스이도 기뻐하면서 초콜릿 케이크를 삼키고 있어.

“아, 드라 짱은 어떤 걸로 할래? 세 가지 맛인데, 이건 커스터드 푸딩, 이건 캐러멜 푸딩, 그리고 이건 망고 푸딩.”

『응, 전부 먹을래.』

“세 종류 다 먹겠다고?”

『물론이지.』

예이예이. 나는 세 종류의 푸딩을 접시에 담아서 내주었다.

『맛나다! 전부 맛있지만, 이 오렌지색 엄청 맛난데?!』

망고 푸딩도 마음에 든 모양이네. 남은 푸딩은 뒀다가 저녁 식사 때 다시 내주도록 해야겠다.

응응, 모두 신나서 먹네.

그럼 나도 경단 크림 안미츠를 먹어볼까.

“오랜만에 먹어도 맛있네.”

단맛이 지나치게 강하지 않아서 쑥쑥 들어간다.

색색의 과일에 하얀 크림, 그리고 쫀득한 경단과 달콤한 한천. 거기에 팥과 흑설탕 시럽이 어우러지면, 왜 이렇게 맛있는 걸까.

“응, 잘 먹었다.”

페르도 드라 짱도 만족했는지 입 주변을 날름날름 핥고 있다.

스이도 만족한 모양인지 어느 틈엔가 가죽 가방 안에서 새근새근 자고 있었다.

“그럼 그만 돌아갈까?”

『그래.』

『응.』

이빌 플랜트 토벌을 마친 우리는 그렇게 도시로 돌아갔다.

◇ ◇ ◇ ◇ ◇

네이호프로 돌아온 우리는 모험가 길드로 향했다.

접수처에서 길드 카드를 꺼내 보이자 그대로 길드 마스터의 방으로 안내되었다.

"오오, 벌써 끝냈는가?"

그렇게 말을 걸어온 것은 신선 같은 모습을 한 이 도시의 길드 마스터 예란 씨였다.

"네, 모두가 열심히 해준 덕분입니다."

『이빌 플랜트 따위 우리에게 걸리면 별것 아니다.』

페르가 그렇게 목소리를 높였다.

"으하하하, 그런가. 펜리르에 픽시 드래곤에 특수 개체인 슬라임한테 걸리면 별것 아닐지도 모르겠구먼."

드라 짱이 픽시 드래곤이고 스이가 특수 개체란 것도 알고 있는 걸 보면, 다른 마을의 길드 마스터에게 이것저것 들은 모양이네.

아, 일단 오늘 전투에는 나도 참가했거든. 일단이지만.

"그나저나, 대량 발생했다고 듣기는 했지만 정말 깜짝 놀랄 만큼 많더군요."

"이번에는 특히 많이 발생한 모양이라네. 그 탓에 좀처럼 토벌에 나설 수가 없었지. 자네들이 의뢰를 받아주어 얼마나 다행인지 몰라."

그 수를 토벌하려고 하면 상당한 수의 모험가들을 긁어모아야

했을 테니까. 뭐, 우리 애들이니까 어떻게든 해결한 거지.

"아, 그렇지. 크기는 작지만 마석도 꽤 있었습니다. 여기에 꺼내놓으면 될까요?"

"오오, 그래, 그런가. 어디 한번 보여주게나."

나는 테이블 위에 자이언트 이빌 플랜트의 마석을 꺼내놓았다.

나와 스이가 쓰러뜨리고 주운 것이 열여섯 개고, 페르와 드라짱이 쓰러뜨리고 회수해 온 것은 세어보니 마흔여덟 개였다. 다해서 예순네 개다.

자이언트 이빌 플랜트는 B랭크라서 마석의 크기는 매우 작았다. 지금까지 보아온 마석 중에서, 특히 던전산과 비교하면 질도 그다지 좋다고는 말할 수 없을 것 같았다.

"작지만 이 정도의 양을 구한 건 감사한 일일세. 음, 하나에 금화 네 닢이면 어떻겠나?"

금화 네 닢에 사주는 거야? 훨씬 싼값이 될 거라고 생각했는데. 물론 나로서는 오케이다.

"네, 좋습니다."

"그럼 이빌 플랜트 보수와 합해서 지불할 테니 잠시만 기다려 주게."

그렇게 말하고 예란 씨가 방을 나갔다가 잠시 후에 돌아왔다.

"기다리게 했구먼. 이번 이빌 플랜트 토벌 보수가 금화 430닢이라네. 그리고 마석 매입 대금이 금화 256닢이고. 합해서 금화 686닢일세. 드랭의 우고르에게 들은 이야기로는 대금화로 지불하는 편이 좋을 거라고 하던데, 그걸로 괜찮겠나?"

우고르 씨 나이스. 금화는 부피가 크니까 대금화인 편이 감사하다.

"네, 대금화면 됩니다."

"그럼, 대금화 68닢과 금화 6닢이네. 확인해보게."

하나, 둘, 셋…… 대금화 68닢에 금화 6닢, 확실하다.

"네, 틀림없이 받았습니다."

"그래. 면목 없네만, 키클롭스 의뢰 쪽도 여건이 되는 대로 처리해주길 부탁하겠네."

"네."

이번에는 키클롭스 토벌 의뢰인가.

아무리 그래도 당장 갈 수는 없는 일이니까, 내일 하루는 느긋하게 쉬고 내일모레쯤에 가면 되려나.

『키클롭스 토벌은 내일 하겠다.』

갑자기 페르가 그렇게 말했다.

"잠깐, 페르. 무슨 말을 하는 거야? 내일?"

나로서는 내일은 쉬었으면 좋겠는데.

『그래. 이빌 플랜트 따위는 수가 많았을 뿐, 전혀 성에 차지 않는다.』

성에 차지 않는 상대라니…….

『찬성이야. 확실히 오늘 상대한 이빌 플랜트는 보람이 없었어.』

드라 짱까지.

『싸우는 거야? 스이가 퓻퓻 해서 쓰러뜨릴래.』

어느 틈엔가 가죽 가방에서 기어 나온 스이가 의욕에 차서 그렇게 말했다.

하아~ 다들 기운 넘치는구나.

"어째선지 다들 의욕이 가득하네요. 내일 키클롭스를 토벌하러 다녀오겠습니다."

"오오, 이쪽으로서는 감사한 일이네만, 이틀 연속으로 괜찮겠나?"

"네, 다들 기운이 넘치는 모양이라서요."

모두들 기운이 지나치다고.

뭐, 키클롭스는 오늘의 이빌 플랜트와 다르게 내가 전투에 나설 여지는 없을 것 같으니까. 모두에게 맡길게.

"그런가, 그렇다면 부탁함세."

"네."

내일, 키클롭스 토벌을 다녀오는 것으로 정해지고 말았다.

하아, 정말 다들 너무 기운 넘쳐.

얼른 돌아가서 밥 먹고, 느긋하게 물에 몸을 담그고 오늘의 피로를 풀자.

◇ ◇ ◇ ◇ ◇

저녁 식사는 귀찮아서 간단하고 빠르게 만들 수 있는 불고기 덮밥으로 했다. 이건 다들 좋아하니까. 그 대신에 고기는 오랜만에 어스 드래곤 고기를 썼다. 역시 어스 드래곤 고기는 맛있었다. 다들 맛있어하며 먹었다.

저녁 식사 후에 나와 드라 짱과 스이는 목욕 시간을 가졌다. 인터넷 슈퍼에서 온천 입욕제를 사서 물에 넣어보았다. 물이 유백색으로 탁해지는 타입이다. 향은 거의 없지만, 기분 탓인지 피부에 닿는 물이 부드러워진 느낌이다.

"후우~."

딱딱하게 굳은 근육이 풀어진다.

"목욕하니 기분이 좋네."

『맞아, 최고야~.』

『목욕 기분 좋아~.』

드라 짱도 스이도 유백색의 따뜻한 물에 둥실 떠 있었다.

목욕은 역시 좋구나.

우리는 느긋하게 목욕을 만끽했다.

물에서 나와 널찍한 거실 소파에 앉아서 잠시 휴식을 취했다.

수분 보충을 위해 스포츠 드링크를 벌컥벌컥 들이켜 비웠다.

드라 짱과 스이에게는 과일 우유다.

『목욕을 하고 나서 마시면 맛있다니까.』

『시원하고 달아서 맛있어~.』

드라 짱도 스이도 과일 우유가 마음에 드는지 꿀꺽꿀꺽 마시고 있었다.

『음, 너희들만 마시다니 치사하다.』

페르가 거실에 나타났다. 우리가 좀처럼 2층에 오지 않자 기다리다 지쳐서 내려온 모양이었다.

"페르도 마실래?"

『그래.』

나는 과일 우유를 바닥이 깊은 접시에 따라주었다.

『저기, 내 푸딩 남아 있지?』

드라 짱이 그렇게 말했다.

낮에 드라 짱에게 선물로 주었던 푸딩 모둠을 말하는 거지?

"그래, 남아 있어."

『그럼 그거 또 세 개만 줘.』

세 종류의 푸딩을 접시에 담아서 주자, 드라 짱은 맛있게 먹기 시작했다.

『좋겠다.』

드라 짱을 바라보며 스이가 부러운 듯 그렇게 중얼거렸다.

『칫, 어쩔 수 없네. 정말. 어이, 스이랑 페르에게도 같은 걸 줘.』

정말 의외다. 드라 짱, 좋아하는 푸딩을 모두에게 나눠줄 셈인가 보다.

게다가 먹고 싶어 하는 스이에게만이 아니라 페르에게도.

"괜찮겠어?"

『그래. 뭐, 스이도 페르도 동료니까. 너는 주인이지만 동료나 다름없으니까 너한테도 나눠줄게.』

후후, 드라 짱은 조금 특이한 부분도 있지만, 좋은 녀석이야.

"아니, 나는 됐어. 마음만 받을게. 고마워."

그렇게 말하자 쑥스러운지 드라 짱의 자그마한 꼬리가 바쁘게 좌우로 움직였다.

나는 세 종류의 푸딩을 두 개의 접시에 담아서 스이와 페르에게 내주었다.

"이거, 드라 짱이 먹어도 된대. 제대로 감사 인사를 해야 한다?"

『우와아! 드라 짱, 고마워!』

『음. 드라, 미안하구나.』

페르도 스이도 드라 짱에게 인사를 하고서 푸딩을 먹기 시작했다.

『드라 짱, 푸딩 맛있어.』

『음, 이것도 꽤 맛있구나.』

『후후후, 그렇지? 그렇지? 내 입에 맞는 거니까, 맛있는 게 당연하지.』

우리 사역마들은 사이가 좋아서 다행이야. 모두를 보면서 흐뭇한 기분이 되었다.

"그러고 보니 내일 토벌하러 가는 키클롭스라는 건 눈이 하나인 거인 맞지? 어떤 마물이야?"

『키클롭스는 말이지, 덩치는 크지만 움직임은 느리다.』

키클롭스에 관해 물어보자 페르에게서 그런 답이 돌아왔다.

"페르는 키클롭스와도 싸워본 적 있는 거야?"

『그래. 몇 번인가 겨뤄보았다. 물론 내 압승이었지만.』

페르는 당연하다는 듯이 그렇게 말했다.

『나도 싸워본 적 있어.』

그렇게 말한 것은 드라 짱이었다. 아무래도 드라 짱도 키클롭스와 싸워본 적 있는가 보다.

『키클롭스는 말이지, 덩치가 큰 만큼 힘도 세고 튼튼하지만 페르가 말한 대로 어쨌든 느리거든. 그러니까 재빠르게 움직여서 선수 필승으로 슈슉 하고 공격해버리면 간단해.』

재빠르게 움직여서 선수 필승으로 슈슉 하고 공격이라니. 드라 짱은 간단하게 말하지만, 보통은 그렇게 못하지 않을까?

『그래, 드라가 말한 대로다. 그 녀석은 느리니까, 선제공격을 해서 반격해 오기 전에 쓰러뜨리는 게 좋다.』

그렇다는 건, 평소랑 똑같다는 거네. 선수 필승으로 마구 공격해댄다는 점이.

역시 내일은 내 차례가 없을 것 같군.

『스이도 퓻퓻 할 거야.』

"네네, 내일은 눈 하나인 커다란 거인을 발견하면 다 함께 일제히 공격하겠다. 그런 거지? 페르."

선수 필승으로 공격해댄다는 건 그런 의미 맞지?

『그래. 발견하는 대로 우리가 쓰러뜨리겠다.』

『맞아.』

『스이, 열심히 할게.』

다들 의욕이 넘치는구나. 내일 키클롭스 토벌도 바로 끝날 것 같네.

모두의 일제 공격을 받아야 할 키클롭스가 약간 불쌍한걸.

아무런 반격도 하지 못한 채 쓰러지겠지.

아직 보지도 못한 키클롭스를 애도하며 살짝 손을 맞댔다.

◇ ◇ ◇ ◇ ◇

우리는 키클롭스 토벌을 위해 채굴장에 와 있다.

채굴장은 원래 산이었는지, 그 산이 계단처럼 흙이 깎여나가는 형태로 펼쳐져 있었다.

그 채굴장을 슬쩍 살펴보니, 있네.

"저게, 키클롭스인가……."

키가 4미터 가까이 되는 키클롭스가 육중한 몸으로 제 세상인 양 채굴장을 돌아다니고 있었다.

『변함없이 덩치는 크네.』

드라 짱이 키클롭스를 보며 그렇게 말했다.

『하지만 저건 커다랗기만 할 뿐 동작이 굼뜨다. 우리 상대가 안 된다. 서둘러 끝내기로 하자. 가자. 드라, 스이.』

"아, 잠깐 기다려!"

뛰쳐나가려는 페르를 멈춰 세웠다.

『음? 왜 그러는 것이냐?』

모처럼 기세 좋게 뛰어나가려던 것을 제지당한 페르가 약간 불만스러운 기색을 보였다.

"키클롭스는 가죽이 소재가 된다고 하니까, 가능한 한 상처를 내지 않도록 하면서 쓰러뜨려 줘."

예란 씨에게 들은 이야기에 따르면 키클롭스 소재는 가죽과 안

구, 그리고 A랭크이니 마석이라고 했다. 가능하면 그것도 매입할 수 있었으면 좋겠다고 예란 씨에게 부탁을 받았다.

『상처를 내면 안 되는 건가…… 으으음.』

“어려우면 됐어.”

『어려울 리 없지 않느냐. 알았다. 가능한 한 상처를 내지 않고 쓰러뜨리마.』

자존심이 상했는지 페르가 가능한 한 상처를 입히지 않고 쓰러뜨리겠다고 선언했다.

『드라, 스이, 들었겠지? 키클롭스는 가능한 한 상처를 내지 말고 쓰러뜨린다. 가자!』

『알았어!』

『응!』

페르가 먼저 달려나가자, 드라 짱과 스이도 그 뒤를 따랐다.

나는 방해가 될 테니까, 물론 뒤에서 견학이다.

“그아아아!”

키클롭스가 페르들의 존재를 눈치챘고, 그 두껍고 커다란 발로 밟아 뭉개려는 듯이 다리를 들어 올렸다.

――쿠웅.

호흡 한 번의 시간을 두고, 라고 할까 조금 사이를 두고서 키클롭스가 발을 굴렀다.

……응, 동작이 늦네. 페르와 드라 짱이 느리다고 했었는데, 그건 사실이었구나. 저런 속도로는 페르나 드라 짱, 스이한테도 스치지도 못 하겠는걸.

『크아앙.』

페르가 한 번 짖은 후 도움닫기를 해서 뛰어올랐다.

그리고 키클롭스의 팔을 발판으로 삼아 그 머리 위까지 뛰어올랐다.

파직──.

뛰어오른 페르의 앞다리에서 전격이 만들어지더니 키클롭스의 정수리에 직격했다.

강력한 스턴 건에 머리를 당한 셈이다.

"그아아아아아아!"

괴로운 듯 비명을 지르며 키클롭스가 무릎을 꿇었다. 그 순간 드라 짱이 작은 몸과 속도를 살려서 키클롭스에게 접근했다. 그리고 품으로 파고들어…….

콰직──.

『야호! 심장을 노리고 전격을 날려줬다고!』

드, 드라 짱, 정상적으로 움직이는 심장에 전격이라니…….

무시무시한 공격이잖아.

"그…… 그아아……."

키클롭스는 가슴을 손으로 누르면서 몸을 숙였고, 숨은 끊어질 듯했다.

『다음은 스이야.』

스이의 외침과 함께 뻗어 나온 촉수 끝에서 산탄이 쏘아졌다.

퓻──.

고속으로 쏘아진 산탄이 키클롭스의 배를 꿰뚫었다.

"그, 아…………."

쿠웅———.

앞으로 몸을 숙인 채 숨이 끊어진 키클롭스가 그 자세 그대로 옆으로 쓰러졌다. 키클롭스 토벌 완료다.

『음, 성공했구나.』

『하하, 해냈다고! 우리한테 걸리면 이 정도쯤 별거 아니라니까!』

『와아, 만세!』

페르는 당연하다는 듯이 크게 고개를 끄덕였다.

드라 짱은 의기양양한 얼굴로 날아다니고 있고.

스이는 기뻐하며 고속으로 퐁퐁 뛰어오르고 있다.

그나저나, 싱겁게 끝났네. 예상은 했지만.

머리와 심장에 전격을 맞고, 마지막에는 배를 관통당해서 숨이 끊어지다니……. 장렬한 죽음이었지만, 뭐. 여기서 일하던 사람 몇 명이 키클롭스에게 희생되었다는 걸 생각하면, 자업자득이라고 할 수밖에 없다.

나는 모두가 있는 곳으로 갔다.

"이렇게 단시간에 쓰러뜨리다니, 다들 역시 대단해."

『우리한테 걸리면 이런 것쯤 아무것도 아니다.』

의기양양한 얼굴로 페르가 그렇게 말했다. A랭크인 키클롭스를 이런 것쯤이라니. 피나는 노력으로 랭크를 올리는 모험가분들이 들으면 눈물을 흘릴 거야. 뭐, 페르랑 드라 짱이랑 스이가 한 팀을 이뤘으니, 하늘을 나는 커다란 드래곤이라도 간단히 해치울 수 있을 것 같지만. 실제로 페르는 어스 드래곤을 사냥해 오기도 했고.

드래곤을 좋아하는 엘랑드 씨에게 들은 이야기에 따르면 하늘을 나는 커다란 드래곤에는 레드 드래곤(적룡)이나 블랙 드래곤(흑룡) 등이 있다고 한다. S랭크로 지정되어 있고 무척이나 흉포하다고 하는데, 페르와 드라 짱과 스이가 팀을 이루면 문제없을 거다. 들은 바로는 그 수가 지극히 적다고 하니 마주칠 일도 없을 테지만.

자 그럼, 키클롭스를 회수해볼까. 키클롭스를 살펴보니 페르의 전격을 맞은 정수리에 살짝 탄 자국이 있었고, 마찬가지로 드라 짱이 날린 전격을 맞은 가슴에도 약간의 탄 자국이 있었으며, 스이의 산탄에 꿰뚫린 배에는 2센티미터 정도의 구멍이 나 있는 정도였다. 키클롭스 가죽에는 거의 상처가 없었다.

대단해. 내가 한 말을 제대로 지켰구나.

"어떡할래? 일찍 끝났으니, 이만 도시로 돌아갈까?"

『아니, 돌아가기 전에 밥이 먼저다.』

『나도 배고파.』

『스이도 배고파졌어.』

아, 그렇구나. 어느새 밥 먹을 시간이 되기도 했네.

그럼 여기서 밥을 먹고 돌아가기로 할까. 음, 만들어뒀던 건 전부 먹어버렸으니, 뭘 먹어야 하려나.

아이템 박스 안을 확인해보니 지어놓은 쌀밥은 남아 있었다.

그리고 당연히 고기가 있다. 쌀밥, 쌀밥, 쌀밥, 고기, 고기, 고기………… 아, 그걸로 하자.

쌀밥과 고기라고 하니 떠오른 것은 고기 말이 주먹밥.

간단하고 맛있고 밖에서 먹기에도 좋은 메뉴라고 보거든. 나는 고기 말이 주먹밥을 만들 때 불고기 소스를 양념으로 쓰는데, 간단한 데다 아주 맛있다.

이번에 고기는 오크와 블러디 혼 불과 와이번 세 종류를 써볼까 한다. 여러 종류의 불고기 소스를 써보는 것도 괜찮을 것 같다. 그렇다면 우선 불고기 소스부터 구입해야지.

인터넷 슈퍼를 열고서, 우선은 내가 늘 쓰는 인기 있는 소스를 담았다. 이것만은 양보할 수 없지. 고기 말이 주먹밥이라면 달짝지근한 맛 쪽이 어울릴 테니까, 단맛을 골랐다. 그리고, 오! 이게 좋겠는걸. 유명한 불고기 체인점의 불고기 소스로, 달달한 맛인 것 같으니 고기 말이 주먹밥에도 잘 어울리겠지? 하나 정도 더 있으면 좋겠는데…… 아, 이걸로 하자. 내가 고른 것은 간장이 유명한 메이커의 달콤한 불고기 소스였다. 예전에 이 소스의 약간 매운맛을 써본 적이 있는데 꽤 맛있었거든.

그리고 마지막에 뿌릴 깨를 사면, 좋아, 다 됐다.

그럼 고기 말이 주먹밥을 만들어볼까.

우선은 오크와 블러디 혼 불과 와이번 고기를 얇게 잘라둔다. 두께가 다르거나, 중간에 찢어지거나 한 게 조금 있지만, 그건 애교인 걸로. 이래 봬도 이쪽 세계에 온 후로 줄곧 페르들에게 음식을 만들어주다 보니 식칼을 다루는 데도 꽤 익숙해졌다고. 집에 있을 무렵에도 요리는 했었지만, 그래 봐야 나 혼자 먹을 걸 만들 뿐이었으니까. 그때와 비교하면 속도도 빨라졌단 말씀.

고기를 얇게 자르고 나면 다음은 밥이다. 밥을 둥그스름하게 뭉쳐준다. 페르들이 있으니까 평소보다 조금 큼직하게 만들어 봤다.

밥 모양을 다 잡고 나면, 고기로 밥을 말아준다. 이때 밥이 보이지 않도록 제대로 고기로 감싸야 한다. 밥이 보이면 뭉개지는 원인이 되니, 고기를 여러 장 쓰더라도 잘 감싸는 게 중요하다.

달군 프라이팬에 기름을 두르고, 겉에 만 고기의 끝부분이 아래쪽으로 오게 해서 굽는다. 말아준 고기 끝부분이 다 익으면 굴려가면서 전체를 구워준다. 고기 색이 달라졌을 때, 불고기 소스를 넣고 끓이면서 잘 묻혀주면 완성이다.

완성된 고기 말이 주먹밥을 접시에 담고 마지막에 깨를 살살 뿌려준다.

"다들, 밥 다 됐어."

그렇게 부르자 금세 모두가 모여들었다.

"자, 여기."

모두 앞에 고기 말이 주먹밥을 담은 접시를 내려놓았다.

『평소 고기를 구울 때 쓰는 그 양념 냄새가 나는구나.』

윽…….

페르, 역시 예리하군. 뭐 그게, 불고기 소스 맛은 내가 좋아하기도 하고 편리해서 여기저기에 쓰고 있으니까. 아니, 불고기 소스로 양념하는 음식이 많아졌다는 건 알고 있지만, 고기에 잘 어울리니까 무심코 이걸 쓰게 된다고.

뭐, 이번에는 평소에 안 쓰던 불고기 소스도 준비했으니까, 좀 봐줘.

『어디…… 음, 이건 네가 말하는 쌀밥에 고기를 만 것이냐? 오오, 이건 먹기 편하군. 게다가 맛있다.』

그렇게 말하고 페르는 고기 말이 주먹밥을 두 개씩 우걱우걱 먹었다.

『오, 고기로 만 거야? 이거 먹기 편해서 좋은데? 마음에 들었어.』

드라 짱도 그렇게 말하면서 우걱우걱 먹고 있다. 고기 말이 주먹밥은 한 덩어리씩 뭉쳐져 있어서 페르에게도 드라 짱에게도 먹기 편하다는 평가를 받았다.

『늘 먹는 맛이야, 이거 고기랑 아주 잘 어울려서 스이, 좋아해.』

스이도 그렇게 생각하니? 역시 고기에는 불고기 소스가 어울리지?

지금까지는 내 취향에 맞는, 오랫동안 인기를 누리고 있는 소스를 쓰는 경우가 많았다. 하지만 우리는 고기 요리가 많아서 같은 걸 계속 쓰면 아무래도 질릴 테니까. 요즘은 매운맛이라든가 단맛을 자제한 맛이라든가 다양한 종류가 나오고 있으니, 불고기 소스도 이것저것 바꿔 써보는 것도 괜찮을 것 같다. 인터넷 슈퍼에서 다양한 종류를 구할 수 있으니, 앞으로는 그렇게 해봐야겠다.

『『『한 그릇 더.』』』

오늘은 추가 주문이 빠르네. 먹기 편해서인가?

나는 고기 말이 주먹밥을 추가로 구웠다. 이번에는 불고기 체인점의 불고기 소스로 해보았다.

"여기."
이번에도 다들 우걱우걱 먹기 시작했다.
『음, 이건 맛이 조금 다르군.』
오, 페르 눈치챘구나?
"평소랑 조금 다른 소스를 써봤어. 어때?"
『음, 이것도 나쁘지 않다.』
『응, 이것도 괜찮은데. 살짝 고소한 게 맛있어.』
『이것도 맛있어.』
드라 짱도 스이도 마음에 든 모양이네.
어디, 나도 먹어보자.
오오, 이거 맛있잖아? 감칠맛이 있고, 볶은 깨가 들어 있다고 쓰여 있었는데 그 고소한 맛이 악센트가 되어서 좋았다.
그 후로 페르와 스이가 몇 그릇이나 더 먹고서야 식사가 끝났다.
간장으로 유명한 메이커의 달달한 불고기 소스로 양념한 고기 말이 주먹밥도 만들었는데, 이쪽도 맛있었다. 역시 고기 말이 주먹밥에는 달짝지근한 맛이 제일이다.
『어이, 푸딩 줘.』
그런 말을 꺼낸 건 일찌감치 식사를 끝낸 드라 짱이었다.
그러고 보니 하루에 두 개라고 약속했던 디저트를 아침에는 먹지 않았었지.
『나도 단것을 다오.』
『스이도.』

드라 짱의 말에 단것이 먹고 싶어졌는지, 페르도 스이도 디저트를 달라고 했다.

그렇다면 키클롭스를 토벌하기도 했으니 오늘은 세 개까지 허락해주도록 할까.

"그럼 오늘은 키클롭스를 쓰러뜨렸으니까, 한 명당 세 개까지로 할게."

그렇게 말하자 드라 짱과 스이가 크게 기뻐했다. 페르도 어쩐지 기뻐하는 듯 보였다.

"뭐가 좋겠어?"

『나는 역시 그 하얀 거다.』

『나는 물론 푸딩이지.』

『스이는 전부 다른 게 좋아.』

페르는 늘 먹는 딸기 쇼트케이크, 드라 짱은 푸딩, 스이는 다른 케이크라는 거지? 이제 익숙해지고 있는 인터넷 슈퍼의 후미야 메뉴를 열었다.

페르 몫으로 평소와 같은 딸기 쇼트케이크를 세 개. 드라 짱에게는 푸딩인데, 음, 푸딩 선데이라는 게 있네. 좋아, 푸딩 선데이 중에 딸기랑 바나나가 있으니까 그거랑 평소의 푸딩을 드라 짱 몫으로 구입. 스이 몫은 시즌 한정이라고 하는 멜론 쇼트케이크와 블루베리 타르트와 초콜릿 크림이 올라간 시폰 케이크를 골랐다.

케이크 종류를 각각의 접시에 담고, 드라 짱의 푸딩 선데이는 유리 용기에 예쁘게 담겨 있어서 그대로 내주기로 했다.

"자, 여기."

페르는 딸기 쇼트케이크 한 개를 한입에 덥석 먹더니 『맛있다』라는 한마디를 했다. 이 딸기 쇼트케이크가 정말로 마음에 들었나 보다.

드라 짱은 평소 먹던 푸딩을 다 먹은 다음 푸딩 선데이를 먹고 있었다. 앞다리로 재주 좋게 푸딩 선데이 유리 용기를 들고, 입을 용기에 대고서 혀로 핥듯이 먹으며 『이거 맛난걸』 하고 말했다.

단 걸 정말 좋아하는 스이도 신나 하며 하나씩 케이크를 삼켰다. 전부 다 맛있다고 했지만, 초콜릿을 좋아하는 스이는 『이 초콜릿 케이크 폭신폭신하고 엄청나게 맛있어』라고 했다.

나는 맛있게 식후의 디저트를 먹고 있는 모두를 보며 캔 커피를 마셨다.

이제 다 먹은 것 같으니 슬슬 도시로 돌아가기로 할까.

"이제 그만 돌아가자."

『음, 그래.』

『응, 돌아가자고. 가서 목욕해야지.』

『목욕.』

이리하여 키클롭스 토벌을 마친 우리는 마을로 돌아갔다.

"하아, 뜨끈하고 좋았어."

『맞아, 역시 목욕은 좋아.』

『목욕, 기분 좋았어~.』

나와 드라 짱과 스이는 목욕을 마치고 침실의 침대 위에 늘어져 있었다.

페르는 이미 자신의 이불을 위에 드러누운 상태다.

슬쩍 이쪽을 본 페르가 천천히 고개를 들었다.

『음, 스이는 진화를 했구나.』

"뭐? 정말? 어디 어디……."

페르에게 스이가 진화했다는 말을 듣고 스이를 감정해보았다.

【이름】스이

【나이】3개월

【종족】휴즈 슬라임

【레벨】1

【체력】1582

【마력】1556

【공격력】1548

【방어력】1553

【민첩성】1581

【스킬】산탄(酸彈), 회복약 생성, 증식, 물 마법, 대장장이, 초거대화

【가호】물의 여신 루사루카의 가호, 대장장이 신 헤파이스토스의 가호

오, 페르 말대로 진화했잖아. 휴즈 슬라임이래.

스이의 스테이터스를 자세히 보니 새로운 스킬이 하나 추가되어 있었다.

'초거대화'였다.

그 단어 쪽으로 시선을 움직이자, 감정의 힘이 발휘되었는지 설명이 나왔다.

【초거대화…… 초거대해지는 슬라임 특유의 스킬】

설명이 그냥 단어 그대로잖아.

초거대화라니 대체 얼마나 커지는 걸까? 이건 어디 넓은 곳에 가서 확인해볼 필요가 있겠어. 내일은 모험가 길드에 키클롭스 토벌 완료 보고를 하러 갈 예정인데, 그 후에는 시간이 비어 있으니까 페르에게 도시 밖 넓은 곳에 데려가 달라고 해서 확인해야겠다.

"스이, 진화해서 새로운 스킬이 늘어난 것 같은데, 알겠어?"

『응? 잠깐 기다려봐…… 아, 응, 알아. 뭔가 있지, 스이 엄청나게 커질 수 있는 것 같아.』

엄청나게 커질 수 있다니, 얼마나 커지려나.

"그럼 내일 모험가 길드에 다녀온 다음에 얼마나 커질 수 있는지 확인해보자."

『응.』

그나저나 휴즈 슬라임이라.

스이는 점점 진화해가는데, 슬라임의 최종 진화는 뭘까?

페르라면 알고 있으려나?

“저기, 페르. 스이는 휴즈 슬라임이라는 걸로 진화한 모양인데, 앞으로 여기서 더 진화하는 거야?”

『아마도. 슬라임의 최종 진화형은 엠퍼러 슬라임이다. 나도 한 번 대치했던 적이 있다만, 그건 꽤 강했다.』

에, 엠퍼러 슬라임, 가, 강해 보이는 이름이네.

『마법 내성이 엄청나서, 어중간한 마법은 전혀 듣지 않는다. 게다가 몸의 일부라도 남아 있으면 바로 재생하지. 그걸 상대하는 데는 나도 꽤 애를 먹었었다. 결국에는 내가 쏠 수 있는 최대의 번개 마법으로 쓰러뜨렸지만.』

페르가 애를 먹었다고? ……대단하다. 아니, 결국에는 쓰러뜨렸구나.

페르가 날린 최대의 번개 마법이라니, 어떠려나? ……으아아, 상상만으로도 오싹해.

『스이도 휴즈 슬라임으로 진화했다는 건, 다음 진화가 아마도 엠퍼러 슬라임일 테지. 휴즈 슬라임은 몇 마리 보았지만, 엠퍼러 슬라임은 그 한 마리가 처음이자 마지막이었다. 대부분의 슬라임은 진화하기 전에 도태되어버리니 말이다. 거기까지 진화할 수 있는 것은 지극히 적을 테지.』

확실히. 슬라임은 처음에는 엄청나게 약하니까.

하지만 페르의 이야기대로라면, 스이는 겨우 3개월인데도 최종 진화형 직전인 휴즈 슬라임으로 진화했다는 게 되는 거잖아.

대단한걸…… 아, 이세계 쓰레기.

인터넷 슈퍼를 이용하면서 생긴 이세계 쓰레기는 모아두었다가 정기적으로 스이에게 처리를 부탁하는데, 그게 원인인가. 이런저런 마물들도 쓰러뜨렸으니, 그런 이유도 있어서 레벨 업이 더 빨랐던 거겠지.

뭐, 됐어. 강해져서 나쁠 건 없으니까.

『하지만 휴즈 슬라임까지 진화했다면, 앞으로는 레벨을 올리기 힘들어질지도 모르겠구나.』

"뭐? 그런 거야?"

『그래. 전에 레벨이 높아질수록 레벨을 올리기 힘들어진다고 이야기했었지? 그것과 마찬가지로, 그 종족의 상위종으로 진화한 존재는 레벨을 올리기 힘들어진다.』

그렇구나. ……애초에 진화는, 우리한테도 있는 건가? 우리 중에는 스이만 진화하고 있는데.

"진화라는 건, 인간도 하는 거야?"

『아니, 인간은 진화하지 않는다. 나도 드라도 진화는 안 한다.』

페르의 이야기에 따르면 종에 따라서 진화하는 종과 하지 않는 종이 있고, 사람과 펜리르와 드래곤 계열의 마물은 진화하지 않는다고 한다. 이미 그 자체로 최종 진화형 같은 존재이기 때문이라는 모양이다. 처음부터 랭크가 높은 마물도 거의 진화하는 일이 없다고 한다.

진화하며 점점 강해지는 것은 대체로 랭크가 낮은 마물이다. 스이 같은 슬라임은 본래 최저 랭크의 마물이고, 그것이 점점 진화하여 최종적으로는 엠퍼러 슬라임이 된다고 한다. 오크 등도 마찬가지로 오크→ 오크 리더→ 오크 제너럴→ 오크 킹으로 진화한다. 환경에 따라서 진화형이 달라지는 일도 있는 것 같지만.

"과연. 아, 진화라고 하니까 말인데, 레벨이 몇 정도면 진화하는 거야?"

『레벨 100이다. 100에 달하면 동시에 진화한다고 알고 있다.』

그렇구나. 그러고 보니 1000년 이상 살아온 페르의 레벨이 900대이고 최강이라고 불린다는 건, 레벨 999가 최대치라는 뜻이려나?

"저기, 그러면 나나 페르나 드라 짱의 레벨 최고치는 999인 거야?"

『그래. 그렇다고 한다. 다만…….』

응? 어쩐 일인지 페르가 말끝을 흐리는데?

"뭔데?"

『아니, 우리 펜리르 사이에 전해지는 이야기다만, 999를 넘어 레벨 1000 이상이 된 자가 있다고 한다. 그자는 오랜 시간을 살았고, 이 세상에 질려 아직 보지 못한 세계를 찾아 바다를 건넜다고 전해지고 있지.』

뭐? 바다를 건너갔다고……?

"잠깐 기다려봐. 바다를 건넜다니, 여기 말고도 대륙이 있다는 거야?"

『그 이야기에서는 있다고 하더군. 허나 아무도 본 적이 없다.』

"뭐? 신대륙을 향해서 떠난 사람들이라든가, 없어?"

콜럼버스 같은 그런 사람.
『바다의 마물에게 당해 죽을 뿐이다. 그런 멍청한 짓을 하는 자가 있을 거라고 생각하는 거냐?』
아, 그렇구나. 이 세계에는 마물이 있었지. 그렇게 간단한 이야기가 아닌 건가.
『뭐, 인간 놈들도 주변에 있는 섬 같은 건 발견한 모양이다만.』
섬까지인가. 마물이 있는 바다를 외해까지 나가는 건 아무래도 어려운 일일 테니까.
하지만 이 세계에 이곳 이외의 대륙이 있다고 해도 이상할 건 없다.
뭐, 갈 방법이 확립되지 않는 한은 어찌할 방도가 없겠지만.
『999까지는 아직 멀었지만 나도 레벨이 하나 올랐다. 그래서 너희들은 어떨까 싶어 감정을 해본 것이다.』
아, 그래서 스이가 진화했다는 걸 알았구나.
어디, 페르는 얼마나 올라간 거야?

【이름】 페르
【나이】 1014
【종족】 펜리르
【레벨】 922
【체력】 10019
【마력】 9652
【공격력】 9308

【방어력】 10020

【민첩성】 9841

【스킬】 바람 마법, 불 마법, 물 마법, 흙 마법, 얼음 마법, 번개 마법, 신성 마법, 결계 마법, 발톱 베기, 신체 강화, 물리 공격 내성, 마법 공격 내성, 마력 소비 경감, 감정, 전투 강화

【가호】 바람의 여신 닌릴의 가호, 전쟁의 신 바하근의 가호

변함없이 엄청난 스테이터스네.

원래부터 대단했던지라 조금 오른 정도로는 올랐다는 걸 알 수도 없겠다.

『던전에서 경험치가 어느 정도 쌓였던 데다, 이빌 플랜트를 대량으로 쓰러뜨렸으니까. 오늘 키클롭스로 레벨이 올라간 모양이다. 역시 레벨을 올리려면 던전이 제일이구나. 던전에는 또 가고 싶다. 다른 인간의 도시에도 던전은 있을 테지? 바다에 간 다음에는 던전이다.』

아니 아니, 멋대로 정하지 말아줘. 던전은 이제 됐어.

던전 같은 데는 안 갈 거야.

"그, 그게, 아직 바다에도 못 갔으니까, 지금은 일단 바다야."

어찌어찌 던전에 관한 이야기는 애매하게 넘겨버렸다.

그러지 않으면 베를레앙에 간 다음에 던전이 있는 도시에 가야만 하는 꼴이 될 것 같다고.

"그보다, 페르와 스이의 레벨이 올랐다면 드라 짱도 올랐을 테지?"

『그래. 드라의 레벨도 올랐을 거다.』

"드라 짱…… 아니, 잠든 모양인데? 스이도 자고 있어."

나와 페르가 이야기를 나누는 사이에 드라 짱과 스이는 잠들어 버린 모양이다.

"푸훗, 그나저나 잠버릇이 엄청나네. 드래곤은 이런 식으로 자는 거야?"

드라 짱은 침대 위에 벌렁 누워 배를 드러내놓고 자고 있었다.

푸우, 푸우, 하고 숨소리도 크다. 아, 방금 옆구리를 벅벅 긁었어.

『드래곤이 이런 모습으로 잘 리가 없지 않느냐. 저렇게 자는 건 드라뿐이다. 픽시 드래곤은 희귀한 종이지만, 드라는 그중에서도 특이한 것일 테지. 픽시 드래곤이 인간 앞에 모습을 드러내는 일부터가 있을 수 없다. 픽시 드래곤을 보았던 인간들은 그저 우연히 목격한 것이 전부였을 거다. 그런데 이 녀석의 경우에는 스스로 너에게 접촉해 왔었지. 드라는 픽시 드래곤 중에서도 아주 이상한 녀석일 게 틀림없다.』

아하하, 드라 짱 이상한 녀석 취급을 당했어. 하지만 그 덕분에 나는 큰 도움을 받고 있는 거지만. 페르, 드라 짱, 스이라는 최강의 포진을 이룬 덕분에 우리에게 사각은 없으니까.

어디 보자, 드라 짱은 어떻게 변했으려나.

【이름】 드라 짱

【나이】 116

【종족】 픽시 드래곤

【레벨】164

【체력】1120

【마력】3262

【공격력】3153

【방어력】1081

【민첩성】3938

【스킬】불 마법, 물 마법, 바람 마법, 흙 마법, 얼음 마법, 번개 마법, 회복 마법, 포격, 전투 강화

【가호】전쟁의 신 바하근의 가호

오, 조금 올라갔는걸. 역시 이빌 플랜트를 대량으로 토벌했기 때문이려나.

그건 대단했지. 모두에게는 미치지 못하지만 나도 엄청난 수를 쓰러뜨렸다고.

아, 그러고 보니 나는 어떻게 됐을까?

그렇게 간단하게 올라갈 것 같지는 않지만, 수가 수니까 말이야.

어디, 확인해보자.

【이름】무코다(츠요시 무코다)

【나이】27

【직업】휩쓸린 이세계인

【레벨】30

【체력】324

【마력】316

【공격력】294

【방어력】291

【민첩성】270

【스킬】감정, 아이템 박스, 불 마법, 흙 마법, 완전 방어, 획득 경험치 두 배 증가

사역마(계약 마수) 펜리르, 휴즈 슬라임, 픽시 드래곤

【고유 스킬】인터넷 슈퍼

《외부 브랜드》후미야

【가호】바람의 여신 닌릴의 가호(소), 불의 여신 아그니의 가호(소), 대지의 여신 키샤르의 가호(소)

오오, 뭔지 모르겠지만 크게 올랐어. 역시 이빌 플랜트를 대량으로 토벌했기 때문인가?

아니, 응? 어째선지 모르겠지만 어느 틈엔가 스킬이 늘었는데?

획득 경험치 두 배 증가?

…………뭐?! 어, 저기, 그러니까, 이게 뭐야? 어느 틈에 이런 스킬이 생겼지?

"저, 저기, 페르. 나를 감정해볼래?"

『알았다. ……음, 했다.』

"획득 경험치 두 배 증가라는 스킬이 있어?"

『어디…… 그래, 있다. 새로운 스킬이냐?』

"맞아. 새로운 스킬인데, 언제 생겼는지도 모르겠어. 어째서 이런 스킬이 늘어난 거지?"

『스킬이라는 것은 경험해온 것을 바탕으로 느는 것이니, 그동안 그 획득 경험치 두 배 증가 스킬을 취득할 만한 무언가가 있었던 것일 테지.』

그런 걸까? 그런 스킬이 생길 만한 일을 한 적은 없다고 생각하는데…….

획득 경험치 두 배 증가라는 글자로 시선을 옮겨보았다.

【획득 경험치 두 배 증가】

획득 경험치가 두 배가 된다. 이 스킬을 취득하면 레벨 올리기가 쉬워진다.

문자 그대로의 효과로군…… 하지만, 어째서 이런 게 생긴 걸까?

레벨이 올라가기 쉬워지는 효과라니…………앗!

……이 망할 놈의 신들.

레벨 40이 되면 다음 외부 브랜드가 개방된다는 걸 알고 누군가가 붙여놓은 게 틀림없어.

누군가가 아니라 다들 한패인지도 모른다.

"원인을 알았어. 신들이 붙여놓은 거야. 그 왜, 이세계 물건을 가져오는 내 고유 스킬이 레벨 업 했다고 말했었지?"

『그래, 그런 말을 했었다. 분명 그걸로 전보다 맛있는 케이크를 가져올 수 있게 되었던 것이었지?』

"맞아. 그리고 레벨 40이 되면 그 고유 스킬이 레벨 업 한다는 모양이더라고. 신들은 그걸 알고서 레벨 업 하라고 시끄럽게 굴었거든. 아마도 신들이 이 '획득 경험치 두 배 증가' 스킬을 붙였을 거야. 정말이지, 제멋대로 이런 짓 하지 말아줬으면 좋겠는데."

『무슨 말이냐! 신들의 바람이라면 그에 따르는 것이 도리다!』

뭐? 지금 나 혼나는 거야?

『그리고 그 '획득 경험치 두 배 증가' 스킬, 있어서 나쁠 것 없지 않느냐? 오히려 그게 있으면 레벨을 올리기 쉬워지니 기뻐해야 할 일이다. 레벨을 올리기 쉬워지는 스킬이라니, 모두가 바라 마지않을 스킬이지 않느냐? 그런 스킬을 가질 수 있었던 것에 신들께 감사해야 한다.』

으, 듣고 보니……

분명 '획득 경험치 두 배 증가' 스킬이라고 하면, 있어서 곤란할 건 없다. 오히려 평범한 사람들보다 레벨이 두 배 빠르게 올라가는 것이니 전혀 나쁠 게 없다. 하지만 말이지……. 멋대로 붙였다는 게 마음에 안 든다고.

좋아, 다음 공물(제물)을 바칠 때는 불만 한두 마디 해주고 말겠어!

번외편 무코다 씨의 마을 부흥

"무코다 씨를 믿기에 드리는 부탁입니다. 물론 보수도 내겠습니다. 그러니 부디 이 마을을 구해준다 생각하시고, 지혜를 빌려주십시오."

그렇게 말하며 나에게 고개를 숙인 이는 이 멜레라 마을의 촌장님이었다.

어째서 이렇게 되어버린 걸까.

여기에 오기 전에 들렀던 도시에서 멜레라 마을은 벌꿀이 유명하다는 이야기를 듣고, 흥미가 조금 생겨서 들러보았을 뿐인데.

길을 서두르는 여행도 아니라며 가벼운 마음으로 들렀던 것이 문제였던 건가.

촌장님이 나 따위에게 고개를 숙이면서까지 필사적으로 부탁을 하는 이유는, 이 마을의 특산품인 벌꿀과 관련이 있었다.

이 세계에서 벌꿀은 고급품으로, 이 주변은 옛날부터 꽃과 벌의 수가 많아 벌꿀의 생산지로 유명했다고 한다.

그러나 이 나라의 남부에 있는 오파트루니 지방에서 양봉에 성공하면서 상황은 바뀌었다.

오파트루니 지방의 벌꿀은 그 지방에서만 피는 오랑주 꽃의 꿀로 맛도 향도 훌륭하여 금세 귀족들 사이에서 인기를 끌었다.

그에 비해 이곳의 벌꿀 매상은 하락하기만 할 뿐.

은근슬쩍 상인들에게 물어보니 "요즘은 오파트루니 지방 벌꿀이 잘 팔린다"라고 모두가 그렇게 말했다고 한다.

최근 들어서는 벌꿀을 사러 오는 상인도 거의 없는 상태가 계속되고 있다는 모양이었다.

농업도 병행해왔기 때문에 지금은 어찌어찌 먹고살 수 있지만, 행여 흉작이 되기라도 하면 그때는 노예로 팔려가는 것 말고는 살 방법이 없는 집도 많다고 했다.

이런 상황의 마을에 우리가 태평하게 나타난 것이다.

게다가 매상이 바닥을 치고 있는 마을 특산품인 벌꿀을 잔뜩 산 탓에 마을 사람들의 주목을 받고 만 모양이었다.

페르도 드라 짱도 스이도 단맛을 꽤 좋아하니, 벌꿀이라면 다양하게 활용해볼 수 있을 거라고 생각해서 대량 구매한 것뿐이었는데.

원래 그리 오래 머물 생각도 아니었고, 벌꿀도 샀으니 내일은 출발할까 생각하던 차에 이렇게 촌장님이 찾아온 것이다.

애초에 어째서 나한테? 라고 생각했는데, 촌장님이 말하길 "부디 우리 마을의 특산품인 벌꿀을 쓴 요리를 가르쳐주었으면 한다"고.

이 마을에는 여관이 없어서 촌장님에게 부탁해 마을 외곽에 있는 빈집을 빌렸는데, 아무래도 내가 거기서 요리하고 있는 모습을 보았던 모양이다.

게다가 마침 벌꿀을 쓰고 있던 모습을 보았다고 한다.

페르들을 위해 밥을 대량으로 준비해야만 하는 데다, 손에 익은 자신의 조리도구를 쓰는 편이 좋아서 마당에 나와 요리를 했을 뿐인데.

마을 외곽이니까 눈에 띌 일은 없을 거라 생각했건만.

그때는 이 마을이 그렇게 곤란한 상황이라는 것도 몰랐고, 마을 사람들에게 그렇게 주목을 받고 있다고도 전혀 예상하지 못했었다.

하지만 결국에는 내가 요리하는 모습을 본 마을 사람이 있었던 것이다.

그리고 마을 사람에게 내가 벌꿀을 써서 본 적도 없는 음식을 만들었다는 소리를 들은 촌장님은 지푸라기라도 잡자는 심정으로 내게 이야기를 꺼냈다는 것이 지금까지의 상황인 모양이었다.

그도 그럴 것이 벌꿀이라고 하면 고급이기도 하여 그대로 맛보는 것이 주류이고, 혹은 사치스러운 방법이라며 차에 넣거나 하는 정도가 전부였는데, 나는 그걸 요리에 쓴 것이다.

그걸 안 촌장님은 그 새로움에 주목한 모양이었다.

"우리 마을의 벌꿀도 맛은 나쁘지 않습니다. 그러나 오파트루니 지방의 벌꿀과 비교하자고 들면……."

마을 사람들 모두가 없는 돈을 끌어모아서 오파트루니 지방의 벌꿀을 구입해 맛을 확인해보았고, 그 맛에 모두가 입을 다물 수밖에 없었다고 한다.

오파트루니 지방의 벌꿀은 소문대로 맛과 향기가 모두 훌륭해서, 이 마을의 벌꿀과는 격이 다르다고 말할 수밖에 없다는 것이 모두의 감상이었단다.

그러한 점을 생각했을 때 지금까지처럼 그저 팔리기만 기다려서는 안 된다고 판단한 촌장님은 어떻게 하면 상인들이 마을의 벌꿀을 사줄지 모색하게 되었다.

그러나 그런 방법이 금세 떠오를 리도 없었고, 촌장님은 타개책으로 이 마을에 연고가 있는 상인들에게 마을의 벌꿀을 사줄 수 없을지 타진을 해보았지만 단박에 거절당하고 말았다.

그러던 차에 내가 나타난 것이다.

게다가 벌꿀을 그대로 먹는 것도 아니고, 차에 넣어 마시는 것도 아니고, 요리에 썼다.

촌장은 거기서 마을 벌꿀의 가능성을 발견해낸 모양이었다.

"멜레라 마을의 벌꿀은 이렇게 맛보는 방법도 있다는 걸 알릴 수 있다면, 큰 힘이 되리라고 생각합니다."

오파트루니 지방의 벌꿀은 향과 맛이 모두 훌륭하지만 눈이 튀어나올 만큼 비싸다고 하니, 귀족분들이라고 해도 그걸 마음 편히 요리에 쓰거나 하는 일은 불가능하리라는 것이 촌장의 생각이었다.

멜레라 마을의 벌꿀도 고급품이기는 하지만, 가격 면에서는 오파트루니 지방 벌꿀의 절반 정도다. 그러니 그대로의 맛을 즐기는 건 오파트루니 지방의 벌꿀로, 약간 사치스럽게 요리에 쓰거나 하며 맛보는 건 이 마을의 벌꿀로, 그렇게 용도를 나누어서 판다면 괜찮지 않을까 하는 촌장의 말에도 일리는 있었다.

그리고 촌장은 "귀족님들은 새로운 걸 좋아하는 분도 많이 계시니까요"라며, 벌꿀을 즐기는 새로운 방법이 있다는 걸 알면 실제로 해보려고 드는 분도 많으리라 기대한다고 했다.

"그런고로, 무코다 씨. 부디, 부디 힘을 빌려주십시오."

촌장이 기도하듯이 나를 향해서 깊게 고개를 숙였다.

이렇게까지 나오면 그냥 무시하는 것도 좀.

그렇다고 해도 마을에서 만들었던 요리를 그대로 가르쳐줄 수도 없다.

그도 그럴 게 내가 벌꿀을 써서 만들었던 그 요리는 코카트리스 데리야키였으니까.

인터넷 슈퍼에서 산 간장을 이용한 요리를 재현할 수 있을 리 없다.

이쪽 세계에 있는 재료만을 이용한 벌꿀을 쓴 요리라.

요리가 아니라도 그대로 맛보거나 차에 넣거나 하는 것 말고 다른 방식이 있었으면 한다는 거겠지?

몇 가지 떠올랐지만 역시 시간이 좀 필요했다.

"알겠습니다. 여러분 마음에 들지는 알 수 없지만, 몇 가지 생각해보겠습니다."

내가 그렇게 대답하자 촌장님이 "감사합니다. 감사합니다"라며 내게 몇 번이고 고개를 숙였다.

"아뇨 아뇨, 그러지 마세요."

"아닙니다. 이걸로 멜레라 마을도 구원받을 겁니다. 감사합니다. 감사합니다."

에에엑…… 구원이라니, 그거 과장이 너무 심하잖아.

그리고 그렇게 기대받는 것도 곤란한데.

촌장님은 사정하느라 정신이 없어서 이야기를 할 수 있는 상황도 아닌 것 같으니 일단 "사흘, 시간을 주십시오"라고만 전하고, 나는 혼자 벌꿀 요리와 벌꿀을 즐기는 방법을 생각해보기로 했다.

◇ ◇ ◇ ◇ ◇

"무코다 씨, 무리한 부탁을 들어주셔서 정말로 감사드립니다."
약속한 사흘 후, 나는 촌장님 댁을 찾았다.
페르와 드라 짱과 스이는 밥을 실컷 먹게 해주고 집을 보고 있게 했다.
"마을의 중요한 사안이라, 마을의 주민 몇 명도 불렀습니다."
촌장님 말대로, 여덟 명의 남녀노소가 있었다.
"네. 그렇지 않아도 여러분께 맛보여 드리고 이런저런 의견을 들을 수 있으면 좋겠다고 생각하던 참이었습니다."
요리도 해야 하는지라 촌장님 댁 주방을 빌리기로 하고 다 함께 이동했다.
"그럼, 우선은 간단한 것부터 시작하겠습니다. 만드는 건 음료입니다. 준비해야 할 것은……"
이쪽에서 발견한 레모네 열매.
레몬과 똑 닮은 열매로, 이쪽 세계에서는 세제를 대신해 쓰이고 있다고 한다.
키 작은 나무에 열리고, 의외로 어디에나 있는데, 시골 마을이라면 보통 한 집에 한 그루는 있는 나무라고도 했다.

이 레모네 열매도 촌장님 댁에 오기 전에 이 마을에서 빌려 쓰고 있는 집의 이웃에게 받아 온 것이었다.
레모네 열매 외에 필요한 것은 이 마을의 벌꿀과 물뿐이다.
"잠시만 기다려주세요. 그건 레모네 열매잖아요?"
나이 지긋한 부인이 노란 레모네 열매를 보고 얼굴을 찡그렸다.
마을 사람들 사이에서도 "저건 세제로 쓰는 거잖아?"라든가 "독은 아니지만, 저런 신 걸 어쩔 셈이지?"라는 목소리가 슬쩍슬쩍 들렸다.
"저기, 지적하신 대로 이건 레모네 열매입니다. 여러분이 아시는 대로 이건 시지만, 그 신 과즙을 쓸 겁니다. 물론 이것만으로는 그냥 시기만 할 뿐이니까, 이 마을의 벌꿀과 섞습니다. 맛은…… 만들어서 마셔보는 게 빠르겠네요."
레모네 과즙과 벌꿀을 섞은 다음 물을 따라서 벌꿀 레몬이 아니라 벌꿀 레모네를 만들었다.
맛보기로 조금 마셔보았는데, 레모네의 상쾌한 산미와 부드러운 벌꿀의 달콤함이 목을 타고 넘어가는 느낌이 좋았다.
"여러분, 드셔보세요."
컵에 따라서 마을 사람들에게 건넸다.
주저주저하며 컵에 입을 대는 마을 사람들.
"이거 놀랍군. 그 신 레모네 열매가 이렇게 달라지다니……."
레모네 열매를 이용한다는 사실에 얼굴을 찌푸렸던 부인이 그렇게 말하며 놀랐다.
"산뜻한 맛에 삼키고 나면 벌꿀의 달콤함이 남는걸."

"상쾌하고 맛있어요. 얼마든지 마실 수 있겠는걸요."

마을 사람들의 평가도 좋았다.

벌꿀 레몬, 이 아니라 벌꿀 레모네는 간단하면서도 맛있지.

오늘처럼 조금 더운 날에는 딱이다.

"그리고 마지막은 벌꿀을 이용한 고기 요리입니다."

내가 요리에 벌꿀을 쓴다는 이야기는 이미 들었기 때문인지 아무도 놀라지는 않았지만, 어떻게 쓰는지에는 흥미가 있는 듯, 마을 사람들이 집어삼킬 듯이 나를 바라보기 시작했다.

이쪽 세계에 있는 것으로 만들 수 있는 것을 생각하다 내가 떠올린 것은 닭고기 햄이었다.

필요한 재료도 적고, 조리법도 절여서 데치기만 하면 된다는 게 결정적이었다.

"우선은 재료부터 설명하겠습니다. 사용하는 고기는 코카트리스의 가슴살입니다. 그리고 소금과 취향에 따라 선택한 허브, 그리고 벌꿀입니다. 그럼 만들어보겠습니다."

코카트리스 가슴 부위의 껍질을 제거한 다음, 살코기를 균일한 두께로 자르고, 간이 잘 배도록 군데군데 포크를 찔러서 구멍을 낸다.

다음은 고기 전체에 소금과 건조 허브를 잘게 부숴서 만든 수제 허브 솔트와 벌꿀을 바른다. 그리고 30분 정도 기다려 맛이 배게 한다. 사실 이 단계에서 후추도 쓰면 좋겠지만, 이곳에서 후추는 고가의 물건이라 이번에는 쓰지 않기로 했다.

30분을 기다려야 하니, 미리 만들어 재워두었던 것을 아이템 박스에서 꺼냈다.

"시간이 아까우니까, 미리 준비해서 맛이 배게 한 고기를 쓰겠습니다."

참고로 방금 허브 솔트와 벌꿀을 발라둔 고기는 나중에 페르 일행의 배 속으로 들어갈 예정이다.

"고기를 돌돌 말아서 봉 같은 모양으로 만들고, 오렌지 프로그 껍질로 감싼 다음 양쪽 끝을 실로 꽉 묶어줍니다."

오렌지 프로그 껍질이라는 건, 이 세계에서 쓰이는 랩 같은 것이다.

나도 처음에는 몰랐는데, 랩 대신에 쓸 수 있는 게 없을까 싶어 촌장님에게 식품을 쌀 수 있고 열에도 강한 게 없을지 상담했더니 이걸 가르쳐주셨다.

강과 호수 등의 물가에 있는 오렌지 프로그라는 오렌지색 개구리의 울음주머니라고 한다.

처음에는 개구리 껍질이라는 말에 "윽" 하고 생각했는데, 얇고 부드러우면서도 튼튼하고 열에도 강해서 식품을 보존하는 데 널리 쓰이고 있다고 한다.

로마에 가면 로마법을 따르라는 말대로, 닭고기 햄을 시험 삼아 만들 때 오렌지 프로그 껍질을 써보았다. 랩만큼 간편하다고는 말할 수 없지만, 그럭저럭 괜찮은 것 같아 쓰기로 결정했다.

"오렌지 프로그 껍질로 싼 고기를……."

촌장님 사모님께 냄비에 끓여달라고 부탁드렸던 물을 받아서 약불에 올리고 만들어둔 것을 그 안에 넣는다.

5분 정도 삶다가 냄비를 불에서 내리고 뚜껑을 덮고 그대로 물이 식을 때까지 방치해두어 속까지 천천히 익게 하면 완성이다.

"자, 이게 완성된 겁니다."

전날 집에서 만들어둔 닭고기 햄을 아이템 박스에서 꺼냈다. 오렌지 프로그 껍질을 벗긴 다음 자른다.

부드러운 허브 향기가 식욕을 돋우었다.

"드셔보세요."

마을 사람들이 흥미진진해 하면서 닭고기 햄을 베어 물었다.

"이거 맛있는걸!"

"부드러워!"

"맛 좋아!"

"이거 술 생각이 나는데!"

그렇게 대호평이었고 손이 멈추지 않는지 닭고기 햄을 계속 먹는 마을 사람도 있을 정도였다.

이 자리에 있던 마을 사람 전원이 이거라면 가능할 거라며 합격점을 주었다.

여성들은 "만드는 법도 간단하니, 바로 해봐야겠어"라며 흥이 올랐고, 남성들은 그것을 상인들에게 맛보게 해서 멜레라 마을의 벌꿀을 크게 어필하자며 의욕에 넘쳤다.

"무코다 님, 정말로 감사드립니다."

촌장님은 나이 들어 거칠어진 손으로 내 손을 잡았고, 눈에는 슬쩍 눈물까지 글썽였다.

"이걸로 마을도 구원받을 겁니다."

"그런, 과장이 심하세요. 아직 실제로 벌꿀이 팔린 것도 아니고요."

"아니요. 이걸 먹으면 상인들도 앞다투어 달려들 겁니다."

"그렇게 되면 좋겠는데 말이죠. 지금 보셨던 대로 벌꿀은 다양하게 쓸 수 있습니다. 여러분도 독자적으로 궁리해서 여러 가지 사용법을 찾아보면 좋을 거라고 생각합니다."

촌장님에게 받은 보수는 금화 두 닢.

이 마을의 상황을 생각하면 꽤 어렵게 구한 금액이리라.

하지만 나는 그것을 감사히 받았다.

그리고 그 돈을 전부 써서 이곳의 벌꿀을 추가로 구입했다.

마을로서는 그편이 좋을 테니까.

다음 날, 멜레라 마을산 벌꿀을 잔뜩 산 우리 일행은 마을을 뒤로했다.

반년 후——.

"무코다 씨, 이걸 좀 나눠드리지요."

친하게 지내고 있는 상인 람베르트 씨가 그렇게 말하면서 준 것은 자그마한 단지였다.

안에는 달콤한 향기가 도는 호박색 벌꿀이.

"이 나라의 동부에 있는 멜레라 마을산 벌꿀입니다. 식품을 다루는 상인들 사이에서는 지금 가장 인기인 상품이라기에 시험 삼아 사봤습니다. 벌꿀이라고 하면 오파트루니 지방의 것이 제일이라고 생각했었는데, 이 멜레라 마을의 벌꿀도 꽤 괜찮더군요. 재미있는 게, 이 벌꿀을 먹는 방법을 이것저것 전수받아서 말이지요…….”

람베르트 씨도 몇 가지 배웠다고 한다.

그중에서도 람베르트 씨 마음에 든 방법은…….

“살짝 구운 빵에 벌꿀을 듬뿍 발라서 먹는 겁니다. 이게 정말이지…….”

맛을 떠올렸는지 황홀한 표정을 짓는 람베르트 씨.

“벌꿀은 그대로 맛보거나 차에 넣어서 마시는 거라고만 생각했었습니다. 맨 처음에는 빵에 꿀을 바르다니 아깝다고만 생각했는데, 실제로 해보니 호사스러운 느낌도 낼 수 있는 데다 최고로 맛있지 뭡니까!”

빵에 벌꿀을 바르는 건 내가 가르쳐준 방법이 아니니, 독자적으로 허니 토스트를 개발한 것이리라. 꽤 하잖아.

게다가 이렇게 푹 빠진 사람이 있을 정도다. 잘됐다.

하지만 너무 푹 빠진 거 아닌가요? 람베르트 씨.

아까부터 허니 토스트가 맛있다는 이야기만 끊임없이 하고 있잖아요.

“아무튼 맛있는 벌꿀이니 드셔보십시오.”

“감사히 잘 먹겠습니다.”

멜레라 마을에서 멀리 떨어진 이곳 카트레나에서도 멜레라 마을의 벌꿀이 유통되고 있다는 것은, 그 마을은 위기에서 벗어났다는 의미이리라.

나로서도 이제 안심이다.

후기

에구치 렌입니다. 『터무니없는 스킬로 이세계 방랑 밥4 바비큐×신들의 축복』을 읽어주셔서 정말로 감사드립니다!

드디어 4권이 발매되었습니다. 4권입니다. 4권. 여기까지 간행할 수 있었던 것도 모두 읽어주신 여러분 덕분이라고 절실하게 느끼고 있습니다. 정말로 감사합니다.

4권에서는 이제는 친숙해진 무코다의 스킬 '인터넷 슈퍼'에 변화가 생기기도 하고, 스이의 대단한 능력이 발휘되기도 하니, 즐겁게 읽어주신다면 정말 기쁘겠습니다.

그리고 이 4권과 동시에 코믹스 1권도 발매됩니다!

원작자인 제가 말하기는 뭐하지만, 엄청나게 재미있습니다.

원작 일러스트를 맡고 계신 마사 선생님과 코믹스의 아카기시 K 선생님에게는 정말로 감사드립니다. 언제나 적당히 이런 느낌입니다, 라고만 전해드리는데도 이렇게 정확하면서도 생각했던 것 이상으로 멋지게 완성해내시는 선생님들께서 제 작품을 담당해주고 계시다니, 정말 복 받았다는 걸 실감합니다.

마사 선생님, 아카기시 K 선생님, 담당인 I 님 오버랩사의 여러분, 정말로 고맙습니다.

마지막으로, 앞으로도 무코다와 페르와 드라 짱과 스이의 느긋하고 따뜻한 이세계 모험담 『터무니없는 스킬로 이세계 방랑 밥』을 WEB, 서적, 코믹스 등으로도 즐겨주시기를 바라겠습니다.

그럼 5권에서 다시 만날 수 있기를 기대하고 있겠습니다.

터무니없는 스킬로 이세계 방랑 밥 4

바비큐 × 신들의 축복

2023년 1월 15일 1판 5쇄 발행

저 자 에구치 렌
일 러 스 트 마사
옮 긴 이 이신
발 행 인 유재옥
이 사 조병권
출판본부장 박광운
담 당 편 집 홍길동
편 집 1 팀 박광운 최서영
편 집 2 팀 정영길 조찬희 박치우 정지원
편 집 3 팀 오준영 이해빈 이소의
디자인랩팀 김보라 박민솔
디지털사업팀 박상섭 김지연 윤희진
라이츠사업팀 김정미 맹미영 이윤서
영업마케팅팀 최원석 박수진 박소연
물 류 팀 허석용 백철기
경영지원팀 최정연
인쇄제작처 ㈜코리아피엔피
발 행 처 ㈜소미미디어
등 록 제2015-000008호
주 소 서울시 마포구 토정로222, 403호 (신수동, 한국출판콘텐츠센터)
판매 및 마케팅 (070) 8822-2301

ISBN 979-11-6389-517-4
ISBN 979-11-6190-011-7 (세트)